魅丽文化 天下同萌

鸩心

上

ZHEN XIN
SHANG

红摇 ◎著

广东旅游出版社
GUANGDONG TRAVEL & TOURISM PRESS
悦读书 · 悦旅行 · 悦享人生

中国 · 广州

图书在版编目（CIP）数据

鸩心．上 / 红摇著．— 广州：广东旅游出版社，
2016.10
ISBN 978-7-5570-0241-1

Ⅰ．①鸩… Ⅱ．①红… Ⅲ．①长篇小说－中国－当代
Ⅳ．① I247.5

中国版本图书馆 CIP 数据核字（2015）第 260139 号

出 版 人：刘志松
总 策 划：邹立勋
责任编辑：梅哲坤
文字编辑：孙 逊 余竹青
封面设计：黄 梅
封面绘制：雯 雯

广东旅游出版社出版发行
（广州市越秀区环市东路 338 号银政大厦西楼 12 楼）
邮编：510180
邮购电话：020-87348243
广东旅游出版社图书网
www.tourpress.cn
湖南凌宇纸品有限公司印刷
（湖南省长沙县黄花镇黄垅新村二业园财富大道 16 号）
880 毫米 ×1230 毫米　　　32 开
9 印张　　　170 千字
2016 年 10 月第 1 版第 1 次印刷
印数：10000 册
定价：26.80 元

目录

1

目录

2

第一章　碎片

山坡前的一片花丛里，倒卧了一名身着黑色劲装、面覆银箔面具的女子。

阳光透过花隙落在她的脸上，银箔面具后的长睫一抖，雁舞从昏睡中慢慢苏醒。视线里是一丛盛开的淡黄花朵，花香沁人心脾。

意识尚未完全清醒，她喃喃念了一句："第六魄，集齐了。"

随着身边一阵窸窸窣窣的轻响，有一群小东西扑棱着从她身上滚过。她猛地清醒了一些，偏头望去，见一群小鸟正撕扯着一颗沾血的硕大眼球。

她呼地坐了起来，小鸟们吃了一惊，扑棱一声飞走了。她痛得眼前一阵发黑——肩头的伤口被扯到了，半个身子已被血浸湿。捂着肩膀坐了一会儿，等疼痛缓了些，她方爬过去捡起了那颗丑陋的眼珠子。

她站起来，环顾了一下四周。昨夜一场恶战后，她栽进了这片青山绿林中。时值晌午，阳光正好，林中本应百鸟齐鸣，却是寂静一片，只见禽影，不闻禽歌。其实岂止这片山林，天下万种禽类已哑了足足三百年。三百年前羽族首领凤凰度涅槃之劫时，未能顺利重生，而是魂飞魄散，自此，四荒八泽之中，万禽再不曾发出一声悦耳歌唱。失了鸟鸣的世界，分外地黯淡寂静。

如今，这一切总算是快要结束了。

雁舞的嘴角浮起一丝凄然笑意，背后展开一对赤红大翼，歪歪斜斜地起飞。

她落在火焰山的腹地，背上赤翼收入肩中不见。万年前，太上老君的炼丹炉被打翻，几块火砖坠落于此，形成了火焰山。雁舞踏着灼热的红砂，向一面巨崖走去。热得快要燃烧起来的空气燎得她的发梢微微卷曲，她强忍着热浪行至崖底，手指虚虚地画了个诀，一块巨石轰然移开，露出一个洞口。雁舞钻进洞中，巨石复又关闭。

洞中不似外边那般灼热，雁舞嘘了口气，腿一软，跌坐在地上。

洞内，一个透明气泡般的结界内，一名赤衣男子正侧卧在石榻上，手托着头闭目养神。此人面容清俊绝伦，墨发顺滑垂下落在榻上，身周缠绕着若隐若现的淡淡霓虹。听到声音，男子睁开眼，看到结界外模样狼狈的雁舞，惊得站了起来，问道："雁儿，你怎么了？"

他一边说，一边向着结界外闯去，却被那层透明的膜弹了回去。

雁舞抬起头，唇边绽起清莲般的一笑，朝他摆了摆手，安抚道："这点小伤无妨，你不必担心。"

男子被困在结界中，眼中一片怆然，若湖水起澜，一低头，一滴清泪滑下。

雁舞仰头看着他的眼泪，一时间心神痴迷，唇无声地翕动："凰羽，这怕是你最后一次为我流泪了。"

现在的凰羽只是个魂魄。凰羽便是那涅槃中遭遇意外的羽族之尊——凤凰。

人有七魂六魄，神族亦是如此。凰羽的七魂六魄散开后，散落于四泽八荒，不知其踪。羽族人将凤凰的肉身置于三梵莲的花苞之中，得以三百年不腐朽。羽族千方百计寻找凰羽的魂魄，以期让尊主复生，却不得其法，一点也没有找到。眼看着期限就快到了，凤凰尊主的肉身就要灰飞烟灭。到那时，就算是佛祖降临，也回天无力。

谁也没有想到，有一个纤纤女子，三百年来苦苦奔波，已在这火焰山的洞窟之中将凰羽的魂魄一点点集齐。

凤凰属火，火焰山是极热之地，因此雁舞选了此处拼合他的魂魄。她还清楚地记得，她从西方大泽的恶鱼"冉遗"腹中剖出七魂六魄中的第一魂，小心翼翼地放入结界之中。看着他的身形影影绰绰地出现时，她心中的悲喜若海水一般将自己吞噬。

彼时，他的面容尚是模糊的，却仍可看清眸中的润泽。他透过结界望着她，问道："你是谁？"

"我叫雁舞。"她的声音微微哽咽。

"我是谁？"他又问。

"你是凰羽，羽族之尊，凤凰。"

魂魄不齐的凰羽，没有生前的任何记忆，单纯得若一张洁净生宣。

他的目光落在她染血的衫上，又问道："你怎么了？"

"没什么，一点小伤。"她望着他的身影移不开眼。终于又能看到他了，这是她做梦都不敢想的。

三百年里，她上天入地搜寻不止。随着魂魄被一点点集齐，他的身影变得清晰起来，直至如实体一般。

每当她出门的时候，凰羽便陷入沉睡，吸取火焰山精华，为日后的苏醒养精蓄锐。当她回来，他便会醒过来，贴到结界的壁上，看到她身上添了伤，眼眸中澄澈的湖水便如潮汐起伏，清泪顺颊而下。

"放我出去。"他揪扯着柔韧的结界想要撕破它。

"不行啊，你的魂魄出了结界便会散去，我好不容易才找回来的呢。"

他透过结界望着她，眼中满是疼惜："我想出去照顾你。"

"我的伤没事的。"她远远地坐在地上，微笑着安慰他。摸出一点从阎罗炼狱中带回的魂魄，放入结界，她看着它融入他的身体，然后向后退去。

他的手忽然往前探了一下，像是要来握她的手，却被结界弹了回去。他将手掌贴在壁上，垂眸看着她，低声道："别总是站那么远，站得近些，好吗？"

她没有吭声，依旧一步步地退到墙角去，挨着墙坐下，拿出伤药处理自己的伤口。

他的脸上浮起一丝伤心的表情，问道："雁舞，我以前认识你吗？"

她果断地摇了摇头："素不相识。"

"你为什么要救我？"

"我是只雁儿精灵，是您的子民，救助尊上是理所应当的。"

他的眼中闪过失望。她总是这样，含糊其词。

"把你的面具摘下，让我看看你的模样。"

她却倚着墙壁，昏昏欲睡。沉入梦境的时候，睫下渗出一星泪光。

凰羽远远地看着她，眸光若迷失在清泉中的一抹月光，清寂而忧伤。

睡梦中的雁舞突然尖叫着醒来，满地翻滚挣扎，似乎正忍受着极度的痛苦！她嘴里不住地尖叫："好烫！好痛！饶了我……好痛……"

凰羽被关在结界里眼睁睁地看着这一幕，却帮不上她一星半点的忙，只能陪着她哭得稀里哗啦。

雁舞渐渐不动，叫不出声来，伏在地上一动不动。直到一个时辰之后，她才悠悠醒转，面色恢复。只是一番折腾之后，浑身虚软无力。瞥了一眼满脸泪痕的凰羽，再暗暗掐算一下时辰，她心中不由得懊恼。她心里埋怨又疏忽忘了时间，竟让这每日必来的痛苦又暴露在了凰羽面前。

每日鸡鸣时分，这炼狱般的痛苦都会发作一次。她向来在这个时间段小心地避到洞外去，可是难免有疏忽的时候。凰羽每每目睹，便吓得肝胆俱裂，追问她到底是怎么了。

"痼疾而已，要不了命的。"她轻轻松松地说。

凰羽却疼惜得心若刀割一般。

今日，七魂六魄终于集齐了。

"你伤得很重。"凰羽说。

"无碍。"雁舞颤抖着从怀中掏出那颗眼珠托在手心，对着凰羽笑了一下，"你的最后一魄居然落在了怪兽的眼中，当真是奇怪。"她一边说，一边施法将第六魄从眼珠中剥离出来，那是一团莹红的光。她托着莹光，小心翼翼地走到结界前，抬头看着他，面具后眼中的笑意隐藏着沉沉悲伤。

"凰羽，第六魄找回，你的全部魂魄回到肉身中，你便能复活了。你生前的记忆也会全部回来了。"说到此处，她眼神一黯。

"雁舞会跟我一起回去吗？"他问。

她摇了摇头，嘴边含着凄凉笑意："不会。我劳苦了三百年，好累，想歇一歇。"

"不行。"他的眸中泛起腾腾怒火，"你必须去找我。"

她微微一笑，松手，第六魄落入结界之中，与他的身体相融。结界之中猛然起了一阵旋风，凰羽的身影迅速消失。消散之前，隐隐的一句话音飘荡在空气中："我一定会找到你……"

雁舞跌坐在结界外，目中一片空洞。一滴眼泪滑下，在她颊上留下银色的痕迹。她嘴唇微微翕动，喃喃吐出三个字："对不起……"

她一阵恍惚，身周似起了一阵小风，银箔面具化为灰烬，露出底下美艳的面容。

她一直拒绝他要她摘下面具的请求。

她不敢。

在找到他的第一丝魂之初，她便戴上了面具。因为她知道，他一定不愿意看到她。后来她才发现不全的魂魄并没有记忆，根本不会认出她。但她还是戴着。她仅仅是为了自己而戴，不隔着这层假面，她无颜面对他。

她身体如水影般晃了晃，如轻烟散去。

她身体再聚起时，已不是在火焰山的山洞之中，而是立在冥火灼人的幽冥河畔，一架石桥通往对岸，桥头书写着"奈何"二字。

　　是了，她该过了这奈何桥前往冥界重生了。她本就是一个离体魂魄而已，凭着执念凝聚成形。如今心愿已了，该去了。走上桥时，她没有回头。身后事太过不堪，往事不堪回首。

第二章　红鸠

羽族千音山。百年来，羽族臣子身着缟素跪在梧宫门前，哀哀而泣。为首的是一名女官，发色洁白，原是孔雀顶翎所化——她的真身是一只白孔雀。

孔雀哭了许久，忽然悲声呼道："臣等在佛祖面前求来三梵莲，保我尊上肉身三百年不腐，以求尊上重生。不想三百年来，竟连尊上的一丝魂魄都未寻到。今日三百年之期将到，尊上的肉身下一刻便要湮灭……臣等无能，愧对尊上！"说罢号啕大哭，其他臣子们也跟着哭成一片。

梧宫之中忽然传来异响。臣子们纷纷止了哭泣，抬头看去。门里奔出一名守着三梵莲的童子，激动得声音都变了："三梵莲的花苞在动，像是要开了！"

梧宫内供着的三梵莲花苞剧烈地颤抖着，突然绽放，火焰自莲花中心砰地爆燃，整个梧宫顿时被大火席卷，热浪逼得臣子们惊叫着后退。一个五彩斑斓的身影突然冲破屋顶，直飞九天，一时间霞光四射，天地间灼灼生华。

这七彩霞光普照到四极八荒，哑了三百年的万种鸟禽忽然群起跳跃，百鸟齐鸣，一片欢腾。莽莽六界闻得禽歌，均知是羽族凤凰重生了。

梧宫的火焰渐熄，屋栋完好，琉璃瓦闪亮。浴火凤凰的宫殿，自然是不怕火的。

羽族大臣们纷纷拥进梧宫时，玉色宝座之上，正是他们的凰羽尊上，火红的王袍，俊美的容颜，一顶小小金冠将墨发束起。

孔雀等人跪倒在地，喜极而泣。

凰羽扫了一眼臣子们，发出重生后第一道命令："去寻一个面戴银箔面具的女子，名叫雁舞。"

隔了三百年，再游千音山的园林，恍若隔世，物是人非。

凰羽的脚步在一个金丝笼前停了下来。金丝笼看似普通，其实是施了禁咒的。笼中，躺着一只红羽的小鸟。

他墨眉微压，眼底似飘过乌云："那是……"

身边随侍的孔雀上前一步，眼光灼灼："尊上不认得了吗？那是无烟啊——暗中对您下毒，害您涅槃时毒发魂散的无烟！"

凰羽面色变得阴沉冷酷，一步步走近金丝笼。笼底，侧躺着的红羽小鸟身体已然有些僵直，身上羽毛油腻成一团。

孔雀道："咦，怎么倒了？自尊上出事之后，这妖孽便现出了原身，原来是一只鸩鸟。不过鸩鸟都是黑身赤目的，倒从未见过有红羽黑目的，去鸩族查了，鸩族回复说族中从没有过红羽的鸩鸟。"

鸩族虽也是禽类，却因在万万年前混沌初开、神魔混战不休的时候，其族长九霄受天帝之命，专司暗杀之职，除去许多敌方势力，为巩固天帝势力立下汗马功劳，被封为上神。他是为数不多的上神中少有的一位邪神，论辈分在羽族之尊凰羽之上。因此，鸩族是不在凰羽的管辖范围之内的。

孔雀道："此物色泽如血，毒性可怖，我姑且称她为'血鸩'。可怜尊上和我等均被她的美艳迷惑，竟没有看透她的真身。枉尊上百年间对她宠爱有加，其鸩毒侵入肌骨却毫无察觉，以致浴火涅槃时突然毒发……尊上出事后，我族医师验看尊上肉身，很快验出了毒性，之后便在无烟的血样中查到了同样的毒素。我们将她囚禁拷问，她却突然现出血鸩原形，变得呆呆的，毫无反应，想来是为了逃避审讯，掩护身后谋害尊上的指使者。这一招着实让人无可奈何。我心中极恨，若将她轻易杀掉也太便宜了她，便将她囚于笼中，三百年来，每天早晨都会在她的身上泼一瓢滚油以泄心头之恨。今日她竟然倒下了，想是知道了尊上复活，吓得气绝了吧。"

"无烟……"凰羽自牙缝中狠毒地迸出两个字，面上若阴云过境。

他在涅槃出事的一百年前游历人间，这只红羽鸟儿跌跌撞撞地落入他的怀中，一头扎进衣襟里瑟瑟发抖。不远处，一个托着竹笼的纨绔公子兜兜转转，急得大叫："我的鸟儿跑去哪里了？"

他低头看了一眼怀中鸟儿，微微一笑，不动声色地转到无人处，道了一声："出来吧。"

怀中鸟儿跃出，落地化为人形，抚着胸口惊魂未定："好险好险，总算是逃出来了。"抬眼笑笑看一眼她的恩人。

那笑容落入他的眼中，若璀璨烟霞，三千世界都绽放了光彩。

这个红羽鸟儿化作的美人便是无烟。凰羽身为羽族之尊，统管天下飞禽，竟不知无烟的真身为何种禽类。问她，她只睁着一双美目摇头道："我也不晓得。忽然之间就有了意识，飞翔在半空之中……然后，就被那恶公子一弹弓打下来了。"

无烟似是天地虚空孕育出的一个精灵。

凰羽将无烟带回了梧宫。她心地单纯，天真烂漫，容颜更是美艳绝伦。

此时，凰羽站在金丝笼前，看着这僵死的鸟儿，眼前却仍浮现着当年花间轻歌曼舞的女子那美若梦境的身影。

——凰羽，你长得真好看，我很喜欢。

——凰羽，我嫁你，或你娶我，二者选一吧。

无烟从未受过礼教的束缚，美貌那般张扬，性格也是无畏无惧，将仙界一众倾心于凰羽的仙子们遮遮掩掩的心意，就那么大大方方地表达出来了，倒是先下手为强，将他的心擒到了手中。

他对她无比宠爱，甚至有一次她误坠化身蚀骨的销影池，身负重伤，险些丧命时，他不顾涅槃将近、元气损耗，硬生生度了小半的修为给她，才将她的性命救回。

百年中，他们日日耳鬓厮磨，时不时轻吻浅尝，更少不了肌肤相亲。

却不知这亲密接触间，无烟体内的罕世奇毒竟无影无痕地浸入到他的肌体，隐藏在心脉之中，无人察觉。千年一次的浴火涅槃之际，奇毒突然发作，再加上不久前刚刚度了小半修为出去，竟致他魂魄散去……若非雁舞替他将魂魄找齐，此刻他已灰飞烟灭了。

想来那次她坠入销影池，也是故意的吧。

对己对人，她都是如此狠毒。

孔雀见凤羽盯着无烟鸟儿半晌沉默不语，心知是他忆起了那不堪过往，不由得也跟着怒火上涌，手一翻，幻化出一瓢滚油来，怒道："让这妖孽临死之前再受一次油泼之苦吧！"

一瓢滚油泼下，红色小鸟身上发出可怕的吱吱响，羽毛被烫得脱落，却只是腿部微微抽了抽，再无动静。

凤羽心口被愤怒充斥，看到她受这酷刑，却几乎没有反应，心中只觉腥气上涌，难以压抑。

凭什么，她在骗走他的心，折磨过他，带给他这些苦难之后，可以一死了之？他还没有好好讨还血债呢，怎能让她就此死掉？

忽然伸手，在笼门上轻轻一拂，禁咒立去，笼门咔嗒一声开了。他将鸟儿取出托于左手手心，右手食指按在鸟儿背部，指端莹光通透，竟度与了它五百年修为。

孔雀见状立刻色变，不敢阻拦，却是惊声劝阻："尊上这是干什么？为什么要救这毒物？她那般害您，何其歹毒，您竟对她还有余情？"

凤羽也不答话，只将手中鸟儿往地上一丢，转眼间，鸟儿化作一名绯红绡衣的女子。

雁舞沿着奈何桥走到孟婆面前，伸手讨那碗喝了便会前尘尽忘的孟婆汤时，孟婆看她一眼，问道："你叫什么名字？"

她哑声答道："我叫无烟。"雁舞，本是毒鸩无烟的魂魄。

她自己也不清楚，作为一个离体游魂，原本应是个虚无缥缈的存在，为什么竟会具备那样强烈的念力凝聚成形，携带了比原先强大不知多少倍的能力和毒性，似一具不死之躯，能上天入地将凰羽的魂魄一点点收集回来。

或许是心愿太过强烈的缘故吧。

现如今心愿了了，她就真的变成一个虚无缥缈的游魂了。

孟婆听了，却不肯给她孟婆汤，也不肯放她过桥："小鸟儿，你的姓名不在名册之中，不能入六界轮回，冥界不能收你。"

"什么？"她惶然，"那我该去哪里？"

"我怎么知道？"孟婆不耐烦地挥挥手，面前起了一阵风，她被飘飘荡荡地送回了幽冥河畔，奈何桥也瞬间消失不见。

她茫然四顾，不知该何去何从。

突然一股灼热感包裹了全身，无烟倒地翻滚悲鸣，思维混乱，心中疑惑不解：此时不是鸡鸣时分，梧宫中的人为何又用滚油泼她肉身？

剧痛尚未平息，魂魄突然被莫名的力量扯成一缕丝线，向着某个方向疾速飞去，轰的一声，似乎是撞进了什么东西里，身上被烫的剧痛还在延续，她想翻滚几下缓解疼痛，四肢却异常沉重，竟翻滚不动，只发出低低的悲鸣。

头顶，传来冷冷一声："无烟。"

熟悉的声音落入耳中，如同雷击。她缓缓地抬起脸，油腻的头发遮住了眼，看不清面前站着的人。那人蹲下，用冰冷的指尖拨开了她的头发。

笼着寒霜般的清俊面容映入眼中。凰羽的嘴角挂着阴冷的笑，眼中燃着地狱业火。

"又见面了，无烟。"

她颤抖着唇，滚油带来的灼痛还没有消退，说不出话来。他突然伸出手，握住她的两个肩膀重重一捏。令人毛骨悚然的碎裂声传出，他竟将她的肩骨生生捏碎了。她发出一声嘶哑悲鸣，昏了过去。

凰羽直起身来，接过孔雀递过的帕子，擦了擦手上的油污，复又将帕子丢到昏迷的无烟身上。

"她肩骨已残，愈合之后也不能飞翔了。便将她因在宫中为贱婢吧。"

孔雀面色极不情愿，道："尊上留下这毒物，就不怕再中毒吗？"

凰羽冷笑道："毫无防备的情况下会误中圈套，现在她已暴露，我加以防范，自然是伤不到我。"

孔雀只得应下，令人将无烟拖下去。

无烟被猛地丢进浴池之中。或许是魂魄刚刚回到濒死的身体中的缘故，她的身体尚未温暖过来，肌肤触到浴池中温热的水，竟感觉分外滚烫。迷糊中，她以为是又一次滚油浇身，惊骇地挣扎着想起来，双肩却传来剧痛，无法站起，竟被浅浅的池水没顶，水呛入气管，若刀刺入咽喉。

身体忽然被人拽了一下，她的头终于露出水面，坐在池中又呛又咳。好不容易顺过气来，向池边望去，她看到了方才拎她起来的人。

凰羽眉梢眼角分外阴沉，轻挑嘴角，满脸讥讽，开口道："说，幕后指使你对我下毒的是谁！"

她茫然摇头："我不知道。"

他眼神一冷，对旁边下人冷冷地吩咐道："帮她把油污清洗干净。"

一个粗壮侍女应声而出，蹚入池中，也不管是否扯痛她断裂的肩骨，三下五除二将她的衣衫褪去，开始了粗暴的清洗，一遍遍地将她的脑袋按入水中，大力搓洗她已然肿得发亮的肩膀。

池边的凰羽并未避讳赤身裸体的她，反而看得兴趣盎然。

她死死地咬着嘴唇，任是如何痛苦也不发出一声哼叫。

她想要争辩、想要解释的想法不是没有涌现出来，而是刚刚浮出这个念头，便被此时的羞辱击得粉碎，一个字也说不出来。

剧痛并没有让她闭上眼睛去忍受，而是直直地看向池边的凰羽，目光茫然，像一个刚从噩梦中醒来的人。发现这个噩梦竟是事实，精神被压到崩溃，她无法接受，回不过神来。他的神色如此漠然，目光如此冷酷，她盯着他久久地看，希望能认定这个他不是原来的他。

她曾是他捧在手心最珍贵的宝物。

或许是因为凰羽的真身是火系的凤凰，他对她的爱带着烈焰般灼热的温度，几分强势，几分霸道。

她是来自虚空的精灵，一有意识便是少女的模样，不记得自己有过去，或许这种天地孕育的精灵本就没有童年。她不曾受过礼教的约束，单纯又有着无拘无束的野性，最后却甘愿被他独占、专宠，并乐于享受他给予的热烈又甜美的束缚。

一个是地位尊贵的羽族族长凤凰，一个是平凡的出身不明的小精灵。这样的伴侣令天界的贵族们十分不屑，也让羽族中的长老等长辈持着反对的态度。他却以其不容忤逆的威严，将她护在了翼下。

甚至有一次她误坠销影池，他毫不犹豫地跟着跳下去救她。她的身体被蚀得不再成形，重伤难治，他又将五千年修来的小半修为度给她续命。

曾经的甜美缠绵，一去不返。

现在的无烟，赤裸的、伤痕累累的身体被强按在水中粗暴刷洗，疼痛渐渐变成麻木。她茫然看着水池边目光阴沉的凰羽，感觉如此陌生。她没有想到，有着烈焰般性格的凰羽，当他的爱转化成恨，同样具备烈焰的能量，烧得人体无完肤。

梧宫中最下等的婢子也有简单而洁净的居所，无烟却连一席之地也没有。

夜里，她当值的岗位，是凰羽尊上寝殿外的石阶。

深夜，屋内灯已熄，人已静，凰羽应是已睡着了。无烟坐在如水凉阶上，将身上的粗布衣裳褪到肩下，勉强抬起手臂，把伤药涂到伤处。这伤药是凰羽命人拿给她的，说是让她的肩骨早些长好，以便她早些干活。

她费了半天劲，总算勉强涂了个七七八八，已是疼出一身冷汗。她手臂无力放下，长出一口气。肩疼，不敢躺，不敢靠，她只能坐着。她试着调息，身体内仅有凰羽度与她的五百年灵力在流转，比起她以前拥有的修为孱弱了许多。她抬眼，明晃晃的一轮月映在眸中。

凰羽如此折磨她，自然是在报中毒之仇。也罢，如此若能让他心中舒服些，她的心中自然也舒服些。疼和苦算什么？再疼，也抵不过三百年来每日的油泼之痛。如今，终能逃脱这项酷刑了。

甚幸。

孔雀曾质疑过，问凰羽难道不怕再中血鸩之毒，他说，他已中过她的毒，自然会防备，不会再被她害。

于是，她也不必担心自身之毒无意之中再伤及他了。

甚幸、甚幸。

能亲眼看着他安好地活着，哪怕是作为一名贱婢守在旁侧……

甚幸、甚幸、甚幸。

她坐了一夜，终是昏沉睡着，无倚无靠的身体歪倒在地，肩膀撞在阶上，一阵疼痛，疼醒了过来。睁眼，一双镶金皂靴近在眼前。她顺着靴子望上去，是凰羽冷冰冰的脸。

"起来，干活了。"凰羽丢下硬邦邦的一句，转身离去。

无烟急忙跟着站了起来。因坐了一夜，身体都僵了，她一站起来便跌倒在地。

凰羽听到背后倒地的声音，眼中有片刻的疼痛，脚步却不曾有丝毫停顿。

无烟望着他冰冷的背影，明知他不会回头，心中还是免不了凄然。曾几何时，他待她如掌上珠宝，有一点小小伤疼便似十倍疼在他的心上。

罢了，思不得，忆不得。

无烟慌忙爬起来，低头跟上他的脚步。这一起一走之间，她发觉自己的肩骨虽然还疼着，可是一夜之间居然已愈合了，仙药果然神效。

无烟几乎承揽了梧宫中大半的脏活累活：擦石阶、洗地、挑水、浇花、施肥……从早到晚，忙个不休。宫中侍从婢子因恼恨她，更是处处给她压些担子，添些乱。

她的伤虽愈合了，接骨处似还有一隙裂痕，稍一用力便会疼痛。她想：日后想要展翅飞翔，怕是不可能了。留下这分残疾给她，显然也是他故意的。

让她既不能飞走，又能干活，还有适度的疼痛当作刑罚。分寸可谓拿捏得极好。还是那句话，仙药果然神效。

每一个擦地的动作，于他人而言很是轻松，于她而言却像尖刀一下下扎在肩上。她一边擦地，一边揩去冷汗。

挑水之类肩部吃力的活儿，更是疼得她眼前阵阵发黑。但再疼也绝不可以哼出声来，出声只会招来旁人的嘲笑和更甚的羞辱。

凰羽对她所遭受的疼痛和侮辱冷眼旁观，凉薄的神色落入她的眼中，心难免会疼，那疼却一日钝过一日。

原来再怎样的痛苦，也会慢慢习惯。

不过她最害怕的，是遇到那孔雀。每每遇到，她便会吓得浑身发抖，路都走不成，只能爬行着找个角落躲着。过去的三百年里，孔雀日日对她施以泼油之刑，着实是留下了阴影。

她不是没有尝试过解释。虽是她累他涅槃遇劫，却也是她凭着一缕离体薄魂将他救回的啊。他一直在找雁舞，若是说清她就是雁舞，他是否能原谅她？

某个夜晚，凰羽夜宴归来。守在寝殿外的无烟急忙站起来，垂首站在石阶一侧。他路过她身边时脚步一踉跄，她下意识地上前扶了一把，却被他甩手推开，她的后背撞到柱子上，肩胛一阵疼痛，疼得倒吸凉气。她抬头，见他睨视着她，微醺也掩不住眼中的讥讽。

凰羽甩袖进门，头也没有回一下。

无烟坐到阶上，肩上的伤口裂开，疼痛缓下去后，她忽然鼓起了勇气，爬到门边，轻声道："如果……我尽力补救了我的过失，你能不能原谅我？"

门内没有丝毫回应。或许他是睡着了，明天再说吧。明天，明天一定不要被彼此施予的伤害压垮，一定要把与他对话的勇气撑到天亮。

早晨，她巴巴儿地守在门外，等着一干侍女服侍他梳洗完毕，终于见他推门而出时，勇敢地迈上前一步。

他的脚步却没有丝毫迟疑，走过她身边时带起一股凛冽的小风，冷冰冰地砸下了三个字："不可能。"

她蒙住了，在原地呆立了半晌，颓然跌坐在地。原来，昨夜她说的话他是听到了啊。

就算他知道她不是凶手，却明白她是致他死亡的凶器这个事实。

被杀死的人，面对杀死自己的凶器，自然是深恶痛绝的。

她灰心地收起祈求原谅的奢望，每日里任他欣赏着她的艰辛苦难。但愿施与她这把"凶器"的每一分痛苦能够慢慢抵销他的愤怒。

时光如刀子一般，在无烟的脚下缓缓划过。每时每刻都鲜血淋漓，有时是身，有时是心。

一年之后的夏夜，院中芭蕉树下，凰羽饮下一坛桃花酿，歪靠在石桌上，不小心将酒壶扫到了地上。不远处蹲在石阶上的无烟急忙上前尽她的本分，蹲在地上，将碎片一块块捡起。

凰羽突然飞起一脚，将她踹翻在地，碎瓷片刺入掌心。

"毒妇！"他的眼眸如子夜般黑不见底，颊上浮着红晕，恶狠狠道，"为什么要这样对我！"

为什么？她怎么知道。她对于这样的殴打亦是习惯了。她默默爬起来，继续捡瓷片，手心的血滴在地上。

等会儿还得洗地。她懊恼地想。

身体猛地被提起，按在石桌之上。她惊异地抬头，看到凰羽眼中焰色灼灼，若红莲业火，要将人焚为灰烬。

他俯下身，嘴角噙一个恶毒的笑："我未死，你很失望吧？"

一年来，他很少与她对话。他突然对着她的脸开口，她十分不习惯，一时竟失语。

"你的血管里，流的都是毒药吗……"他一口狠狠地咬在她的锁骨处，血腥沁入舌尖。

她抵着他的胸，惊慌道："不要，我血中有毒……"

他低声笑道："这是在恐吓我吗？你的毒，再也于我无效。你的狠，也休想再伤我。"

对了，是这样，一慌张又忘记了。她松了一口气。

他眼中怒气却更盛，话音都似含了血丝："你为什么不否认！告诉我，你不是有意的，你其实是爱我的，你不想杀我，告诉我啊……"

天公做证，她是想告诉他的。可是下一刻，他便堵上了她的唇，咬破她的舌尖品尝她血液的味道。他粗暴地扯去她的衣物，就着石桌狠狠地蹂躏她。她若暴风雨中不停摇曳的一株弱柳，别说说话，气都喘不匀，唯有若溺水者一般攀附着他的肩背，手心血珠淋漓洒了一地残红。

第二章 彼岸

次日醒来时，无烟发现自己窝在石阶下的角落里。她晃了晃昏沉沉的脑袋，再低头看了看自己破败的衣衫，记起来了。昨夜凰羽施暴完毕，拥着她昏沉地醉倒在桌下。有仙侍前来将凰羽搀回房中，把她丢在了阶下。

她掩了掩衣襟。昨夜混乱时，他那几句破碎的话语回响在耳边。

——告诉我，你不是有意的，你其实是爱我的，你不想杀我……

她的心中，忽然闪起一点星光。

他还是有一点在意她的。既然在意她，若是告诉他花了三百年时间将他的魂魄拼起来的雁舞，其实就是她，他会怎样呢？

凰羽重生一年来，一直在派出人手寻找恩人雁舞的下落，却不曾有半点线索。怎么可能有线索呢？雁舞不在别处，她其实每日都匍匐在他的脚下，苦苦擦地呢。

如果他真的还有些许在意她，她若是坦诚相告，会不会云开见日？这个想法浮现在脑海中，若美轮美奂的幻影。她小心翼翼地捧着，生怕一不小心就将希望打碎了。

她焦急地四处找他，最终在园林的一条曲径上拦住了他。她鼓足了勇气，冲到了他的面前。

他看着她，目光中又是嫌恶，又是诧异。

"凰羽……"她哆嗦着，眼眸因为紧张而如同燃起火焰。

"你应该称我为尊上。"他冷冷道。

她没有争辩称呼的问题，迫不及待地说出了话题的重点。

"我就是雁舞。"

对了，就是这句话。脱口而出的同时，她泪水夺眶而出。她早该说出来，真不知自己为什么拖这么久，以至于离他的怀抱这么近，却迟迟不能扑进去。说出来，只要说出来，前嫌就可以尽释，他们就可以回到最初。

她终于说出来了。

她急促地呼吸着，睁大眼睛看着他，却因为泪水模糊而看不清他的表情。他只是静静地站着，沉默良久。

然后，她听到一声冷笑。

没有想象中敞开的怀抱，只有一声冷笑。

他缓缓开口，字字如刀："这便是你想出的新招，冒充雁舞？真是好办法啊。你是如何想出来的？该不会是昨夜我酒后糊涂，你便心存幻想，想出这等好办法的吧？冒充雁舞，你真做得出来。你若是雁舞，为何不早说？偏要等雁舞的事迹人人皆知了才自曝身份？更别说三百年来你的肉身一直囚在梧宫！"

无烟听得脸色惨白，张了张口，似要争辩，他却没有给她争辩的机会。

他的眸子若万年寒潭，冰冷彻骨："你莫不是想说雁舞是你的离体游魂？可我与雁舞相处时，她从未说过她是你。再者说，一个离体游魂，弱得一口气就能吹散，哪能上天入地，历经数次恶战，将我的魂魄拼齐？无烟，你这一招蠢得可笑。"他厌恶地瞥她一眼，"离我远些。"

他绕过她走开，碰都不屑碰她一下。独留下衣衫破败的狼狈女子，无力地跌坐到地上。

她无从争辩。为什么变成了一个游魂以后，反而比以前具备了更强大的灵力，仿佛有至少万年的修为？

连自己都无法解释的事，如何对他解释。

凰羽回到殿中，带了一身怒火，掀了案子，各种玉器珍宝砸碎一地，心中怒焰仍不能熄灭。

他的无烟，终是变成了如此不堪的样子。

从这一次起，无烟就像一株被当头浇了一勺开水的花草，蔫蔫的，再也打不起精神，再次灰心放弃了解释。

直到有一天，她惊异地发现了身体的变化。

她清晰地感觉到，体内有一个小生命正在悄然萌生。

是那一夜凰羽醉后……

她抚着小腹，苦苦地笑起来。以前，她与凰羽共度了百年相濡以沫的时光都没有怀上。在她如此落魄的时候，就那么一次，他就悄然而至，全然不顾他的母亲多么难堪，也全然不管母子俩会面临怎样的命运。

一只毒鸩的孩子，凰羽会容他存活吗？

想到他眼中的嫌恶、疏远、仇恨，她几乎可以认定，凰羽不会容许这个不祥的子嗣降生。

她每日穿着宽大的婢女衣裙，遮掩着渐渐隆起的小腹，不敢让任何人看出来。腹部鼓起得越明显，她心中越慌乱。

或许，她该在凰羽知道这个孩子存在之前从梧宫逃离，逃到谁也不认得她的地方，生下他，与他相依为命，度过平静的余生。

忽然间，一片灰暗的生活的前方，有了点小小光亮，让她颇为神往。

沉浸在幻想中的时候，有仙侍路过，凶巴巴地呵斥："你怎么还在这里！前厅来客了，尊上刚刚还问你在哪里偷懒呢，还不快去伺候着！"

"哦……"她慌忙应着，奔去前厅。

凰羽正在与客人对坐饮茶，闲闲交谈。

客人是一壮实汉子，气魄非常，只是脸上斜蒙了一只眼罩，竟是个独眼。客人高声道："喜闻尊上浴火重生，猰因特前来恭贺。"

"多谢。"凰羽客气地道，"猰因兄弟多礼了，你镇守三危山，离居走动岂是易事。"看了一眼猷因，疑惑道，"猷因兄弟的眼睛怎么了？"

猷因抬手摸了摸眼罩，懊恼道："唉，别提了，被人剜去了。"

凰羽有些吃惊。猷因真身是一头四角巨兽，已有九千岁。前五千年食人成性，后被天界收服，跻身于神兽之列，镇守天界关口三危山已有四千年，脾性凶暴，力大无穷。不知谁这么大的胆子去惹他。

不远处的墙角忽然啪嚓一声响，一名婢女打碎了杯子。两人都愣了一下，目光向着墙角扫去。

无烟低着头捡拾碎片，手微微发抖。

猷因收回目光，嘴角浮起阴沉一笑，指着自己的眼罩道："是被一名女子剜去了左目。"

凰羽微微蹙眉："是何女子如此凶悍，竟能剜猷因之目？"

猷因冷笑道："此女远在天边，近在眼前。"

话音未落，突然长身暴起，指端冒出锋利锐甲，直袭向墙角的无烟。无烟此时修为浅、身有残，哪里还有昔日威风，只吓得呆呆地睁着一双眸子，竟无力躲避。只是在猷因袭来的一刻，她下意识地抱住了腹部。

然而猷因攻击的目标是她的双眼。

瞬息之间，双目剧痛，紧接着世界一片黑暗。

她倒在地上，痛得几乎痉挛，热血流了一脸。

那边，响起了凰羽惊怒的质问声："猷因！你这是做什么！"

"救我……"无烟的手指虚虚蜷曲了一下，似是企图握住唯一希望的衣角。她什么也没抓住，手心空空。他依然在离她很远的地方，并没有因为她的可怜向她走近一步。

只听猷因愤怒地嘶吼道："尊上！我曾做过五千年的食人之兽，对人的气息嗅之不忘。我能断定，这女子便是挖出我的左目之人。"

屋内一时寂静无声。

凰羽沉默了。她不知他是不是在看她血肉模糊的脸，不知此刻他脸上是怎样的表情。

她不想知道。反正她再也看不见了。

半晌，只听凰羽的声音传来："果然是她能做出的歹毒行径。"

猇因道："在下急怒攻心，未经尊上许可便伤了宫中婢子，请尊上降罪！"

"罢了。是她罪有应得。"

随着他冷漠的语调，无烟停止了最后一丝挣扎。她不是昏死，只是木然了。她只觉心口传来碎裂的声音，有什么东西化为了泡影，从指间溜走，不留一星半点。

所有恩怨，所有过往，在他冷漠旁观她被刺瞎的这一刻全部崩坍，无可挽回。

有仙侍上前，将她抬到后面去。猇因为自己的莽撞举动颇为不安，匆匆告辞。

猇因走后，凰羽按捺不住心中焦虑，想去看一眼无烟——问问她，究竟为何剜猇因之目，为何凶残至斯，她究竟还有多少层恶毒的面目是他尚未看清的。

可是找遍了梧宫，他只找到墙根处的零星血点。

无烟逃走了。

一只折了双翼、失了双目的鸟儿，能去往哪里呢？

凰羽站在宫门外，望着仙界内的茫茫云雾，心中一片茫然。

他忽然明白了一件不愿承认的事。他如此匆忙地来找她，并非为了逼问猇因之事，最根本的目的是想为她止一止血、止一止疼。

他派出去许多人手寻找，却一无所获。无烟像她最初由虚空中出现一般，毫无痕迹地消失在了虚空之中。

无烟不知道自己该去往哪里，她不知自己已游荡了多久。眼窝里的血还在不断涌出，由于失血过多，头脑昏昏沉沉。

她脚下忽然有些羁绊，像是踏入了及膝的草丛中，垂下的手指触到一些柔软的细丝。无烟停住了，染血的手指轻轻地拂过那些细丝。

是彼岸花细长如丝的花蕊。

她是走进了彼岸花的花丛中。她忽然记起来今日是秋分，正是彼岸花盛开的时节。她知道如果自己还能看见，眼前必定是一片如火如焰、猩红妖娆的花海。

在这花海深处，有一处翻腾着蓝色滚浪的池子叫作销影池。

在与凰羽相识的第九十个年头，她曾在这里出过一次意外。这个销影池距离梧宫不远，是令神仙们谈之色变的一个去处，通常用于处死犯了重罪的神族。当然了，很少用到。反倒是偶尔有遇事想不开的仙子，会在那里投池自尽。

或许是因为销影池积累了阴气，每年秋分时节，池畔会盛开大片彼岸花。彼岸花通常是盛开在黄泉路上的引路花，妖娆艳丽，又透着特有的阴郁气息。

那一年秋分，活泼好动的无烟听说彼岸花盛开，想要来看，凰羽却不许她来这种邪气的地方。

于是她就偷偷跑来了。

后来，就出事了。

她不记得自己是怎样坠入销影池的。那一次受伤太重，使得记忆都丢失了。她只记得落入池中的刹那，骨肉剥离般地剧痛。

凰羽就在那时奇迹般地出现了，毫不犹豫地纵身跟着跃了下去，拼了全身的灵力逼开有着可怕腐蚀力的碧蓝池水，抱着她跃回了池畔之上。

无烟灵力很弱，被捞上岸后几乎不成人形，眼看着没救了。凰羽也受了极重的伤，皮肉片片脱落。那时他顾不上自己的伤，首先扑到她的身边，将五千年修来的灵力度与她一半，暂时留住她一口气，又差人连夜从天界太阳升起的地方——汤谷，弄来汤谷圣水，装在神木"若木"制成的大木桶中，调配起死回生的灵药，将她整个人浸了进去。

她在汤谷水中睡了整整一年才醒来，一睁开眼，便看到疲惫地伏在桶边小睡的凰羽。

她对之前坠入销影池的事几乎全没了记忆，恍然以为自己只是沐浴时睡着了。调皮地去撩他的鼻尖，他睁开眼睛，不敢相信地看着醒过来的她，猛地一把抱住她泣不成声。

她不知发生了什么，迷惑地也抱住了他，手底却有异样的触感。他背部的衣服底下似是凹凸不平。狐疑地掀开他的衣衫，看到一片可怕的疤痕。

　　后来她才慢慢知道，他将她从销影池中救上来后，因她生死未卜，他就拒绝治疗，整个人像疯了一样，不准医师碰他一下。直到得到了汤谷水、若木桶，无烟有了一线生机，他才冷静了些许，接受了治疗。但因为错过了最佳的时机，他的身上留下了任何仙药也无法抹去的疤痕。

　　那时的她，自责不该贪玩偷跑去看彼岸花，累他受伤。她环住他赤裸的脊背呜咽成一团，把泪水蹭在他的伤疤上，企图用眼泪来治愈他，却无济于事。

　　他笑着将她扳到身前抱住，道："留下一点伤疤，能换来无烟的疼惜，合算得很。"

　　那时凰羽轻声道："待我涅槃重生之后，无烟便嫁给我可好？"

　　"不。"她摇摇头，"我现在嫁，现在就嫁。"

　　她急切的模样惹笑了他，他刮了一下她的鼻子："这般恨嫁，羞不羞？"

　　"我不管，现在你就得娶我！"她半分矜持也不要了。

　　他虽是千般宠爱她，这件事却固执地不肯依她。因为，涅槃将近。

　　她知道涅槃的事，猜到了他的想法，心中隐隐有不好的预感。揪着他的衣袖，她一字一句道："我若是先嫁给你，涅槃的时候，你心里记挂着我，就能安好地回来。"

　　他笑道："我却觉得，你许诺我重生后嫁我，我有你这个美味诱饵，就更有重生的动力。"

　　于是她纠结了——当嫁不当嫁？

　　在没有意外的情况下，凤凰会例行千年一次浴火涅槃，抛弃上一个肉身而重生，获得更进一层的修为。每一次涅槃重生，凰羽都会拥有更强大的灵力。但同时也是危险的赌博，若不能顺利涅槃，便会付出灰飞烟灭的代价。

　　凰羽与无烟已相爱近百年之久，他却没有正式地娶她，正是因为涅槃将近，他不愿给她一个未知的未来。他要等到重生之后，与她共享漫长的岁月。

所以他固执地把他们的大婚安排在了涅槃重生的那一天。

那时没有人告诉无烟，为了救她，凰羽度与了她一半修为。也没有人知道，无烟天生的毒素在不知不觉中已将致命的种子深种在凰羽的血脉中。她乐观地以为，已经历经四次涅槃的凰羽这一次一定能顺利重生。所以她也没有坚持先嫁给他。

十年之后，凰羽的梧宫腾起冲天大火，七日不熄。火灭之后，身穿华美嫁衣等在梧宫前的无烟没有等来重生的凰羽，却等来了羽族长老们的锁链、囚禁和酷刑。

他们说是她害死了他。

如今，无烟故地重游，已失去了一切包括眼睛。前方传来特殊的汩汩水声，她识得那声音。那是销影池的波浪翻滚声。当年她坠入销影池时，是凰羽不顾生死拉她上来的，他因此负了重伤，又度了小半修为给她，这也成了后来他涅槃遭劫的隐患之一。

她真是累他不轻啊，她果然是他的命里灾星。

如今无意中竟又走到了这里，是命运在暗示她一了百了吗？若是跃下去，不会再有谁来捞她了。

她已生无可恋，或许可以死了。可是即便死了，冥界也不肯收她，她依然会是个四处游荡的孤魂野鬼，与现在的她无甚不同。

她茫然地站在销影池畔，忽然感觉背后有异样气息。或许是因为失去眼睛，感觉变得分外敏锐。耳中没听到半分声响，只是凭直觉就感觉到了有人接近。她猛地回头，以满是鲜血的脸庞面对着未知的来者。

对面寂静，可是她知道有人在那里。脑海里突然间像有风刮过一般，蒙尘的记忆露出模糊的影子。

"是你。"无烟开口，嗓音干哑。

对方没有回答。

她又道："就是你，三百年前把我推入了销影池。你是谁？"一字一顿地质问着面前的黑暗，话音里带着血丝。

一只手突然从黑暗中伸过来，猛地推在她的肩上，她仰面向后跌去，跌落前手一探，握住了对方的一根手指，却又瞬间滑脱。

背后的深渊下是翻涌着蓝色波浪的销影池，化身蚀骨。

她没有发出半声惊叫，只用血色的眼眶"盯"着池边的凶手，身体似一片薄叶无声地跌落。

半空中，她的手下意识地抚上微隆的腹部，一声抱歉没有念出，便没入池中，没有挣扎翻滚一下，瞬间就血肉无存。

奈何桥前，鬼群熙熙攘攘排队过桥，按顺序从孟婆手中接过孟婆汤。

队伍前忽然起了一阵小小的骚乱。孟婆高声怒斥着面前的一名女鬼："又是你！怎么又混进来了！我告诉过你，蒙混过关是不可能的，你都已试过六十多次了，不要再来捣乱了好吗！"

那女鬼双目已残，面相颇是凄惨，正是无烟的魂。此时她两手死死地扳着孟婆手中的汤碗，企图抢夺过来，面露急色道："孟婆，你不要这般小气！"

"这一碗汤对应一个往生的魂魄，你不在三界名册上，自然没你的份儿！快快给我回去！"手一挥，扬起一股旋风，无烟就被卷回到幽冥河畔，落地时滚了好久才停下来。她伏在地上，懊恼地报出一个数字："第六十三次。"

此时离她被未知的凶手推入销影池已过去一年之久。一年前，她的肉身化在池中，竟没有魂飞魄散，魂魄不知何时在池边凝聚了起来，却依然是失明的，想要回望一眼前尘也不得。不望也罢，前生太过悲惨，既然没有魂飞魄散，那就去设法讨碗孟婆汤忘却一切吧。

没想到，孟婆这个刁钻老太婆总是那么抠门。

她爬起来，摸索着路，不折不挠地第六十四次爬到了桥上去。

她又一次在孟婆面前纠缠不休的时候，后面排队的亡灵们等得焦心，终于触犯了众怒，合起伙来把她抬起来丢进了桥下的幽冥河中。

幽冥河的河水是黯淡的五彩色，由亡灵过桥时抛却的记忆形成，混杂着无数人世间的悲欢离合、喜怒哀乐。无烟被铺天盖地的情绪没顶。

原来世人的记忆里有那么多悲伤。可是这些悲伤被抛进河中时，已多是看透的释然，没有多少哀痛，只有无尽的苍凉。

再度从河水中浮出来时，为了不被冲走，她死死地扳住了桥墩边沿。

她正苦恼着如何爬上岸时，忽然听到桥上传来了熟悉的嗓音。

"孟婆，你把最近一年的往生名册拿给我看一下。"

她如同被雷击中一般，一刹那动弹不得。那是凰羽的声音。

神族对于桥上的亡灵们来说如同阳光照射到阴影，几乎要魂飞魄散，一堆堆挤在桥边吓得缩成一团不敢出声。桥上一时很安静。桥底的无烟可以清晰地听到凰羽一页页翻动纸张的声音。

过了一阵，大概是翻完了，凰羽问："你有没有见到一个名叫无烟的鸟儿精灵的魂儿来过桥？应是个女子的模样，双目……失明。"

孟婆心头一凛。这个名字她熟悉得很。一年来，那个叫无烟的失去双目的小鸟儿，不知有多少次哭着喊着想要一碗汤。但是，就在不久前……

她望了一眼幽幽河水，已不见那小鸟的影子。不知被冲到哪里去了，或许永远也不会回来了。看这位神尊的表情，好像急切地要找到她的样子，眼中压不住的焦灼似火焰一般，被他盯一眼，仿佛就要烧成灰。如果他知道他要找的人，被她纵容亡灵们丢进了河里，这位爷不灭了她才怪。

她脸上迅速堆起一个笑："不曾见过。"

凰羽眼中闪过失望，转头看看桥上挤着亡灵，问道："你们呢？有没有见到？"

这群家伙正是刚刚把无烟丢下河的元凶，这时哪里敢认，一个个晃得脑袋都要掉下来。甚至有一个脖子不牢靠的，咔嚓一声晃断了脖子，脑袋咕噜噜滚到了凰羽脚边。

凰羽沉默了许久，说了一句："那也要去阴冥找找。"他把名册丢还给孟婆。

无烟听着他的脚步声，他是过桥去了。她的手一松，浑身无力地任河水卷着顺流而下，片刻间就被冲出了很远。

他居然找到冥界来了。她都死了，他还不肯放过她吗？

不知顺水漂了多久，她这片薄魂被冲到岸边，挂在了草丛里。她慢慢地爬上岸，许久才恢复了一点力气。

她心里想着，凰羽这次既然去冥界找过了，以后应该就不会再去了。她还是得回奈何桥设法去到冥界，然后再想办法进入轮回，摆脱这孤魂野鬼的命运。

可是孟婆已知道凰羽在找她，万一为立功讨好而通知凰羽呢？无烟沮丧地趴在地上的时候，突然一阵车轮声驰近，尚未来得及起身躲避，她已然被辗过，魂儿顿时裂成碎片。

车轮声停下了，有问话声传来："怎么了？"

似是车夫的人答道："回司命星君的话，方才碾到一个游魂。"

那声音不耐烦地道："魂魄不去奈何桥上排队，在这里乱转什么？"

无烟破碎的魂儿片刻间又凝聚成形，耳中捕捉到了"司命星君"四个字，精神一振，挟着一股小阴风就循着声音飘了过去，摸到车架的边缘，一把扳住了车辖辘。

司命星君见这失明的小魂魄恶形恶状，只当要讹上他，道："小魂儿，方才碾到你是因为你趴在路中间挡道，你负主要责任，休要纠缠。"转而对车夫道，"快快给她几张纸钱，打发她去奈何桥。"

无烟仰着脸，急急唤道："司命星君！您是司命星君吗？不是我不想过奈何桥，是孟婆她不让我过啊！"

司命星君顿了一下，打量了她一眼，问道："孟婆可说过理由？"

"孟婆说我不在三界名册之上，不能往生。"

司命星君讶异道："你叫什么名字？"

"我……没有名字。我只是个天地虚空孕育的精灵，没有人给我起名。"

凰羽在寻找她的下落，她却不愿与他重逢。不管他是否了解真相。司命星君也是仙君，保不齐会巧合透露她的信息。

司命星君头疼地揉了揉太阳穴："你可知道司命星君我平日里有多忙？万万苍生生老病死、轮回转世都要司命星君我去操心，一个不留神安排错了，就要被天帝揪小辫子，实在心力交瘁。偏偏有你这般不知从哪里来又不知该往哪里去的家伙从虚空中冒出来，给司命星君我添这许多麻烦！"

无烟也感觉抱歉得很，求道："还求星君放我过桥去。"

司命星君恼道："我若能放你过桥，还要孟婆做什么？不要扒着我的车轮子，放手吧。"

无烟已彷徨一年，今日终于逮住一个能管事的，打定主意不肯放过："我究竟该去往哪里，还请星君指条明路。"

"你无前生、无来世，我怎么知道你该去往哪里！"

无烟听他这是想甩手不管，心一横，道："若您不管，我便跪在奈何桥头日日喊冤，就说司命星君空食俸禄、疏忽职守！"

司命星君近日诸事不顺，正满心烦恼，又被无烟纠缠，气得直捋胡须。他忽然眼珠一转，道："小魂儿，你既不在三界名册上，转世投胎的事着实为难。不如，你回去吧。"

"回去？"无烟一怔，"回哪里？"

"回去便是复生。你既然死不得，便一直活着好了。长生不老啊，旁人求都求不来，你走运了，呵呵呵呵。"

"我不愿复生。"无烟笃定地说，"若不能与前世一刀两断，便求星君赐我个魂飞魄散！"

司命星君道："让人魂飞魄散那是妖魔的行事风格，我可是神仙啊，神仙！擅自让人魂飞魄散是要受处罚的！"

无烟面露痛楚之色，喃喃道："就算是复生，我希望能失去记忆。我与那前世之人恩怨已两清，互不相欠，没有必要再记得他。"

司命星君为难地吸了一口冷气。让人失忆的仙丹不是没有，却是贵重得很，看这小鸟儿凄惨的模样，定然是买不起的，他可不愿荷包白白受损。他呵呵笑了两声道："小鸟儿，你复活之后便是重生。那些记忆再苦，也是前世的烟尘了。那前世没有旧恨要雪，没有前缘要续，你又何必挂怀，就当是隔世的一场梦罢了。"

司命星君说这番话，原只是为了摆脱这个麻烦，在无烟听来，却如醍醍灌顶，有彻悟之感。

她犹豫道："我的肉身已在销影池内化为乌有，怎么能复生呢？"

司命星君见她动心，趁热打铁道："我来看看三界间有什么与你有缘的事物让你借以复生。"

他念动口诀，手指在虚空中轻轻一点，半空中如水镜般晃了一晃，出现一只僵卧的鸟儿，通体羽色赤红。再偏头看看无烟，以他的眼力，自然能看出无烟禽形真身的模样。他喜得眉开眼笑："真是天定机缘啊！这里有只刚刚气绝的鸟儿，与你的真身简直一模一样呢，只是你的翅端多了几枚黑点。差不多、差不多。"

他生怕无烟反悔，不及细想，便将无烟朝着那虚影一推，一团红色莹光闪过，无烟凭空消失了。

司命星君松了一口气，拍拍手道："总算是扔回去了。只要她不在阴间，就不关我司命星君的事了。多一事不如少一事。上路上路。"

他伸手拍打了下袍子上不存在的灰尘，仿佛这样就可以彻底甩掉麻烦。他匆忙上车，绝尘而去。

他却不知，他为了省心赶回阳世的这只小鸟儿，竟阴差阳错上了一尊上古邪神的身。

无烟在被司命星君一推之后，便似跌入了一团漆黑胶泥之中，肢体百骸瞬间变得无比沉重。一年来她作为一个游魂，可以飘来飘去，任意散开又凝聚，自由惯了，突然间被束缚住，难受得很。

旁边不远处传来一片呜咽声。有个年轻男子泣道："上神这样去了，我等可如何是好？"

有另一男子也带着哭腔道："上神虽然脾气怪了一些，但总能护我们平安。外面那帮毒物早就看我们不顺眼了，现如今没有了上神的庇护，他们不把我们分吃了才怪！"

他这么一说，更招起了一片哭声，听起来都是男子的声音。

一帮大男人在这里哭哭啼啼，忒没出息了。无烟听得烦躁得很，有心想睁眼看看这帮没用的家伙是些什么人，眼皮却沉重得睁不开。

她突然记起了一件事，心中猛地一沉：不会复生之后，她还是瞎的吧！糟糕，忘记跟司命星君提复明的要求了！

心急之下，眼睛竟睁了开来。面前的光线虽然柔和，但她太久没有见过光明，被这突如其来的微光刺得泪眼汪汪。

许久才能够看清事物。她似乎是身处一座极度奢华的寝宫之内，处处镶金嵌宝，其奢华张扬连凰羽的寝宫也不能与此处相比。

刚刚司命星君还教导她说前世的事只作梦境，这刚醒来怎么又记起凰羽了？不可再思，不可再忆。此世重生，前缘尽断。

还是看看是谁在她身边哀怨哭泣吧。

第四章 复生

　　她的目光落在伏于床边的人身上。这是一名十六七岁模样的少年，虽然此时哭得满面泪痕，仍不影响他十分俊秀的面容，长睫下泪水不住涌出，真正是悲伤彻骨、痛不欲生，十足的梨花带雨。再看他身后，跪伏了一地的少年。

　　哪来的这么多男孩子？

　　床边的少年睁开泪眼，用满是哀伤的目光再看一眼他悲悼的对象，眸子瞬间睁大，怔了一下，喃喃念了一声："上神……"

　　四周的少年感觉到异样，纷纷抬头看来。见她睁眼，他们一拥而上，七嘴八舌地呼唤"上神！上神醒了""上神！上神"涕泪横飞。

　　一个少年激动之下伸手来碰她，刚触了一下，手指登时焦黑，黑色迅速蔓延了整个手掌。少年惨叫一声向后倒去，倒地时，片刻前还模样清秀的少年已变成一团焦黑的枯尸，面容可怖，吓得她眼一翻，昏了过去。

　　无烟复生的地界叫作瑶碧山。

　　天清地浊，混沌初开的上古荒蛮时期，神魔两族曾有近千年的混战，后来神族获胜，压制住了妖魔界。大战之后，又历经了无数战争，世界格局终于稳定了下来，分为天、地、人这三界。天界广袤无边，主要有东、西、南、北、中这五个陆地板块，板块间或以河、山脉或汪洋大海为界。距那场混沌大战已过去了十五万四千六百年。十五万余年间，仅历经两任天帝，第一任是帝俊，第二任就是现在的中央天帝黄帝轩辕。东、西、南、北这四方天界，分别由东方青帝伏羲、南方炎帝神农、西方金帝少昊、北方黑帝颛顼治理，而中央天帝黄帝轩辕就是他们的老大。四方天帝与黄帝轩辕的关系，类似于凡间的藩王与皇帝，虽各自为政，黄帝却拥有至高无上的权力。

这瑶碧山便是位于东方天界。

东方青帝伏羲司管春季，境内气候四季如春，景色如画，实为仙人们踏青游玩之胜地。这高峰巍峨的瑶碧山，名字美，风景更美，山间生长着旺盛的梓木和楠木，林木葱郁，却极少有外人来观光游赏。只因这里的居民让人避之不及，他们便是——鸩族。

之前说过，鸩族虽也是禽类，却因在十五万年前混沌初开、神魔混战不休的时候，其族长九霄天生身含剧毒，受天帝之命专司暗杀之职，除去许多敌方势力，为巩固轩辕家族的地位立下汗马功劳，大战结束之后，被当时的天帝帝俊封为上神，有着独立的封地，因此鸩族是不在凰羽的管辖范围之内的。

鸩神九霄是战后日渐凋零的神族中少有的妖族出身的邪神。论年龄，比羽族之尊凰羽年长十倍有余，论辈分更是在他之上了——其实放眼天界，辈分上能与九霄平起平坐的屈指可数，仅有五方天帝中的炎帝神农、北方雪山的玄冥、东方青丘的九尾。连现任天帝黄帝轩辕也是第二代天神，其实是要比九霄小一辈的。而这些上古神族的生命太过漫长，反而看淡了辈分，唯有备受尊崇的地位无人可撼动。

凰羽的梧宫在南方天界境内，可以说与鸩族不在同一片天空之下了，恍若两个不相交的世界。这样遥远的距离，应是再不会相遇了吧。

她再次醒来的第一件事，是用无力的翅端触了一下自己的腹部。

他不在那里了。

当然了，这是别人的肉身，她的孩子不能随她复生，已随着无烟的肉身化作乌有了。

她嘴里沁出血的味道。

前世的折翼、失明，这些不是最疼的记忆。最疼的是她没能保护得了自己的孩子。那个与她有过短暂血肉交融，曾在她最冰冷绝望的时候带来星点希望的孩子，不会再回来。

她失去了他。

上神九霄虽辈分地位甚高，却从未婚嫁，没有子嗣，且性情极其暴戾古怪，又奢靡放纵，宫中纳了上百名少年轮番侍寝。这一次突然暴病，据说是因为修炼时，自身心头血所含毒性突然反噬。鸩血有剧毒，鸩族之首领九霄的心头血更是无药可解，便是黄帝轩辕也爱莫能助。于是，活了不知多少万年的上神险些身亡。也就是说，她差点把自己毒死了。

当然，无烟清楚，九霄已死了，活过来的，不是原来的九霄了。

但这话她如何敢说？面对几十名少年争着抢着悉心照料，以及宫外千万名鸩族子民感激上苍叩天拜地，让她只能默认自己是九霄。

因为此次"中毒"事件，上神九霄元气大损，久久不能现人形，数日保持着一只鸽子大小的红羽小鸟的模样。

她自从知道自己借以复生的身躯是上神九霄的，而前世早就听说过上神九霄足足有十五万岁，老得惨绝人寰，心情不免沉重——等痊愈后能幻化人身时，还不知是怎样一副鸡皮鹤发的老脸，第一次照镜子时不知会不会被吓晕过去。她前世青春貌美，一复生竟成了三界之中最老的，真是欲哭无泪。

随着时间推移，她能感觉到先前失控的心头血像带着火焰的岩浆一般遍布血脉，让她浑身冒出真真正正的绿色火苗，遭受近一个时辰的炼狱之火焚身般的痛楚，那绿火才一点点熄灭。

不过随着身体一点点恢复，她感觉到那心头血正在慢慢地回流到心脏中。虽还是时不时地毒血逆流，但状况是越来越好的。

开始几天，任何人都不敢碰触她的哪怕一片羽翼，包括她的"男宠们"。因为她浑身遍布毒素，触者立刻浑身发黑，瞬间化作一具焦尸。

她初醒时，不小心碰到她的那个小男宠就那么冤枉地死掉了。唉，可怜。一醒来就断送一条人命，她心中很是歉然不安。

以前的上神九霄并不是这般碰不得，她会将毒素收敛在体内，且收放自如。只要不惹她生气，与她接触就是安全的——否则她怎么与男宠们亲近呢？

当然了，目前还活着的男宠，都是不曾惹上神生过气的。

这次毒发却使得毒素失去控制，遍布她的百骸，等她好些方能控制毒素。

上神九霄的真身也是血色鸩鸟。司命星君说得没错，九霄的羽色与前世无烟的羽色很像，唯一不同的是无烟的翅端有几个黑点，九霄却是通体赤红。

普通鸩鸟的羽色是紫绿色，乍看上去是黑油油的，据说红羽的鸩鸟自开天辟地仅九霄一只。然而它实在活得太久，混沌之初有幸或不幸见过她真身的神魔基本都死绝了，所以，罕有人知道这世上还有红羽的鸩鸟。之前孔雀差人来打听红羽鸩鸟的事，自然是被否认了。

这一天，经过族中医师臻邑反复以药草"试毒"，终于证实九霄体表羽毛的毒素都收敛了回去。

这个结论一出，其他男宠还在犹豫之时，余音已第一个伸手抱起了鸩鸟，紧紧贴在心口，流下泪来，泪珠儿渗到她颈间的细羽间，几分清凉，几分暖。这个余音，就是她初醒那天，伏在床边哭泣的美貌少年。

余音用他修长温暖的双手小心翼翼地捧着换了无烟灵魂的九霄，带她到园中晒太阳。

现在她所居住的这个地方叫作碧落宫，占地数百亩，宫中有二十七殿、三十六楼、四十二亭，以及花半个月都逛不完的优美园林。

而且这个碧落宫只是给上神九霄居住用的，真正的神殿鸩宫不在这里，在瑶碧山的最高峰。

余音及另外几十名少年其实都是凡人，据说是九霄从人间挑中，以赠予仙丹让他们成仙为诱惑，引诱他们来到天界瑶碧山。这些少年都是清秀美貌的，看来原来的九霄颇喜有阴柔之美的男人。

据说，余音是九霄最喜欢的男宠。

一切"据说"，都是从余音那里打听来的。她借着中毒事件假称自己失忆，以过渡这个新的身份。

余音坐到一张石凳上，把她放在自己膝上，轻轻理了理她的翅翼，帮她调整出舒适的卧姿。阳光明媚，少年的膝头温暖。

"上神，这样卧着舒服吗？"余音低垂着长长的睫，目光如水。

"不错不错。"九霄答道。

"余音给你捋捋背吧。"少年的两根手指温柔地从鸟儿的双翅中央抚到尾部。

九霄只觉浑身别扭，急忙道："不必了、不必了。"

余音流露出失意的神气，道："上神不是很喜欢余音抚摸你吗？"一边说，一边面露失落，眸上甚至覆了一层薄泪，"上神是不是不喜欢余音了？"

"抚摸"二字听得九霄寒意阵阵。她又最看不得他这副梨花带雨的样子，忙道："捋吧，捋吧捋吧捋吧。"

余音顿时笑逐颜开，眼泪瞬间不见。其变脸之神速，令人咋舌。九霄不由暗暗发愁。这位小男宠很难搞的样子，将来也不知能不能降得住。

更何况，难搞的可不只余音一个。她不过是晒这一会儿太阳，已有五六名少年轮番上来伺候了，这个喂点水，那个喂点药，这个嘘寒，那个问暖，个个神态甜腻得让人难以忍受。九霄还是咬牙忍了下来，直到有一名少年口含食物，执意要与她玩"以前最爱的游戏"——以嘴喂食，九霄终于忍无可忍，一头扎进翅根儿底下装起死来。

余音见她不喜，挥了挥手让那少年走开。那少年还不甘心地抛下一句："上神要快快好起来，恢复人身，让小的好好伺候您。"

他最末一句说得暧昧喑哑，听得九霄心头一跳：伺候？什么样的伺候？莫不是……

她心中大慌，头插在翅下更抬不起来，心中已将那变态的原九霄骂了万万遍。

死变态，给她留下这许多难缠的小妖精，她要如何应付。

头顶传来余音的一声轻笑："上神不要理他。只余音自己，便能把上神伺候得舒舒服服。"

一瞬间，九霄恨不能返回阴间，揪住那司命星君给她换个肉身……

小径上传来脚步声，一名二十岁模样的青衣女子扭着妖娆的小蛮腰走近。这青衣女子蜂腰丰胸，身材火辣，衣着特异，发式更是标新立异，面上浓妆艳抹，眼影直画得飞进鬓角里去，唇上的色泽也是涂着浓郁的黑色。

她怎么看怎么透着一股妖气。

但她却不是妖，而是标准的鸩族精灵，九霄旗下的鸩族四大长老之一，名问帛。

问帛走到九霄与余音面前，施施然施了一礼，问候道："上神身上好些了吗？"

九霄答道："唔，好些了。"

问帛道："既然好些了，族内一些事务还请上神劳神示下。"

九霄一听就头大起来。

她清醒以后，问帛就常来请示，这边用度不够，那边规划须改，封地边界争端，各族礼尚往来……

九霄哪里懂啊，她只会一句："您看着办吧……"

问帛疑惑地反问："上神，您怎么跟我说话这般客气，属下承受不起。"

九霄打着哈哈含糊其词："大家是朋友嘛，客气一点有什么……呃……是不是啊？呵呵呵呵。"

问帛色看起来更不解了。

九霄心中暗暗一凛。看样子，她的行事风格与原九霄大相径庭啊。如此破绽百出，终有一天会被看破。他们若知道她占了上神九霄的肉身，不知会怎么处置她。她只能装出头脑迷糊的样子应付着。幸好还有个余音，一见她面露愁苦就替她说道："上神元气受损，记忆尚未完全恢复，问帛长老先不要拿这些琐事来烦上神。"

这一次也不例外。九霄感激地瞅了一眼替她应付的余音。

问帛的一对暗红眼眸毒毒地剜了一眼余音："我在请上神示下，有你说话的分吗？上神受这般苦楚，还不是你们这群狐媚子害的！"

咦？这话听着新鲜！之前余音他们都说九霄是修炼时出了岔子，心头血逆行而中毒，问帛一干手下也没有刻意谈及这个话题，她便信以为真。这时听问帛说出这句话来，倒似另有缘故。

九霄很想问清原委，不料毒性突然发作，全身颤抖不已，羽梢都冒出绿色的焰苗。余音再也顾不上与问帛顶嘴，急忙将她塞进衣襟中护着，让她的身躯紧贴自己胸口，全然不顾她羽梢的绿焰将细腻的肌肤烧得刺啦作响，整个人佝偻着跪倒在地上，咬牙忍疼，额上冒出大滴汗珠。

问帛看到这一幕，垂首站在一边默默地守着，不再冷嘲热讽。她看向余音的目光却也没有丝毫钦佩之意，仍是冰冷嘲讽的。

待发作过去之后，九霄慢慢地缓了过来，余音的胸口已被灼得焦黑，几乎晕过去了。九霄气若游丝道："余音，你不必这样，你的皮肉又不能缓解我的痛苦，何苦呢？"

余音亦是气若游丝地吐出一句："虽不能替上神承担，但与上神一起共苦也是好的……"话毕，人晕。

他倒是愿意与她共苦，可是天知道，对她来说，毒焰焚身的同时被硬贴在一个陌生男子的皮肉上，那真是苦上加苦。

问帛撇了撇嘴，唤人来带余音下去医治，她自己则捧起九霄，慢慢走着送回寝殿去。

她一边走，一边徐徐吐出一句："上神又被这小子的矫情样迷住了是不是？哼，一点苦肉计而已。"

复生以来，九霄就被夹在这二人的矛盾之间，整天听他们两个说彼此的坏话，着实听得耳根子生疼。

不管余音有几分真情几分假意，这样的举动多少是让她有些感动的。

她疲惫不堪地安抚问帛道："你既然知道他矫情，就不要与他计较了。"

"不计较？！"问帛陡然怒了，"上神这是失忆了，忘记自己是如何险些折在谁的手里了！真是忍不得了！属下今日就是拼着一死，也要把话说出来！上神，您知道您为何遭遇此劫吗？可不是我们对外解释的什么修炼，而是四修……四修……抱歉，属下没脸说，属下替上神感到羞耻！"

接下来，问帛在声明自己"不好意思说"之后，滔滔不绝地说了个清楚无比……

原来那夜原九霄召了三名男宠侍寝，通宵淫靡放纵，服了些邪门的丹药，玩了些过火的游戏，第二天早晨便气血岔行，毒发了。问帛咬牙切齿地用了足足三千字描述那夜寝殿里传出的声音、映出的光影、持续的时间，直听得九霄羞愤欲死。

您不是没脸说吗？您现在说那么欢是怎么回事？！想一想那上神老人家都十五万岁了，还糟蹋无数年轻男子，活得如此放纵不羁，让她这个假九霄都无地自容。

问帛总算是用一句"这事若是传出去，我鸩族颜面何在"给绘声绘色的描述收了尾。接着，她又愤愤"补刀"："您好歹是位上神，是天界辈分最高的几位神尊之一，要点脸好吗？别说是脸了，您再这样放纵下去，命都没了。"

如此说了个淋漓痛快之后，问帛突然回过神来。她脚步一软，就抱着九霄跪倒在地，颤声道："属下冒犯了，上神杀了属下吧。"

九霄弱弱问道："我杀你干吗？你说得没错，待我好了，便不再养这些男宠了。"

问帛没想到她答应得这般痛快，大喜："上神能这样想实乃鸩族之幸！属下这就安排人把这帮祸水通通毒死。"

"别、别……"九霄急忙阻止，"毕竟是我引诱他们来的，好歹也服侍了我这么久，等我好一些，想个好办法遣散他们。"

问帛撇撇嘴："上神一向手腕狠辣，唯有对这帮祸水手软。"

虽是不情愿，但九霄能做出如此让步，问帛已是喜出望外了，反正也不急于一时。将九霄送至寝殿的华美大床上，她便喜滋滋地退下了。

第五章 九霄

三个月后的一天清晨，九霄在床上醒来。她在夜间一直是独睡的。之前余音也提出过与她同床而眠以便伺候，她硬着头皮拒绝了。之所以要"硬着头皮"，是因为担心这种拒绝与以前九霄的行为太过不同，引人怀疑。但她实在不能忍受与"男宠"同床共枕啊。

幸好余音没有多言，乖乖地退下了。

看来，以前的九霄虽然宠爱他们，但还是颇有威仪的。

这次醒来，她觉得一直很沉重的身躯舒畅了许多，惬意地伸了个懒腰。这么一舒展，忽觉得有些异样，她睁眼一看，看到了自己的一双纤纤玉手。

她忽地坐了起来。

这是病情好转，她在睡梦中化成人形了。她低头看了看身上，薄如蝉翼的大红睡袍下，透出一副凹凸有致的身材，以及两条修长光洁的玉腿。

她知道上神九霄有十几万岁的年纪，本来还担心幻化人形后，这肉身会是朽木一般，现在看这如水般的肌肤，竟如十六七岁少女一般。以前听说远古上神们虽然各有长生之术，但生命再长，也有生老病死，不过是时光比一般寿命在万年、千年或数百年左右的神妖们要长许多倍罢了，终有气数到尽头的一天。

不知上神九霄用来保持青春的法门是什么。

看这身材倒跟前世无烟的人形颇为相似，只是不知脸是什么模样的。她下意识地抚了一下自己的面庞，走下床去，一步步地朝铜镜走去。

走向铜镜的时候，她的心中满是好奇和忐忑，毕竟是要接受一张陌生的脸孔。

她以为自己做了足够的心理准备，还是在看到镜中的脸时震惊得久久不能动弹。

镜中人的脸，明眸皓齿，美艳绝伦。

然而她并非是因自己新面容的美貌而惊呆的，而是她看到的这张脸，与前世无烟人形的面容一模一样。

她借以复生的肉身是上神九霄的，虽然与鸩鸟无烟的肉身很相似，却定然不是同一具身体。若幻化人形，也应是上神九霄原来人形的模样啊，怎么会顶着一张无烟的脸？

这究竟是怎么回事？

难道是无烟的魂魄附体，影响了九霄人形的模样？

她尚未回过神来，门外传来小心翼翼的话音："上神醒来了么？"

她吃了一惊。是余音来了。他若看到上神九霄的人形变成了陌生的脸，必然会生疑！若发现族长被调包，整个鸩族都不会放过她的。鸩族可是出了名的毒辣……

她惊慌间想先变回鸟身再说，但因为太过慌乱，一时竟变不回去，只急得手脚乱挥，把桌上的茶碗碰了下去，"啪"一声摔碎了。

门外的余音以为她出事了，喊道："上神，上神你怎么了？"

他急忙推门而入。

九霄躲之不及，扶着桌子，与他面面相觑。

余音的目光落在她的脸上，顿时目瞪口呆。

九霄暗叹一声"完了"，呆呆地立着听天由命。

半晌，却见余音的表情由震惊转成了痴迷。他喃喃地冒出一句："上神，你不上妆的样子……好美。"

已绝望的九霄听到这话，心中一动。她定一定神，吩咐余音道："把门关上。"

余音整个人有些呆呆的，倒退了一步把门掩上，视线仍定在她的脸上移不开。九霄低头看了看自己，血顿时涌上了头。原来九霄的衣着太过奔放，完全就是块蚊帐布，这穿了跟没穿有什么两样！幸好此时余音的全部注意力都被她的脸吸引，没有四处乱看。

她急忙用手挡在胸前坐下，道："快给我找件衣裳。"

余音像梦游一般走到衣橱前。橱门一开，里面是满满的艳丽得要燃烧起来的颜色。他拿出一件衣裙替她披上。他帮她整理衣衫的时候，神情总算是正常了些，眼睛里却如含满了春水，简直要溢出来。

九霄有衣物遮体，也冷静了下来。她逼视着余音，问道："余音，上神我的相貌如何？"

余音像是从梦中惊醒一般，浑身打了个冷战，忽地跪下，道："小人不是故意的，小人是听到异响，担心上神病情发作才闯进来的，小人不是故意要看上仙的素颜。"

九霄心中诧异，一时间搞不清楚状况。连余音这么亲近的男宠，都没能看到过原九霄妆前的样子吗？从前的九霄究竟化的什么风格的妆容啊，以至于余音看到一张他人的素颜，连真假都分辨不出来……

她抬手扶起他，道："罢了，你看便看了，不要告诉别人我素颜的模样即可。"

余音诧异地问："上神不杀余音？"他仿佛之前已完全绝望，抱了必死之心。

九霄心中比他更诧异。这以前九霄素颜究竟是有多丑啊，让人看一眼就要怒到杀掉？

她面上维持着淡定，道："且留你一命。"

余音再次深深跪伏，颤声道："叩谢上神不杀之恩。"

"罢了罢了。"九霄装作不在意的样子挥了挥手，"我刚化人形，手脚虚软，不能上妆，你便照着以前的样子给我化个妆，可好？"

余音站在梳妆台前，执着眉笔，目光落在九霄的素颜上，再度失神。直到九霄横了他一眼，他才回过神来，敛息屏气，在她的脸上细细描画起来，手法温柔。

九霄端坐着，目光扫过梳妆台的桌面，上面摆满各色五彩斑斓的颜料，还有金粉银粉。这不是梳妆台，是漆匠铺子吧！

她再一抬头，目光对上镜中自己的脸，吓了一跳。余音已用由深到浅渐变的红色给她画了眼影，从她的鼻梁正中直画到鬓角头发里去，为她原本妩媚的眼睛增添了许多邪气。这眼妆化得，实在是夸张。

她这一吃惊，整个人抖了一下，正在用极细的笔蘸了金粉给眼影勾边的余音绘偏了一笔。他低低"呀"了一声，伸出手指，小心地将她眼侧画错的一笔擦去。

九霄变成人形后，这种身体的接触，较以前是鸟身时更加难忍。但考虑正在上妆，她咬牙忍了。

过了一会儿，他在她脸颊以朱砂色绘了一朵莲花后，为了让颜料快干，俯下身来凑近，吐气如兰地替她细细地吹。

九霄终于无法再忍，绷着脸冒出一句："找扇子！"

他眼神一暗，答了一声："是。"找来一把团扇，扇扇扇……

她从镜中看到他黯然神伤的神情，又有些心软。想到他以前是原九霄最宠爱的，换了她这个"假货"，他便要失宠了，也挺可怜的。

一走神，再看自己的脸，她又吓了一跳。余音用极重的红，将她的唇画得血红血红的。

余音退了一步，左右端详，终于道："化好了。"

镜中的妆容若烈火燃烧，咄咄逼人。

九霄这时已明白，为什么余音看到一张不是原来九霄的素颜会不起疑心了。

这哪里是化妆，根本就是易容。任谁也看不透本来面目啊，亲妈都认不出来——如果她有亲妈的话。同时她也明白了问帛那种妖魅的艳妆是受谁影响了。

真是上行下效啊。

有了这副艳妆，像戴了一个无比贴合的面具一样。今后遇到原九霄的熟人，或是前世无烟的熟人……都不怕了。

只是这妆容化起来未免太难了，对手艺要求太高。她的目光落在余音修长的手指上。嗯，手真巧。他化出来的像个妖孽，若换成她自己来弄，恐怕要像个鬼了。

于是，她状似满意地揽镜顾影了一阵，道："妆化得不错。余音，以后便由你每日替我上妆吧。"

余音眼中顿时晶晶闪亮起来，又惊又喜："果真吗？"

"当然。"

他激动得眼泪都要冒出来了，袖子一捋，再接再厉地替她弄了个发式。

弄好后，九霄对着镜子默默无语。这张牙舞爪的发式唯有一个"狂"字可以点评。

余音忐忑地道："上神不满意吗？这原是上神最喜欢的一款发髻啊。"

九霄镇定地道："非常好。"

问帛得到九霄能化人形的消息，前来道贺，面对眼前盛装的九霄，目光中没有流露出半分疑心或诧异，这令九霄暗自庆幸。

问帛见她嘴角带笑，像是心情不错的样子，就趁机再提了提遣散男宠的事。同时，他不怀好意地瞥了一眼站在旁边伺候的余音。

不料余音面色淡定，仿佛事不关己。

这件事九霄也巴不得呢。这刚刚恢复人形，只一个余音在旁边，就各种挑逗，让她烦恼不已。想到还有上百个少年虎视眈眈地等着侍寝，她就不禁寒毛直竖，便道："那就遣送他们回家，与人间的家人团聚去吧。"

问帛喜上眉梢，应道："属下这就去办。"却不急着退下，横了一眼余音，道，"你还站在这里做什么？没听到上神的吩咐吗？"

余音眼梢闪过一丝冷光，只拿着扇子给九霄一下下扇着，竟不搭理问帛。

九霄忙道："哦，他啊，他留下。"

"上神！"问帛怒了。

九霄道："我已安排他每日里替我梳洗上妆，就先留下吧。"

"上神？！"这次问帛的语调充满了惊讶，"您让他给您……上妆？可是您素来不允许别人看到您的……"忽然意识到失言，面露惧色，忐忑地看了一眼九霄。

幸好九霄似没有生气，只微笑道："只允他一人看。"

余音看了一眼九霄，目光柔情似水，又挑衅地瞥了一眼问帛。

问帛心中太过讶异，都顾不上与余音眼锋交战了。她失魂落魄退了出去，站在门口发呆。上神有多少年没允许第二人看她的素颜了？五千年？七千年？问帛不知道。因为问帛只有三千岁年纪，自从伴在九霄身边，这个规矩就从未破过。

就因为一个男宠余音？凭什么？他也配！

问帛又是愤怒又是不屑地"呸"了一声，甩袖去处理男宠们的事了。

一个时辰后，九霄的寝殿外跪了一地的少年，个个哭得肝肠寸断——"我们在人间哪还有家？瑶碧山便是我们的家……"

"我们离了上神什么也不是，我死也不会离开！"

一个个的花容失色、泪水横飞，期望能博得怜爱好留下来。

旁边的问帛气得脸色铁青，怒吼连连。若不是九霄吩咐不准伤他们性命，她就早把这些货色一把毒药毒死了干净。

殿内，九霄抚着额头头疼不已。

余音柔声道："上神，我们原是凡人，服了上神赐的延寿仙丹，虽外表青春年少，实际不少人已有数百岁的年纪，人间的亲人已死好几辈了。他们在这瑶碧山娇养得手不能提，肩不能扛，若硬将他们遣回人间，难免孤苦。"

九霄愁得咝咝吸凉气。问帛再次冲进来请示把男宠们毒死时，九霄吩咐道："让他们先退下，退下，容我考虑一下。"

问帛连吼带骂地把少年们赶回了住处，九霄的耳根总算是清静了些，烦恼道："我要去园中走走。"

余音扶着她去到园中。鸩神的花园，花儿大红大紫，香气浓重，熏人欲醉。

九霄走神的间隙，忽然察觉余音的手扶到了她的腰上，侧脸看他一眼，只看到他目光如水如丝，柔情暧昧。

九霄忙躲开他的手，道："你去一边候着，我想一个人待会儿。"

余音颇是不舍，却仍是走开了。

九霄在一个石凳上坐下，喃喃自语道："唉，这上神真不是好当的。这才是恢复后遇到的第一桩小事，就如此难，以后如何撑得下去？要不……逃跑？"

刚冒出这念头，她便苦笑着摇了摇头。这个肉身可是上神啊，开天辟地以来，尚且在世的上神屈指可数，她能逃到哪里去？鸩族为了找她，定然会不惜把三界翻个底朝天的。都怪司命星君，给她找了个这么麻烦的肉身……

忽然，似有一丝细细的声音传入耳中："上神在为何事发愁呢？"

她吓了一跳，急忙转头四顾，却什么人也没看到。

"我在这里呢。"声音又传来。

这次她仔细辨别，发觉声音是从脚边传来的。她低头看去，只见一丛血色罂粟开得正好。花丛中间，一朵格外艳丽的罂粟花无风自动，轻轻舒展了一下，似在有意引她注意。

原来是只花精啊。

她心道，这以后连自言自语都不敢了，万一让这些不起眼的小精灵听了去，可不得了。

不过，这小小花精居然胆敢跟上神搭话，胆子可不小。

她瞥了一眼罂粟，道："没什么，不关你事。"

罂粟道："上神不喜欢我了吗？以前上神有什么心事，都会说与我听的。"声音里满是委屈。

九霄一愣。原来的九霄竟会跟一个小小花精吐露心事，这位上神与天地同寿，竟会有这般少女情怀，当真让人感到意外。

不过话说回来，以上神的年纪，可能是老到没朋友，跟一朵花儿说说话、解解压，也是人之常情。

她俯了身，对罂粟说："抱歉啊，我之前生了场病，失了些记忆，竟不认得你了。"

罂粟道："无妨，上神还喜欢罂粟就好。"

"喜欢、喜欢。"九霄敷衍道。她忽然心中一动，"罂粟啊，我以前既然总找你诉心事，你应该很了解我吧？"

罂粟得意地道："那是自然，我比这世上任何人都了解您。"

"我失忆以后常觉得手足无措，又不愿人前露怯。有些事情，你可否告诉我，以我之前的脾气，会如何处理？"

罂粟的花头点了一下："我可以试着揣测一下。"

九霄望了一眼远处的余音，小声道："首先，那些男宠们，我不想再与他们厮混下去，让他们回人间他们又不肯，我不知该如何安置他们。若放在以前，我会如何处理？”

"赐他们一瓶鸩毒。"罂粟道。

九霄倒吸一口冷气："不可、不可。好歹他们也陪了我那么久啊，就留他们一条命吧。"

罂粟道："上神的心肠可是软了许多，以前您可不是这样的。"

"是吗？"九霄掩饰道，"我不是心软，只是作为上神，要大度一些嘛，何苦徒增些杀戮。"

罂粟道："这群人若放出去后，难免有嘴不严喜炫耀的，若把上神的闺房之秘说出去可还得了？不如杀了算了——以您以前的脾气，定然会这样做的。"

九霄暗觉有理，但还是不想杀人。

罂粟道："就算是将他们放走，他们还是难逃一死。"

九霄讶异道："此话怎讲？"

"问帛自然会有同样的顾虑，当时会顺着您的意思放了他们，过后很快会全部清理。"

九霄完全没有料到这事，此时再想，这种事问帛应该是做得出来。她叹道："你也很了解问帛啊。"

罂粟道："是上神了解问帛，我是根据以前上神跟我说的问帛的行事风格做此推断的。上神既有慈心，不如将他们囚禁在瑶碧山中，不再赐延寿仙丹，让他们自然生死吧。瑶碧山大得很，有的是地方，找个远远的角落搁着就好。"

"也好。"九霄点头，"不如给他们找点事做，让他们打发余生……"思考一下，道，"这瑶碧山风景秀丽，如诗如画，唯独没有美妙的乐曲之声。我就请个仙乐师傅来教授他们乐器，也好为这瑶碧山添些雅致音律。"九霄前世生活了许久的羽族梧宫是整日仙乐飘飘的，耳濡目染，总觉得这瑶碧山少些什么，此时正好将这帮少年利用起来。

罂粟沉默了。

九霄道："怎么，不妥吗？"

罂粟道："鸩类可不是什么附庸风雅的禽类，叫声与悦耳二字丝毫不沾边，只用来向旁人示威。鸩族天性中对音乐没有什么喜好，上神也一向不喜欢，瑶碧山中从来没有乐师。上神，您大病一场后变了许多呢。"

九霄心中一惊，呵呵笑道："人总是会变的嘛。我经此一劫，更懂得善待他人、欣赏生活了，呵呵呵呵。"

罂粟道："您是上神，您愿意如何办，就如何办，旁人不敢说什么的。"

九霄笑道："我有那么威严吗？"

"您是三界之中数一数二惹不起的主儿。"罂粟道，"您经了这场病，神态气度都不太一样了呢。"

"哦？那我以前是什么样的？你倒是说说看。"

罂粟的花头歪了歪，端详着她的模样道："背挺得很直……神色很高傲……眉毛，还要再挑一挑……说话时话音也不一样了。您的声音一向低柔缓慢，却透出一股不容忤逆的阴毒劲儿……"

努力按罂粟的指点撑着架子的九霄，听到这最后一句，觉得难度颇高，甚是苦闷。

离开时，她小声问道："罂粟，以后我有事还会来问你，你可必须替我保密。"

罂粟道："这话上神早就嘱咐过。我一个小小花精，怎敢泄露上神的秘密呢。"

这话在理，借它一百个胆子它也不敢。九霄放心了。

回去之后，九霄让问帛再度把少年们召集了过来。

她努力按罂粟的指点摆出原九霄惯有的姿态，对少年们徐徐道："你等既然不愿意回人间，我便给你们安排个去处吧。西山那片园林今后改为

'韵园'，你等都搬过去，我们请仙乐师傅来教授乐器，也好为这瑶碧山添些雅致音律。"

旁边的问帛听到九霄这样安排，有些纳闷上神为何忽然喜欢音律了。按问帛的本意，应该把这帮男宠毒死一了百了。但此时见上神没有跟她商量的意思，也不敢质疑。

少年们虽不情愿，但也心中有数：只要离了上神的庇护，到哪里都逃不过问帛的魔掌。去当乐师，可比被问帛长老毒死强得多了。他们一个个梨花带雨，拜别而去。

问帛看着这群碍眼的家伙离开，心中颇是顺畅。一回头看到余音还杵在这里，她脸色又是一沉。不过上神只留一个男宠侍奉，也是情理之中的事，她也不好再说什么。

九霄化人的第一夜，余音掩了门，替她把脸上艳妆慢慢卸下。据余音说，以前的九霄睡觉时是不卸妆的。

她简直难以想象带着这样的艳妆如何能睡得舒服，一时脑抽问了一句："你怎么知道？"

余音眼神微微一动，低声道："我常侍寝到天亮，自然知道。"

九霄顿时后悔问这个愚蠢的问题，强作镇定僵直坐着，脸却已烧到耳根儿发烫。

余音卸妆的手法依然温柔细致，看着艳妆一点点褪去，露出如玉真容，竟有褪去她的外衣的错觉，眼神渐渐痴迷。

待将她发髻拆开，一头乌缎长发垂落身后，他低叹一声："上神……"从身后拥住了她，鼻尖埋进她的发中。

九霄浑身一抖，猛地抽身躲开，神色惊慌。

余音一怔："上神？"

九霄定一定神，刻意绷起了脸，语气却掩不住地紧张："你……你可以出去了。"

余音感觉十分意外："上神不要余音侍寝吗？"

"不用了、不用了。你也累了一天了，回你自己房间睡去吧。"

余音满面落寞："我还以为……上神留下我，是今后只要我一人榻上侍奉……"

"榻下、榻下侍奉就好。回去吧，明天早晨记得来给我上妆。"她别过脸，避开他那一双盈泪欲滴的眸子。

余音黯然回道："是。"慢慢退了出去，整个人透着失魂落魄。

看着门被掩上，她这才松了一口气，坐回到椅子上。好累。幸好原九霄余威犹在，手下的人很是听话。只凭她自己的这点脾气，真降不住这帮人。

九霄的大床极尽奢华，被褥柔滑贴肤，床顶镶嵌的颗颗夜明珠荧荧生辉，有若星空。这么舒适的大床，她却辗转反侧，梦境不安。

能化人身，意味着健康的状况在迅速恢复，就不能逃避身为鸩族族长的责任了。她一个冒牌货，可怎么应付得来？

早晨醒来，刚动了动，门外就传来余音的轻声问候："上神醒了吗？"

她答应了一声，起身整理了一下衣衫才让他进来。推门而入的余音微显疲惫，面色分外瓷白，颇有几分柔弱之美。他行过礼，走上前来服侍她洗漱。

她打量他一眼，见他身上穿的还是昨日的衣裳，诧异道："你昨夜没有回去？"

他一滞，道："我不愿离开，就在门前阶上坐了一宿。身上气味不佳冒犯上神了，余音有罪，这就去……"

她忙道："没事没事。不是嫌弃什么气味，只是你坐了一夜不累吗？以后不要这样了。"

听到这话，他眼中又浮起那种含水般的柔媚。她看在眼中，又是一叹。她不过随口的一句叮嘱就招得他面泛桃花，这还让不让人说话了。

她干脆闭了嘴，招了招手，示意他赶紧帮她上妆。余音的手要触到她的脸时，她忐忑地摸了摸自己的脸，提醒道："你还是叫医师来，先验一下我皮肤头发上有没有毒素。"

　　余音微笑了一下，道："不必了。"

　　"还是验一验，我不放心。"

　　他却执拗地伸过手来，把花膏在她的脸上匀开，一面轻声道："上神担忧余音，余音很开心。"

　　她一边被上着妆，一边提心吊胆地观察他的脸色，许久也不见异样，这才松了一口气。

　　今日余音给她化的妆比昨日更惊人，金粉银粉勾勒得惊心魂魄。她抬头看镜子的那一刹那险些给自己跪下。

　　余音道："上神已康复，今日是第一次去神殿，妆容也要隆重些。"

　　九霄心中一沉，苦着脸道："今日便要去神殿吗？"

　　"鸩族臣民都在殿前等着庆贺上神康复呢。当然了，上神若不想去，便不去。"

　　九霄迟疑了许久没有出去，直到问帛进来请。

　　九霄让余音退下，只留问帛一人，问道："问帛，你说，如果我上次就那样死了会怎样？"

　　尽管只是假设，问帛的脸上还是有悲凉如乌云般掠过。她答道："鸩族虽在上古大战中立下大功，可是一向背负着邪毒之名。能在天界栖身，全凭上神的威仪。上神没有兄弟姐妹、没有后代，事发突然，也没来得及给鸩族安排一个归宿。如果没有了上神，鸩族的封地应会被东方天界收并。鸩族子民个个身含剧毒，没有任何人有能力约束鸩军和族人。失去封地，天界不会允许毒鸩任意游荡，鸩族会面临被赶尽杀绝的命运。"问帛顿了一顿，面色凝重，"其实上神昏迷的时候，黄帝和青帝的大军号称演练，在距瑶碧山之西百里之外集结了六十万兵力。那实际上是来监视鸺军的，若有任何异动，就会掀起一场大战。鸺军群龙无首，必败无疑。总之，没有了上神，就没有了鸺族。上神遭遇不测，便是鸺族的灭顶之灾。上神能够康复，是鸺族之幸。"

九霄长长嘘了一口气。

她虽不是真的九霄，却是一只鸺鸟。鸺族的子民，全是她的同类。既然命运让她顶替了九霄，她就无法逃避责任。

"出发吧。"她说。

第六章　贺礼

余音拍了拍手，门外捧着大红衣冠的侍女鱼贯而入。

侍女们将繁丽的王袍王冠和衣饰一件件披挂在她的身上后，她觉得整个人都要被这套衣服架空了，看着镜中的自己，真是艳丽到嚣张的地步。这套行头简直不需要她的灵魂，自己就可以走来走去呼风唤雨了。

她款款走出门去，问帛及其余三位鸲族长老——问扇、问湮、问引，已率领百名侍者在门外候着，阵势隆重。一辆看上去由黄金打造的凤辇停在门外。黄金的车身，珠宝镶嵌的车辕，由六匹生鳞异兽拉车，处处透着"有钱没处花"的土豪气息。原九霄的品位，真是重口味的富贵风啊。余音作为男宠，是不能跟去神殿的，只站在阶前相送。

九霄努力揣摩着罂粟花精描述的原上神九霄的姿态，上了车，车轮下腾起祥云，腾空而起。

九霄之前已知道鸲族的居住地叫作瑶碧山。在她的想象中，瑶碧山就是一座仙山，有几个山头，却不曾想是一条长长的山脉。据问帛说，山脉两侧的大片平原也是鸲族的领地，从高处可以看到许多城池和村镇，有的很繁华。九霄在黄金凤辇上俯视着辽阔领地，再一次感到慌张。这是一个国度，她却不知该如何做它的国王。

鸩族神殿叫作"鸩宫"，位于瑶碧山脉最高峰。从寝殿过去路途虽远，但乘云的黄金车辇岂是凡物，一炷香的工夫，便远远望见了那在峰顶云雾中若隐若现的鸩宫。

车驾驶近时，峰顶云雾在仙术下忽然散开，露出鸩宫的全部面目，琉璃顶熠熠生辉。

九霄从之前见到过的碧落宫的气派，早就猜想到鸩宫会极其奢华，但真正抵达这座位于峰顶的神殿之后，还是被它的宏伟气势震住了。前世她也曾跟着凰羽出入过中央天帝黄帝轩辕的宫殿，这个鸩宫规模上比之要小许多，但其奢华气派输不了多少。

凤辇落在殿前白玉阶下。九霄款款下车时，忽如乌云蔽日，光线都暗了下去，吓得她心一阵慌，抬头望去，才知道是百万只羽色紫黑的鸩鸟结队绕着神殿朝拜。

她原本以为鸩鸟大概是一种快要绝种的鸟类，不会有多少只，不曾想到这世上还有这许许多多她的同类、她的族人。

仰望着风起云涌般的鸟群，她的心中不由生出些许同类的亲切温暖，对着天空，脸上浮现出一抹微笑。

罕有人见过上神九霄的笑容，这笑容灿若霞光。

鸩鸟群登时疯狂了，发出震耳欲聋的叫声，惊天动地。

九霄直被震得耳根生疼——唉，鸩鸟的叫声的确是太难听了，她急忙进到神殿内。

大殿的宝座毫无意外由黄金雕成。原来的上神九霄似乎对这种贵金属格外偏爱。九霄坐在宝座之上，近百名鸩族臣子叩拜祝贺，各种风格腔调的贺词此起彼伏。

隆重的庆贺仪式持续了半天，外面狂叫的鸩鸟们总算是散去了。九霄已被吵得头疼欲裂，顾不得殿下尚有臣子在场，再也撑不住，腰一软，靠在了黄金扶手上。

她有气无力地道："结束了吧？不如我们这就回……"

却见问帛精神抖擞地从袖中拿出一个礼单，道："禀上神，外界接到上神康复的消息，也纷纷送来贺礼。"

九霄一慌："有客人来吗？"

问帛一乐："诸位上神和仙尊像往常一样，只差人送贺礼来，对于踏入瑶碧山还是颇忌惮的。"这里至毒之物漫天遍地，谁愿来啊。更何况还有一个喜怒无常的上神九霄，一不小心触犯了她，就算是中央天帝黄帝轩辕本人，她都敢默默在他的茶水里加点料……不过，那是以前。上神此次康复之后，性情平缓了许多呢，问帛也免了许多应付的辛苦，心中不由暗自庆幸。

接下来，问帛将礼单逐份念给她听。五位天帝，五行仙尊，七斗星君，各族神君……九霄昏昏欲睡地听着，忽然听到一个名字，心中一惊，问道："什么？"

问帛以为她没有听清，看着手中的帖子重复念道："羽族族长凰羽，奉上万年幽月晶一对，大补冰蓉丹一瓶……"

突然"刺啦"一声响，问帛手中的礼单遽然化作一团绿焰，瞬间化为灰烬。座上的九霄神色大变，脸上神情不知是极怒还是极悲。

问帛吓得变了脸色，腿一软跪倒在地。九霄却已回过神来，奇道："咦，那帖子……"

问帛颤巍巍地抬头。上神九霄许久不发火了，这一发火就气势汹汹，问帛毫无心理准备，而且搞不清她为何发火。她生怕下一刻冒绿火的就是自己的脑袋，慌忙高声呼道："上神息怒！"

九霄恍然醒悟。她是冷不丁听到凰羽的名字，情绪失控，无意中搞出了这把怪火。

上神九霄体内的神力也在恢复，自己显然驾驭不了。她定了定神，摆摆手道："无碍、无碍，失手而已。"

问帛小心地问道：“上神不悦，可是因为凰羽开罪过您？”

九霄心中糊涂着，不知凰羽之前与九霄有过何种矛盾，只好掩饰地咳了一声，道：“小事、小事。我是上神，不与他这等小辈计较。”

问帛却来了精神：“上神的记忆果然在恢复了。您指的可是上次羽族孔雀的事？”

九霄怔怔道：“上次？”

问帛愤愤道：“上次孔雀差人来查问一只红羽鸩鸟的信息，说那是毒杀凰羽的凶手。我当时就发怒了！我们鸩族红羽者唯有上神一人，这几百年上神从未离开过瑶碧山，哪有空去害他们的族长。再者说了，上神您是什么身份，想杀他，还用得着用计嘛，随随便便就赐个死！他们竟敢来泼这等污水！当时就被我一把毒药轰了出去！是我大意了，竟收了他们的礼物。这就让人扔出去……”

这一番话，招得刚刚被勾起前世记忆的九霄心中更是怅然，摆摆手道：“罢了罢了，别与他计较。接着念、接着念。”

问帛絮絮叨叨地念着，九霄已然走神，心中甚是懊恼。

说好是前世的一场梦了，怎么又会心中悸动？

记忆既在，不是不能回顾，而是要用一双清冷的眼观那隔岸的火。再疼也是无烟的疼，无烟已经死了。

她是九霄——上神九霄。

问帛汇报完毕，看九霄脸色不好，便匆匆结束了这场庆贺仪式，把她送回碧落宫的寝殿休息。

问帛回去后，第一件事便是令人把羽族的礼物退回去。

“记住，要用扔的。”她阴森森冷笑着补充。上神很生气，必须充分把这份不满传达到。

这时九霄已独自去了花园，在罂粟花精旁边的石凳上坐下。

“罂粟啊，刚刚发生了一件事。问帛给我念一份礼单的时候，那礼单突然着火了，绿色的火焰，烧成了灰。"她满面的忐忑不安。

罂粟道："上神是生气了吧。"

"不能说是生气。就是有一点……失控。那绿火是我搞出来的吗？"

"上神与天地同寿，法力不可估测，一团火焰有什么稀奇的！您发起怒来，可令四野草木焦枯、鸟兽无存。以前您曾在一次宴会上生气，当场让一帮位高身贵的仙君无火自燃，烧得鬼哭狼嚎、面目焦黑，若不是几位天帝在场出手相救，修为浅的恐怕要当场化为灰烬。饶是这样，还是有不少人落下了残疾。"

九霄听得寒毛直竖："这么过分？我现在似乎难以掌控自身的灵力，若伤及无辜可如何是好？"

"上神心肠软了许多呢。若放在以前，您可是随心所欲，从不会考虑无辜者的感受。"

"咯咯，经此一劫，上神我看破了世事，升华了境界，凡事还是大度些好。这身法力的运用可有个使用方法参照说明什么的？"她苦着脸问道。

"上神的法力之高，已达到了随心而动的程度，无须任何口诀，心念动，神力出。"

"这么说……想要控制神力，我必须控制情绪。"

"控制情绪这件事，上神您以前可从未做过。"

上神九霄当真任性啊。

"人总是要成长的嘛，呵呵呵呵。"九霄听这小罂粟语气里略有疑惑，不敢多说，起身离开。

"控制情绪……控制情绪……"九霄一路走，一路念，当真苦恼。怪不得问帛、余音等人在她面前噤若寒蝉，不敢有丝毫忤逆，原来是因为若敢说半个"不"字，就小命难保的啊。她一生气，就会把面前的人烧成灰，其可怖的场面，想一想就不寒而栗。以后遇事万万不可急躁、不可急躁……

她低着头一边"念经"一边走着，险些撞到一人，抬头一看，是余音。他伸手挽住了她的手臂："上神小心。"

"唔，余音，你怎么在这里？"昨天熬了一宿还不去补补觉？这后半句她没敢说出来，免得又招得他满面含春。

"上神不在，余音心神不安，就来园中找上神。"他修长的手指移到她的手上，握住了她的手指。

她下意识地往抽回，却被他更用力地握住了，轻声道："上神身子尚弱，在园中逛了这一会儿，手都冷了，我送上神回寝殿中暖一暖吧。"

寝殿中？她脑中的警报瞬间拉响，道："冷吗？不冷！这天多暖和啊！我不想回殿中，还要在这里玩一会儿。呵呵呵。"

"也好。"他执着她的手，引她坐到一处阳光晒着的藤椅上，自己则席地靠在了她的脚边，手握着她的一只手，始终没有放开。

她借着坐下的动作可劲儿往回抽手，他较劲儿一般偏不撒开。她只觉恼火渐盛，正欲发作，忽然记起罂粟的话，"控制情绪"四个大字浮现眼前。她急忙吸气吐气，让自己冷静一些，免得一不小心就用意念将这小子烧成灰。

余音见她停止了抗拒，嘴角浮起一丝得逞的微笑，干脆将脑袋靠过来枕在了她的手背上，喃喃道："上神不在，我一直睡不着。陪在上神身边，就觉得困得撑不住了。"

他这话说到后半句已是呢喃不清，长睫合上，呼吸悠长，竟这样睡着了。

九霄苦不堪言之际，小径那头走来了问帛。这女人描绘得乌青的一对眼睛神采奕奕，像是有什么好事要禀报。九霄大喜，招手道："你快些过来。"

问帛满面疑惑地走近。九霄托着睡着的余音的头站起来，用眼神示意问帛坐到藤椅上。问帛僵硬地坐下，面色愈发狐疑。九霄手一推，就将余音的脑袋搁在了问帛的大腿上，自己轻松地舒一口气，道："你让他靠着睡一会儿吧。"

问帛又惊又怒，唤道："上神，上神别走……"

九霄头也不回施然走开。

待走得远了，听得背后传来问帛的怒吼声："死开！还在给我装睡！让你装！装……"

九霄背上一寒，加快脚步溜回寝殿，关门落闩。

她只急着摆脱余音，把问帛推过去挡刀，却没有留意问帛前来找她是有事要禀报的。而问帛经此一怒，之后也忘记汇报了。

所以，七日之后，有人登门拜访，问帛将访者名帖拿进来时，直惊得九霄魂飞天外。

她死死把着黄金宝座的扶手，大惊失色："你说……谁来了？"

问帛见她反应有些异常，小心翼翼地重复了一遍："羽族族长凰羽亲自登门赔罪。属下几天前没跟您提过吗？"

"你提过什么？！"

问帛这才记起，七日前她将礼物退回去，凰羽甚是惶恐，传递来要亲自登门赔罪的信息。问帛当时十分得意，原是要将这事告知九霄的，却因余音枕腿睡觉一事搅和得忘记了。

这是她的失职，但上神的反应过度啊。两族间又没有什么深仇大恨，其实只是小小误会而已。只见九霄从宝座上站了起来，原地转了两圈，提着裙子拔腿就往后走，像是要回避的架势。问帛惊奇地问："上神您要去哪儿？"

"唔，我累了，要去休息了。我不想见他，你打发他走就是了。"九霄边走边说道，神情慌乱。

问帛追了两步："羽族在天界也是举足轻重的，凰羽年幼莽撞犯了错，敢踏入瑶碧山，算是冒死赔罪了，您也该给他一个悔过的机会，把关系搞太僵了也不好。要适可而止，得饶人处且饶人，上神？上神……"

年幼莽撞？听到这词，九霄逃跑的脚步一个趔趄。这才记起上神九霄与天地同寿，而凰羽千年一涅槃，共历经五次涅槃，年纪应是五千岁。与上神九霄比起来，他可不就是个小娃娃？她这一复生，连年龄辈分都与他拉开了遥远的距离，当真奇异得令人唏嘘。

踉跄归踉跄，她逃跑的速度可没受影响，全然没有"累了"的迹象，一溜烟地从神殿后门溜出去后，心里想着要赶紧回去寝殿，却不知该如何驾云，心里想着罂粟说的"心念动，神力出"，嘴里念着"云头云头，给我一朵会飞的云头"，身边的薄雾忽然聚成一朵祥云。她大喜想迈上去，那云朵却嗖的一声飞得不见踪影，独留她迎风流泪。

　　当然了，她念的是"会飞的云头"，却忘记强调在飞之前要让她坐上去……

　　她急躁地重念，却因太过慌乱，使得身边雾气拧成绳，打个圈，硬是成不了云朵。

　　她最后咬牙切齿念道："不管怎样让我飞起来就好啦！"

　　身形忽然缩小，她化成一只羽色血红的鸟儿，拍拍翅膀，扑棱一声冲入空中，一身艳丽衣冠散落在地。她心中叹道：慌乱之下竟忘记自己原来是一只鸟儿了，只需现出原形就可以飞，还驾什么云啊。

　　凰羽收到鸠族退回的礼品时，他正着一身素白衣袍，在院中芭蕉树下对着一幅画苦苦思索。素衣衬得他面容俊朗，只是清瘦了许多。凤眸含着暗沉的黑，像亘古的无底深潭，明明是站着的、醒着的，眼底却是死一般的沉寂。

　　纸上绘了一只红色的鸟儿，羽色如血。

　　一年多之前，在无烟失踪的三日后，在外寻找的凰羽回梧宫休息，心中空洞又茫然。猰因候在厅中，此次他带着礼物再次造访，为上次刺瞎梧宫婢女双目的莽撞举动登门赔礼道歉。

　　凰羽本不想见他，却因为有一事要问，还是见了。

　　猰因进来时，凰羽一眼看到他的咽喉处青紫的手印。那是三日前猰因突然刺瞎无烟后，凰羽出手掐住他的咽喉时留下的。看到那手印，当日的情形历历在目，令他胸口滞闷。

他冷着脸问道："不知那婢女与你有何仇恨，竟会剜你左目？"

猴因愤愤道："就是这一点让人郁闷！有仇恨倒也罢了，偏偏无冤无仇，素不相识！一年多前，她剜我左目时说过一句话，'我取你左目，是因你左目中落入了一个至关重要之物'。真是笑话，我眼中连粒沙子都不曾有，哪会落入什么重要之物呢？"

凰羽却微微一怔，喃喃重复道："一年多前，重要之物？"

猴因见他神色有异，还当他在嘲笑自己败在一个小女子手下，道："别看你那婢女现在那般柔弱，当年可不是这等模样。我记得那时她身着黑色劲装，面覆银箔面具，手执三叉毒刺，当真是凶悍得狠。我不知她刺上有毒，不小心被她麻翻，若非如此，一个小丫头岂是我的对手！不过，她也是吃了亏的，最后我用头上尖角刺穿了她的肩膀。"

"啪"的一声，凰羽手中的茶盅落在地上，摔得粉碎。

——火焰山的洞穴之中，雁舞的肩部血肉模糊，用发抖的手从怀中掏出一颗硕大眼珠托在手心，对他一笑："你的最后一魄居然落在了怪兽的眼中，当真是奇怪。"

——雁舞每日鸡鸣时分必会浑身烫痛，死去活来。

——无烟趴在门边小声说："如果……我尽力补救了我的过失，你能不能原谅我？"

——无烟在小径上拦住他，不顾一切地说："我就是雁舞。"

原来那颗藏了他第六魄的眼珠，便是猴因的左目。原来她每日发作的痛苦不是她所说的痼疾，而是因为孔雀每日在她的肉身上浇一瓢滚油。

原来雁舞真的是无烟离体的生魂。

他的魂魄散落四极八荒，唯有身含他的气息的人，才能感应到确切方位。他曾在无烟落入销影池重伤后，度与她小半修为，所以，能寻到他魂魄的，唯有无烟。

他却一直没有相信她。

獥因走后不久，凰羽派出去找寻无烟的手下就带回了消息：无烟坠入销影池，尸骨无存。

她竟然以这样决绝的方式来惩罚他的愚蠢。

他不是没有去阴司找过她的魂魄。她只是一个小小的精灵，魂魄必也是十分薄弱的，怕是已在销影池的可怕蚀力下烟消云散了。

饶是如此，他还是不死心地去阴司冥界查找。而她的名字竟不在三界名册之上，无从查起。

他终于绝望了，心像一座战后的城，一片狼藉，空无一人。

然后他大病了一年之久，近日方能起身。刚刚好一些，他便命人拿来纸笔，说要作画。

他执一支朱砂笔，在纸上专注地描绘着什么。画到最后，他忽然停了下来，蹙眉沉思半晌，踌躇道："翅端是有几星黑点呢？"

纸上，鸟儿羽色如血。

他画的是无烟的真身，血鸩。《万禽录》中没有过血色鸩鸟的记载，但她总归是出现过、存在过，他要将她的模样绘下，编入《万禽录》。

可是，他竟记不起她的翅端究竟是缀有几个黑色斑点了。

他思量来、思量去，日也思，夜也思，甚至企望在梦里见到她，好让他数个清楚，却终未如愿。

他每日对着这未完成的画儿发呆，这个问题竟成了块心病。

这当口，传来了鸩族将他的贺礼退回的消息。

孔雀面色尴尬地禀道："上神九霄派来的鸩族使者脸色很差，把礼箱掼在门前就离开了。"

凰羽一怔："上神九霄为何如此？"

"还不是因为……以前那件事嘛。"

"什么事？"他不记得何时开罪过那位惹不起的上古邪神啊。

"就是尊上涅槃遇劫时，属下差人去打探无烟的身份，不知为何触了这位上神的霉头……那一次，被派去探问的几个羽族使者刚问了一句，就被问帛长老当头撒了一把毒药，鬼哭狼嚎地就回来了，身上的羽毛尽数褪尽，到如今还秃着呢。因为无烟是鸩鸟，属下派人去鸩族问她的来历而已，不料低估了上神九霄的暴脾气，是属下莽撞了……"

凰羽的眼神冷冽，如刀剑般划向孔雀的脸庞。孔雀脸色发白，屈膝跪下。

无烟出事以后，凰羽对孔雀的态度急转直下。原先孔雀是羽族第一长老，现在虽没有剥去她的名头，却是撤掉了她所有要职，空顶着长老的身份，其实已是一个打杂跑腿的。

她知道尊上削她要职，是恨她在那三百年中施于无烟的泼油之刑。

她也知道之所以还保留她长老的身份，是因为在"无烟即是雁舞"这件事上，尊上的自责压过了对别人的怪罪。

但是谁要无意中提起"无烟"二字，还是会惹得他杀心顿起，想要取孔雀的性命。

凰羽阴沉的目光盯着孔雀，片刻之后，又记起罪过最深的是他自己，又怨不得别人。

他的目光又变得空洞了。

开罪上神九霄，原来还是因为无烟啊。他低头看了看画中的鸟儿，道："改日我亲自登门赔罪就是了。"

孔雀闻言色变："您要去瑶碧山？万万不可！那地方遍地是毒，连天帝都不轻易踏入，上神九霄的脾气更是喜怒无常，您何苦要去？"

凰羽道："与鸩族结下的这个怨若不尽快解开，上神九霄不会给我们好果子吃的。我就走一趟，无碍。"

孔雀面色顿时凄苦，道："因为我的过失，竟害得尊上涉险踏入鸩族，我……"

"你下去吧。"凰羽摆摆手让她退下。对于踏入鸩族之地，他心中真的不觉得有担忧，反倒隐隐有些期待。

仿佛那些天生带毒的鸟儿，与无烟有隐隐的类似，他去看一看，心中也有几分安慰。

第七章 拜访

　　瑶碧山高峰巍峨，鸩宫气势磅礴。只是这美不胜收的景色之中，有无数羽色紫黑的鸟儿密密地立在枝头檐角，一对对凶巴巴的赤色眼睛盯着他，发出刺耳的叫声，对来客示威。

　　鸩鸟们知道今日凰羽是来赔罪的，仗着九霄的势力，争先恐后地要给他一个下马威。却也不敢真的上前招惹，只是聚起来，瞪瞪眼，嚷嚷几嗓子罢了。

　　凰羽倒不在意，望向鸩鸟们的目光不但没有怒意，反倒是有些着迷的失神。

　　这些鸩鸟的身形可谈不上优美，轮廓比无烟大出许多，骨骼关节支棱着，显得干瘦凌厉，与无烟纤瘦弱小的模样很是不同，羽色更是一律的紫黑，眼睛倒是凶恶的血红。不过总有些相似的地方，喙、羽端、脚爪……

　　他呆呆地望着，在这些难看的鸟儿身上找寻无烟的特征，连问帛自殿中走出来也没有察觉，直到问帛唤道"皇羽尊上"，他才回过神来，施了一礼："问帛长老，我可以进去了吗？"

问帛面露难色："这个……上神临时有事离开了。"

凰羽面露惭愧："看来上神还是不肯原谅在下。"

问帛很想说这事差不多了、就这么揭过吧、别再提了，但上神生着气，她总不能代为宽恕，只好端着不表态。

凰羽忽然莫名其妙补了一句："不过……问帛长老，您真的没有听说过一只红羽的鸠鸟吗？"

问帛的脸腾地黑了，这家伙还真是给脸不要脸啊！她默默捏了一把毒药在手里，忍了忍没有撒出去。对方毕竟是一族之尊，不能过于无礼了。

她沉着脸道："上神今日不会见您了，您请回吧。"说完甩袖而去。

凰羽神情懵懂，没有察觉问帛的态度变化，施了一礼道："那我改日再来赔罪。"

他转身离开，恍如踏在浮云上一般。

问帛在园子里转了许久才发现藏在一棵大树枝叶间的鸟身九霄。

她仰着脸问道："上神，您在那儿干什么呢？"

九霄掩饰道："我在看风景、看风景。那个……他走了吗？"

问帛道："您是说凰羽？走了。这人好生无礼，看来上神不接受他的赔罪是对的。"

"无礼？怎么无礼了？"

"他居然又探我口风，打听红羽鸠鸟的事。这不还是暗示上神跟他那破事儿有牵连吗？气死我了，上神今日不见他算他走运，若是当面触怒了上神，当场将他烧成一只烧鸡！"

九霄心中一凛，她怕的就是这个。如今最让她心神波动的，就是凰羽了。上次不过是听到了他的名字，礼单就被她烧成了灰。如果他站在她面前，她不知自己情绪会怎样失控，难保不会放出怪火来。

她展翅飞下枝头，半空里化作人身落在地上，擦擦额上冷汗，道："以后不要来往就是了。"

问帛道："哼……他改日还要再来赔罪呢。"

九霄一愣："还要再来？"

问帛点头："既然说了会来，定是会来的。上神可以计划一下如何收拾他，让他知道什么叫作尊重长辈。"

九霄满心想说"从此绝交，不准他再来"，却也清楚如此显得小题大做、招人怀疑，心中苦恼不已。

她当夜做了一个噩梦，梦见自己把凰羽烧成了一个火球。她惊醒之后，捂着胸口惊魂甫定，想到这几日凰羽还会再来，愁苦无比。

次日清晨，远远看到问帛拿了一张帖子走进来，她吓得跳了起来："是谁来了？"

问帛也被吓得一愣："没有谁来啊。"

"那你拿的是什么？"

"哦，这个啊。"问帛递过手中的帖子，"这是中央天帝黄帝的寿筵帖，邀请上神前往。"

九霄大喜："寿筵啊，我去我去。"

问帛面色古怪："上神要去？"

九霄猛点头："要去要去。黄帝的寿筵，帖子都送来了，我能不去吗？"苍天有眼，正好出去避一避凰羽。还有比这更好的理由吗？

问帛面色犹豫："可是……自上次那件事，上神再也没有参加过任何宴会啊。"

九霄一愣："上次？"

"就是……您把几位神君点着的那次宴会啊……"

九霄这才记起罂粟提起过这件事，打着哈哈道："我现在脾气好多了，不会再发生那种事了，呵呵呵呵。"

问帛赔笑道："您还有看谁不顺眼就往谁酒中下毒的习惯，所以这些大宴给你发帖只是碍于礼数，意思意思，并没有真心盼您去。您如果参加，估计没人敢吃一口东西了……"所以您还要去自讨没趣吗？！那可是黄帝百年一聚的寿辰，若惹他不高兴，总是没有好处的。但这话她哪敢说出口来，只能拼命地暗示。

"这样啊……"上神九霄的做派真是不讨喜呢。九霄捏着帖子，面露犹豫。

问帛只当说动她了，松了口气。

却见九霄忽地一乐："所以啊，我必须修正一下自己的形象，此次前去，必然给大家展现一个和蔼可亲的九霄。"

问帛的心咣当一沉，还想再劝，却听九霄飘过一句"就这么定了"。

九霄定了的事，谁敢再说？她只好苦着脸退出，思来想去，只觉得九霄这一去定要惹出麻烦来。上神可是数百年没有出过瑶碧山了，这是怎么了？

莫不是……寂寞了？

想到这里，问帛颇有恍然大悟之感。想这数百年来，上神与男宠们夜夜笙歌，忙得不得了，自然是没有闲情出去乱逛的。可是前不久把男宠们遣到韵园去整日里弄些咿咿呀呀的丝竹，上神没人陪了，就寂寞了，她想出去玩了！

可是，不是还有一个余音吗？他是干什么吃的！

想到这里，好巧不巧，余音就从路那头迎面走了过来。问帛眼前一亮，伸手拉住了他。余音吃了一惊，以为问帛长老要趁九霄不在修理他。

问帛堆出一脸狐狸的微笑，安慰道："莫怕莫怕，我暂不吃你。我且问你，你是怎么伺候上神的，竟拴不住她的心？"

余音警惕地看着她："长老怎么关心起这事了？"

问帛锁眉道："上神现在一心想往外面跑，还不是你这个狐媚子……狐媚功力下降了！"

余音一愣："上神要去哪里？"

问帛道："要去黄帝的寿宴。"

"那也去不了几日吧。"

问帛道："不是时间长短的问题。那是上神能去的吗？黄帝虽给她发了帖子，但只是出于礼数而已，她要真去了，他还不腼应死啊！真惹怒了老大，是要吃不了兜着走的。我说……你就不能使点招数，让上神舍不得离开吗？"问帛一对乌青的眼睛上下打量着余音的身段儿。

余音被她打量得浑身不自在，黯然道："自从上神康复，我还没有侍寝过呢。"

　　"什么？！"问帛感觉十分意外，"你每日里与上神卿卿我我，竟没有……"

　　"我只是每日帮上神上妆卸妆，除此之外，上神不允我近她的身。"

　　问帛倒吸一口凉气，喃喃道："上神这是要改吃素了吗？不对，是不是生病之后留下了什么病根儿啊？"心中七上八下。上神整天吃肉她担心，上神猛地一下子不吃肉了，她还是担心。

　　"我说，余音啊，你呢，一定要把上神伺候好。她的心若被你缠住了，就不会想着去参加什么寿筵了。听见了吗？就今晚，好好发挥你那股子骚劲儿，把上神搞定，我看好你哦。"

　　"我已试过许多次了……"余音心说，上次我还被上神推到了长老你的尊腿上呢。

　　"你要从失败中吸取教训嘛。我觉得，上神现在不宠你，没别的原因，一定是因为对你的套路厌烦了。你看你们这帮子男宠，清一色的娘娘腔。上神可能确实喜欢这种腔调，可是再喜欢也有腻的一天。上神也是女人，终归还是喜欢有点男人味的。男人味，懂不懂？你可以试一试强硬风格。"

　　"长老，我若惹怒了上神，您会替我收尸吗？"

　　"会啦、会啦。……啊呸！什么收不收尸的，放心啦，上神对你那么好，不会杀你啦。"

　　九霄在神殿中处理了几件公务后，就用最短的时间熟练掌握了当族长的诀窍——

　　某长老："这事还请上神示下。"

　　九霄："这事长老怎么看？"

　　某长老："属下认为应该……"

　　九霄满意状点头："甚好，就这样办吧。"

　　如此屡试不爽。

四位长老各司其职，都相当精干，她只负责点头就好了，之前的担忧是过虑了。对于鸩族来说，只要上神九霄在族长的位子上坐着，在天界的地位就相当稳固。至于族内琐事，哪需要上神她老人家操心！

　　一天下来，她很是找到了当族长的感觉，心情大好地回到寝殿。她一进去就看到桌上摆了几样小菜、一盏红灯。

　　室内光线柔和，与往日有些不同。

　　她心中刚升起几分疑惑，身后门一响，余音不请自入。他一身清爽白袍有如皎月，脸上带着微笑，眸若明星，手中托着一个小小银酒壶，举手投足若仙者一般。

　　她惊奇道："你这是……"

　　余音将酒坛搁在桌上，低头看着她："上神忘了，今日是余音的生辰。往年每逢今日，上神都是遣退他人专心与余音共度良宵的。"

　　九霄做恍然大悟状："哦哦……抱歉我忘记了。我记忆还没完全恢复呢。生辰快乐啊。"

　　余音一笑，也不答话，神色温暖，上前替她脱下外袍，把沉重的华冠取下，执了她的手拉她在桌前坐下，然后执起银壶斟上两杯酒，端起一杯送到她的唇边。

　　她只得饮了这杯余音亲手喂她的酒。紧接着他又斟上一杯，酒虽美味，她却无心贪杯。她眼瞧着余音似有所图，心想如果醉了可就任人摆布了，想要推辞，余音却面露失落："余音的每个生辰，上神不都会为我饮酒三杯吗？"

　　"三杯？三杯是吗？好吧，三杯就三杯。"上神九霄的身子骨可是世上无双的毒物，想来区区三杯美酒是醉不倒的，快快饮完三杯也好打发他走。

　　痛快地端起酒杯就要一饮而尽，余音却将她送往嘴边的酒杯拦下，道："上神忘记这三杯酒的规矩了。"

　　她奇道："喝就是了，有什么规矩？"

　　余音凝视着她，吟诗一般念道："第一杯，余音以手喂；第二杯，以唇喂；第三杯……"一边说，身子往她这边倾过来。

九霄慢慢往后躲去，惊恐地问："第三杯怎样？"

余音靠近，身子完全倾了过来，她这才注意到今日他的穿着尤其清爽随意，领口松松散散，这一弯腰，露出大片雪白的胸口。

他声音略略沙哑，睫毛半覆着眼眸，透着蛊惑，呼吸轻扑到她的脸上："第三杯，倾在余音身体上，由上神慢慢品尝。"

身体……好霸气的酒器！

九霄吸一口凉气，扭着腰想要从他的笼罩下抽离。他却不知哪儿来的胆子，一只手扶住她的腰，低声道："上神冷落余音好久了。今日是余音生辰，上神就不能……"

九霄被这过于亲密的贴近弄得手足无措，总算是记起了自己还是个上神，努力绷起脸来："休要放肆，惹火了我，片刻间将你烧成灰哦！"

这是个威胁，其实更是她的担忧。现在被余音纠缠着，她想推开他，又怕自己太过恼火压不住放出怪火来，只期望用言语威吓住他。

不料这小子竟摆出一脸不怕死的狠劲儿："上神想烧便烧吧。既已失去上神宠爱，上神便将余音赐死，权当上神送的生辰礼物了。"

这话里透出的冤屈劲儿，简直要人性命。九霄躲又躲不开，推也不敢推，心急之下，扑棱一声化作一只小小血鸼，从他的臂间溜走，展翅直直飞向半开的窗子，投身夜空之中。

身后传来余音的呼唤声，更吓得她头也不敢回。

她飞了许久，心神方定，落在一棵大树上喘息。回头想想，她还是惊悚非常。余音哪里借来的胆子？莫不是疯了？她越想越不敢回去。

堂堂上神竟被一个男宠吓得现出原形逃走，有家不能回，有床不能睡。她为自己的胆怯深深自责，感觉很是丢了原上神九霄的脸面。

此时已是深夜，月色如水。她转念一想，她不正打算避一避还要前来"赔罪"的凰羽嘛，不如就此出去玩几日再说。

想到这里，她再次展翅投入清凉夜空，没有目的地，便向着月亮的方向飞去了。她也不知何时飞出鸼族边界的，只知道直到月亮沉下也没有人追上来，天色已泛白了。

　　晨曦下，展现在眼前的是一片云海，她仿佛是到了世界的边缘。朝霞正一点点染上天际，不多久整片云海便似要烈烈燃烧。

第八章　捕捉

九霄仍维持着鸟身，望着眼前的云海，被天地之广大震撼。

她盯着天边发呆之际，突然眼前一暗，一张网当头罩下，旁边传来哈哈笑声："捉住了、捉住了。"

九霄一阵惊慌，扑棱得像一只普通的被网住的鸟儿一样。挣扎了几下后，她才反应过来自己是个上神，区区破网怎能罩住她？只要使出一丝神力，就可以让这网灰飞烟灭。

凝神默念了一阵"破破破"，这网竟丝毫无损！不知是因为她还不能驾驭体内神力，还是因为这张网有蹊跷。

下一刻，缠在身上的网忽然撑起了一个空间。她定睛再看时，网已变成了一个金丝笼子，而她被关在笼子里。笼子一晃，被提了起来，细细的栅栏外，出现一张年轻的面庞，脸上带着笑意，朝气的、明朗的笑容。这人头顶别了一支碧玉发簪，身着青绿衣袍，看上去玉树临风。

这人端详着笼中鸟儿，道："不错啊，这鸟儿好看得很。以前从未见过，不知是只什么鸟？"

九霄想说一句"我是上神九霄"，不料口一张，冒出一串婉转悦耳的叫声。她虽也是鸩类，但叫声与普通鸩鸟很是不同。

　　她不会说人话了，只能发出鸟叫声！这个笼子有古怪！

　　那人看到她惊讶的模样，笑道："我知道你是只精灵，这笼子叫作'菩提罩'，可以缚住你的灵力，休想作怪哦。"

　　九霄心道：我可不是普通精灵，发起威来罩不住的。待我静一静神，好好琢磨一下怎么运用体内神力……

　　那人笑嘻嘻地提着笼子走了几步，忽然自言自语道："这鸟儿羽色这般火红，很是喜庆，正好献给天帝当作一份生辰贺礼吧。"

　　九霄一怔。天帝生辰？对了，那个寿筵，她也接到了请帖呢。只是天帝的邀请没有诚意，她也不打算去。

　　那人忽地又将笼子举到眼前，笑嘻嘻看着她说："鸟儿，你不要气恼我捉你，我是掌管这东方天界的青帝，这里的一草一木、飞禽走兽都归我所有，所以我捉你是合情合理的，哈哈……"

　　原来他便是青帝伏羲啊，怪不得穿得一身绿绿的。不过，鸩族虽在东方天界境内，其属地却是独立的，可不归他青帝管。从身份上，她九霄足以与他平起平坐，从年龄上，却可以压他一头。眼前的这个伏羲是第四任青帝，有两万岁，比九霄要小得多。

　　不知不觉间，她越来越接受自己是上神九霄这个身份了。

　　青帝之名"伏羲"二字，其实是其家族的复姓。他本来的名字叫作伏羲越。五方天帝之位都是世袭制，历任东方青帝都有共同的名字，那就是"伏羲"二字。这是祖制，也是天界例律。只有驾崩或退位后才会得回自己的名字，刻到神位上去。

　　继位便以姓氏取代本名，意味着从此舍弃个人，只为了家族及一方天界而存在。对外人而言，就是不计辈分、不计年龄，以王位为尊。

　　他从父亲那里继承了青帝之位后，就隐去了自己的名字，只称伏羲。

　　北方黑帝颛顼、西方金帝少昊，均是世袭父辈帝位之后以姓氏为名。中央黄帝轩辕的本名却就是轩辕。他的帝位不是世袭来的，是五万三千年前从首任天帝帝俊那里夺来的。说起来，那也是一场腥风血雨。轩辕称帝之后，"轩辕"二字就成了王族的姓氏，他的子孙都以"轩辕"为复姓。

而南方炎帝神农是五位天帝中唯一一位远古上神，其家族神农氏，也是以他的名字为复姓。

九霄白他一眼，低着头苦苦憋着劲儿，企图调动神力。试了好久，她终于明白自己的身体尚未完全康复，灵力也就跟个普通精灵差不多，而青帝的这个菩提罩又实非凡物，以她目前的状态，只能乖乖地被囚在笼中。

青帝走了没多远，一头通体雪白的巨大的鹿迎面踱了过来。这大鹿身形优雅，四肢修长，头顶生着两只玉色的枝杈大角，美得让人惊叹。

青帝亲昵地抚了抚大鹿的脑袋，将金丝笼举到鹿头前，道："白鹿，看我捉到的鸟儿，好看么？"

白鹿睨了笼中红鸟一眼，神色十分倨傲，眼神中竟有不屑的意味，"哼"的一声，竟用鼻孔对着笼子喷出一股冷气。

别说九霄没把自己当上神，就算是普通的一只爱美的鸟儿，这般被鄙视，也不由得恼火，怒得浑身毛儿一奓。

青帝看到这对鸟兽的敌对，忙安抚地拍了拍鹿的颈子："莫气莫气，我捉她来不是要养作宠物的，是要送给天帝做礼物的。"

白鹿的脸色这才好了些。

原来这货是以为争宠的来了，嫉妒了！真是头小心眼的鹿啊。

青帝侧身坐在了鹿背上，顺手将笼子挂在一只鹿角上。白鹿缓缓走起来，青帝从怀中抽出一支碧玉笛子，闲闲地吹奏。

一曲吹完，他又跟鹿角上挂着的鸟儿唠起了嗑："小鸟儿，你不用拉着一张脸不高兴。我把你送给天帝后，你便可以住在他的御花园里，饮琼浆、品玉食，再不用自己觅食了。如果你能幻化成人形，说不定还会得到天帝青眼，让你当个座前端茶的仙婢。对了，你能化成人形吗？看你的小模样，化成人形应该也是好看的。你可不可以出来变化一下让我看一看……"顿了一下，又道，"算了，如果我放你出来，你定然会打我一顿然后跑掉，哈哈哈……"

说完，他转过头又去吹他的笛子了。

九霄被他这番话说得哭笑不得。他既然认为她是精灵，区区一个精灵怎么会敢跟他动手？这位青帝掌管一方天界，怎么说也是位了不得的人物，说话行事却如孩子一般。

青帝骑着白鹿、携着鸟儿、吹着笛子，就这样缓缓地穿行在东方天界景色旖旎的大陆上。走了许久后，九霄才知道他这是赶往天帝神殿参加天帝的寿筵。此时距离天帝生辰还有十天时间。天界虽大，以青帝的修行，施个驾云术，一天工夫也就到了。但他偏偏采用这游山玩水的前进方式，顺道欣赏他领地内的大好风光。

他们昼行夜宿，白日里一路走一路玩，遇到好吃的野果子，他也不嫌辛苦，亲手采摘下来喂给白鹿和笼中的九霄，一边喂，一边笑得纯真无邪。

夜间，青帝便席地而卧，头枕在白鹿的腹上，一只手将鸟笼子拢在怀中。

璀璨星光下，九霄听闻身边传来青帝和鹿儿的呼吸声，只觉得心境格外宁静，忽然间很愿意这样陪着这一人一鹿永远慢悠悠地走下去。

第八日，他们来到了一条大河旁。

天界也有山川河流，比起人间的山水，气势更加恢宏。面前的这条大河叫作渊河，宽广得几乎看不到对岸，河面还算平静。

青帝对着笼中鸟儿道："过了河，便出了我的封地，进入中央天界了。"

白鹿蹄下腾起祥云，耳边风声呼呼作响，片刻，已越过了大河。

落在地上，白鹿刚刚站稳，前方就传来一声呼喊："伏羲，一向可好？"

青帝抬头望去，只见不远处停了一头威风凛凛的瑞兽，兽背上坐了一名着墨袍的男子，面容俊美得让人移不开眼，眸比水清、容比云白，半披的墨发如萃取了风之形态，柔美洒脱。此时他脸上正挂着清爽的笑容，如冰雪般沁凉耀眼。

九霄看到他的第一眼就怔了一下。不是因为此人貌美，而是莫名感觉有些眼熟。再仔细一看，又捕捉不到那种熟悉的感觉了。

青帝作揖道："原来是颛顼，许久不见了，风采依旧啊。"

原来此人是北方黑帝颛顼。颛顼是黄帝的曾孙，四万年前被立为黑帝后，就以颛顼为姓、为名，不再以轩辕为姓。但血浓于水，他是四方天帝中唯一与天帝有血缘关系的，地位可想而知。

九霄于是认定自己刚才那分熟悉感是错觉。她应该是从未见过黑帝的，就算是前世也未见过。每每跟着凤羽外出，遇到这种大人物，凤羽都会极得意地跟人家炫耀他的女人，那姿态分分明明是在宣扬："看，我的宝物，羡慕吧？羡慕也不准碰，这是我的。"所以她确定自己没见过这位黑帝……唉，又想远了。看错了就是看错了，想那么多有的没的干什么啊？收住、收住。

这一次遇到黑帝，想来他也是来给天帝祝寿的。笼中的九霄看看青帝，再看看黑帝。一个一身青衣，一个一袭黑袍。

简直太好认了。她对尚未谋面的南方炎帝神农、西方金帝少昊产生了浓厚的兴趣。难不成那二位的衣服会是红袍和金袍？

据说黑帝司掌冬季，同时也是风神，想象中应是个寒气袭人的家伙，今日一见，竟清冽如雪中傲梅。此人如果要用冬季来做背景，应是位初雪时踏雪寻梅的逸士吧。

黑帝颛顼驱着瑞兽走近与青帝寒暄，忽然注意到了鹿角上挂的金丝笼，问道："伏羲带一只鸟儿做什么？"

"这是我送给天帝的贺礼。"青帝笑道，"天帝那里什么珍奇异宝也不缺，每逢寿辰，送他老人家的礼物都觉得没有新意。恰巧我在路上捉住这只异禽，竟是从未见过，模样又好看，特拿来献上。"

颛顼微笑着扫一眼九霄："果然是很有新意。"

九霄这几日伴着青帝一路走下来，对他没有了恶感，早就想到如果他把自己当礼物送给天帝十分不妥——她可是天下第一大毒物啊！送给人家当礼物是什么意思！说不定会给青帝招来麻烦。可是苦于囚在这菩提罩中不能出人言，而青帝又不通鸟语——不知这位黑帝能不能听得懂呢？

想到这里，她对着黑帝叽叽啾啾一阵叫唤——我是鸩鸟，我有毒的，如果你听得懂的话，提醒一下这个傻瓜吧……

黑帝忽然向她看了一眼，墨眸深处微闪了一下。她一愣，停止了鸣叫。

黑帝又展颜一笑："叫得真好听。天帝一定会喜欢。"

怎么，他没有听懂吗？方才他眼中一闪而过某种意味，她还以为他听懂了。

黑帝转头问青帝："伏羲愿与我一路同行吗？"

青帝笑道："还有两天时间呢，我还想慢慢走来看看中央天界的风景，颛顼可有耐心同行？"

黑帝摆手道："免了免了，我可没你这般清雅的心境。那我先行一步，先去天帝那里喝杯茶。"

"请。"

瑞兽足下腾起青云，呼啸而去，带起一阵凛冽寒风。

青帝对着笼子道："鸟儿你看，颛顼果然是北方天界之帝，安安静静站着时，柔美得像女子一般，一动起来，却会带着一股凛冽的北风。"

九霄只忧郁地瞅着他明亮的笑容。这倒霉的家伙，就知道笑笑笑，霉运上头了还不知道呢。

东方天界四季皆春，中央天界却是四季分明。此时正值秋季，原野染金，又是一番不同风光。青帝慢慢悠悠走了两天，终于感觉时间差不多了，催着白鹿，驾着风来到了昆仑仙山。

从鹿背上望下去，昆仑仙山巨大的山脉逶迤壮阔，无数的湖泊宛若撒在群山间的一颗颗珍珠。其最高峰是赤水河环绕的昆仑顶，平时山峰周围云蒸雾涌，深不可测。

逢黄帝寿辰这种大喜日子，云开雾散，露出雪峰顶上气势恢宏的黄帝神殿，灼灼闪耀着七彩光晕，八方子民远远望见，都会伏地叩拜。

青帝骑着鹿，拎着鸟笼，来到神殿宫门前，把金丝笼收进了乾坤袖中，显然是想适时拿出来，给天帝一个惊喜。

——抑或是惊吓。

在将笼子放入袖中之前，他对着九霄叹息了一声："养了这几天，真有些舍不得了呢。"

九霄怜悯地看着他，心道：小子，我救不了你了。

被收入袖中后，她的视线就被遮住，只听得一片热闹的歌乐声、喧哗声、寒暄声、觥筹交错声，想是寿筵已经开席，天界诸位神君仙人济济一堂，气氛欢乐祥和。

青帝忽然高举了酒杯向远处的某人致意，袖子大幅度晃了一下，九霄在袖中被晃得有些头晕。

只听他扬声道："天帝寿筵百年一次，你足足缺席了三次，今日终于再聚，可喜可贺。"

九霄心道，这是跟谁说话呢？袖子晃轻一点可以吗？

只听对面传来了应答："小弟也十分想念青帝。"

这嗓音如此熟悉，九霄忽然呆住了，脚爪死死地抓住了笼中架子，呆若木鸡。

是凰羽。

她辛辛苦苦地逃出鹍族，就是为了躲避他，这躲来躲去，偏偏又碰上了。

她怎么就没想到他也是一族之长，必会来给黄帝祝寿的呢！她脑海里默默抽了自己十几记耳刮子。

青帝自然是不知道袖中鸟儿的心绪变化，朗声问道："听说凰羽之前身体染恙，现在可好了？"

"承青帝挂心，已经好了。"他答道。

他的话音一声声传来，听在她的耳中如刀锋一般。

这对话的内容更是让她一阵心酸——他生病了？什么病？重不重……罢了，这不是她该挂心的事。

她以纤弱的翅膀按着心口，少不得一遍遍地告诉自己，那是前世的人、前世的人，已与己无关。天界虽大，迟早要遇上的。今日狭路相逢，若能维持着一脸漠然擦肩而过，便是过了一关，以后也就能泰然处之。

九霄，你做得到。

青帝与凰羽的几句客套告一段落，祝寿声此起彼伏，来客纷纷献上自己带来的贺礼，隐约还能听到天帝浑厚洪亮的"哈哈哈哈"笑笑，中气十足。

忽听天帝问道："伏羲弟，你又带了什么稀罕玩意来？"

青帝站了起来，笑嘻嘻道："小弟带的礼物虽小，却是个祥瑞。"

九霄心中咯噔一下。无处可逃，只能认命地闭了眼。笼子一阵晃动，他被青帝单掌托了出去，献宝一般托得高高的，满面得意。

四周仙客纷纷抚掌赞叹——

"好漂亮的鸟儿！"

"羽色大红，十分吉祥！"

"从未见过，果真稀奇！"

"凰羽兄，您统领羽族，可知道这鸟儿的名字？"

凰羽没有回答。

那人笑呵呵自答道："连凰羽兄都不知道，足见其珍稀。"

此起彼伏的赞叹声在天帝的沉默中渐渐隐没下去。众人终于感觉到了不对劲，凝神观察天帝的脸色。他老人家那是什么表情——尴尬？不满？

青帝也察觉到不对劲了，却不明所以，圆睁着一双无辜的眼睛看看鸟儿，又看看天帝。

笼中的九霄慢慢地睁开了眼睛。她刻意地没有看向侧后方——凰羽的位置，而是看向了正前方的天帝。他老人家的风采与声音颇为匹配，身材雄伟，白须飘飘。

前世的无烟因为好奇，跟着凰羽来参观过天帝神殿，却不曾与天帝谋面。

其实作为地位最高的一位神仙，天帝完全可以像其他神仙一样，把自己的外形维持在年轻的状态，但是为了彰显其绝高的地位，他必须维持着高龄扮相。这就跟他身上的帝王华袍一般，是地位的象征。

天帝也有天帝的无奈。

天帝忽然站起身来，走下宝座，一步步地走近青帝。

这可是前所未有的待遇。若非大福，便是大祸。青帝四周的神仙自觉避让，免得血溅到身上。

青帝更是手足无措，惶惶然不知所以然。

天帝走到青帝面前，盯着笼子看了半晌，"唉"地叹了一声气，道："上神九霄，你跟老夫开什么玩笑？"

九霄无奈地看着他。

青帝登时慌了，怀疑自己的耳朵坏掉了，结结巴巴道："什么？什么上神？"

天帝瞪了他一眼："无礼，还不快将上神九霄放出来。"

"九霄"二字听在耳中，青帝手一抖，险些把金丝笼扔出去。上神九霄！三界至毒！把十几位神君烧残废的上神九霄！敢给天帝茶里加料的上神九霄！他这只提笼子的手，还保得住吗？！

他哆嗦着手，将金丝笼化作一张金丝网，手腕一甩扔出去老远——这宝物他不敢要了。然后整个人往后一跳，好离天下第一毒物远一些。

赤色的鸟儿得了自由，在半空中展翅，落地时化作盛装的红衣女子。刹那间，神殿中若霞光照耀，那艳丽到绝顶的女子站在殿中，她的美艳若世上最妖娆的武器，一抬头，转眼间便夺人心魄，殿中诸神无不如失了魂儿一般久久回不过神来。

九霄没有留意到诸位神尊的失态，只暗自庆幸脸上化着艳妆——这还是她从鹬族逃离前，余音给她上的妆呢。幸好没有卸去，此时仍能遮一下真颜。

她站在地上款款地给天帝拜了一拜，微笑道："恭贺天帝寿辰，祝天帝与日月同寿。"

"上神免礼。"天帝客气道，又横了一眼躲得远远的青帝，"这是怎么回事呢？"

青帝朝这边号了一嗓子："我不是故意的——"

九霄笑道："天帝不要怪他，是我化成鸟儿在外面散心，被青帝误捉了。"

天帝叹道："自上次见你化作血鹬，便再未见过你的真身。我还道自己是这世上唯一一见过上神真身的，颇引以为傲。这下可好，这么多人都见过了，以后我拿什么来炫耀？"

"呵呵呵，天帝说笑了。"九霄的头上暗暗冒出冷汗。她这才记起在地位较高的神仙中有一个忌讳，那就是轻易不能让别人看到自己的真身。

这是一种尊严，也是防止被居心叵测的人看清弱点。

她前世只是个小小精灵，并无这个忌讳，所以也没有在意。自从她借用了这具身躯，已来来回回不知现了多少次原形，就算是禁区，也早已踏了数遍了。

天帝又问："上神前一阵子大病了一场，现在可大好了？"

九霄心中一喜——这是把话圆起来的好机会，道："感谢天帝挂心。正是因为没有完全康复，所以才会被青帝的菩提罩轻易困住。"

天帝点头道："原来如此。"又是眼神锋利地睨了一眼那边的青帝。

九霄抱歉地说道："我原本打算只派人送份贺礼来的。没想到阴差阳错贸然到来，搅了天帝的兴致了。"

"哪里哪里！哈哈哈哈！"天帝大度地笑道，"算起来也有数百年没见过上神了，我也很想念上神。请上神入座吧……"虽然很没诚意地请了上神九霄，但座位总是给她留着的，好巧不巧，就在青帝的座位旁侧。

九霄款款入座。青帝踮着脚正欲开溜，被天帝唤住了："伏羲，还不快给上神九霄赔罪。"

青帝苦着脸上前，深深地行了个礼："小弟做错了，请上神责罚。"

九霄做大度状："免了免了，你也是无心。还是入座喝酒吧。"

听到这话，青帝顿觉五雷轰顶。鸩神请人喝的酒，那料必须是加得足足的！他很想拒绝，但天帝正虎视眈眈地盯着他，他不得不入了座，苦哈哈地瞅了一眼面前的杯子，再看一眼天帝，目光中满是求饶——老大我错了，我不该在您生辰时送只大毒鸟来当礼物，帮帮我好吗？

天帝面带慈祥的微笑看过来，微笑底下是明明白白的幸灾乐祸——你小子活该。

青帝的眼泪都快下来了。

第九章　重逢

此时的九霄微微低着头坐着，脸上挂着一个微笑。这微笑在艳妆的装饰下显得美艳又得体，只有她自己知道，为了维持这个表情，她的面部肌肉都僵掉了。

眼睛的余光可以看到一个熟悉的身影，素衣翩翩，衣裾镶着浅色的五彩图纹。他坐在那里一动不动，不用抬头，她也感觉得到他的目光正落在自己的脸上，一刻也没有移开。

幸好，有这艳妆遮颜。

他这样看着，肯定是因为看到了一只与无烟真身相似的鸟儿。带着这艳妆，连余音和问帛都认不出她这个冒牌货，凤羽也应是看不出她原本的容颜的。他顶多会因为上神九霄的真身与无烟的真身相似而起疑心，就算他上前相问，她只需做出一副陌路人的脸色，打消他这个疑虑就好。

说得容易，做起来却难。她还是希望他就坐在那里不要过来打招呼。

她原本打算就这样低着头一直到酒筵结束的，不与他目光接触，免得压抑不住情绪的波动。

忍了一阵后，她终于忍不住扫了他一眼。

刻骨铭心的容颜。凰羽的俊美总带着几分夺目的嚣张，无论站在哪里，整个人都像笼了一圈光晕一般，让人移不开眼。他今日穿了一身素缎衣袍，襟口绣着的淡彩凤纹闪耀着，额上一抹黑缎抹额将青丝束起在脑后。面容像是比以前清减了不少，愣怔地看过来，眼中竟含了一层薄泪。

即使是死了又复生了，隔了阴阳，变成了另一个人，他的面容落在她眼里，还是让她瞬间无法呼吸。

就算是将她误认成了无烟，他那副表情算什么？当初猲因当着他的面刺瞎无烟的双眼，她体会到了这世上最可怕的冷漠，那一刻，心便被打入了万劫不复的寒冰地狱。不是恨，不是怨，只是心死。

两清，谁也不欠谁了。

那一刻，是恩怨的终结、前缘的尽了。

那是真正的死亡。

唉，前世的事了，与她上神九霄还有何干系？想他作甚？收回来、收回来，快些把这跑偏的思绪收回来。

头脑发蒙的时候，她的耳边忽然传来青帝苦兮兮的声音："上神，这酒我喝了以后还能活几天？"

她终于清醒了一些，身体恢复了一丝力气，把自己的目光收回来，看向旁边的青帝，带着几分糊涂答道："唔，能活不少天。"

"呜……"青帝丝毫不觉得这答案有多乐观，"上神行行好吧，饶小弟一次，小弟必当涌泉相报！"

在四方天帝中，九霄的辈分之高，唯有炎帝神农能与之持平。伏羲是第四代青帝，其实是小了她好几辈的，但其实说起来也是老得忘记年龄了。再加上继位东方青帝后，在神界就以王位为尊，不再论辈分。所以他这一声"小弟"的自称与年龄辈分无关，纯粹是因为此时身在风口浪尖上，命悬一线，自愿认小伏低。

只是九霄的脑子现在有些糊涂，被他突然冒出来的这番求饶弄得莫名其妙，过了一会儿才明白过来他的担忧。

其实她从未尝试过将自动敛到体内的毒素施放出来。前世她因身上的毒素落得那般悲惨的下场，巴不得将毒性隐藏起来永远不要害人。而且她根本没有掌握旁人所恐惧的下毒能力。

这时她正苦于没有足够勇气面对不远处凰羽的目光，索性就与青帝开几句玩笑，也好缓解一下自己紧张的心情，掩饰一下不安。

她笑道："哪里哪里，说什么饶不饶的！这一路走来，都是你亲手投喂本上神，我感激还来不及呢。来，吃块点心。"以绘着艳丽美甲的玉手拈了块点心递给他。

青帝对这块由鸩神递过来的点心更感恐惧，不敢不接，接过来也不敢扔，托在手里如同托着一块火炭一般，委屈道："上神姐姐，杀人不过头点地。"

九霄慈祥地微笑："说什么呢，快些吃啊。"

青帝哪里敢吃，朝着天帝宝座的方向可怜兮兮哼唧了一声："天帝救……"

天帝终于朝向这边，道："伏羲你就吃了吧，你就算是不吃，上神也有很多别的法子，是福躲不过。"

您其实是要说"是祸躲不过"吧！青帝无计可施，只希望九霄在这点心中下的毒只是个小教训，不至于太伤元气。他眼一闭，囫囵吞了手中的点心，噎得翻了一个白眼儿。

"哎哟，这孩子，吃慢点，看，噎着了吧。来，喝口水。"她端起茶碗凑到他嘴边，他被噎得狠了，急忙喝了一口。待顺过气来，他才后知后觉地想到这水也是九霄递过来的。

他惊恐地看了九霄一眼，再看一眼天帝。

天帝不忍地侧过脸去，心中已在暗暗盘算如果伏羲挂了，后生晚辈中有谁能接管东方天界……

接下来的筵席中，仍是载歌载舞，欢声笑语，但实际上宾客们没有谁再敢真正地喝一口茶、尝半口菜，全在装样子。鸩神在座，哪怕她坐着不动，方圆十里她都能随意地想毒翻哪个就毒翻哪个，谁还敢吃。

九霄为了转移自己的注意力，给天帝敬过酒后，就专注于恐吓青帝。

于是青帝全程都一脸担忧地抱着肚子等毒性发作，时而可怜兮兮地向九霄讨解药。

天帝百年才摆一次寿筵，本是满腹热情，安排了丰富多彩的节目，不料横里杀出个九霄，神仙们走也不敢走，吃也不敢吃，眼瞅着是要饿着了，一个个强颜欢笑，暗地里叫苦不迭。

天帝哪能不知？好好的寿筵被搞成这样，心中更是不快，默默给青帝把这笔账记成了高利贷。

九霄只听得满座欢声笑语，哪里猜得透在座诸神心里的抑郁，只顾得以整治青帝为己任。眼前忽然多了一个人，一声轻念若有若无传来："无烟……"

她手中正捏着一个果子给青帝递过去，这一声唤落在耳中，不过是手的动作顿了一下，并没有抖，也没有把果子掉到地上，而是平稳地搁在了苦着脸的青帝面前。

她知道他总会过来的，心里的紧张一直绷着几欲崩溃，很害怕自己会失态。

她害怕自己忍不住哭泣，或是莫名其妙放出绿色怪火来。

可是到了这一刻，不知是因为有了足够的心理准备，还是因为震撼太过巨大反而麻木了，她的反应之平静，连自己也感觉非常意外。

面前站着的人念了那一声后，便悄无声息地站着。她过了一会儿，才恍然大悟般抬头，用一双被粉色颜料描绘得眼尾如花的眼睛看着凰羽，诧异地问道："您是在跟我说话吗？"

他的脸色苍白，嘴唇失了血色，微微颤着，浑身也在发抖，一对凤眸怔怔地看着她，瞳中含着风起云涌，颤声又问了一句："是你吗？"

她失笑，道："您在说什么呢，凰羽尊上？"

"无烟……是你吗？"他终于说出了一个完整的句子，嗓音低哑，低得只有她听得见。

九霄抬头看着他，神色中带着恰当的诧异，不突兀，很得体。唯有她自己知道，他平静的面色底下，是怎样的惊涛骇浪。

有此一问，他分明是认出了她。

这一瞬间她突然明白，层层涂绘的艳妆或许可以骗过问帛，骗过余音，甚至是骗过天帝，却是骗不过凰羽。

旁边的青帝见有人来打岔，根本没有听清他说的是什么，只庆幸终于来了根救命稻草，端起九霄给他斟的那杯可疑的酒，塞到了凰羽手中："凰羽，还不快给上神敬酒！"

那酒杯被塞进了凰羽的手中，他的手指却不知为何虚软无力，竟没有握住，让它从指间滑落，跌在地上"啪"的一声脆响。酒液溅湿了衣摆，他却似浑然不知，只怔怔地看着她的脸。

殿内的喧闹顿时停滞，诸神的目光纷纷投了过来。

青帝见他如此失礼，心中一沉。他快速地瞄了一眼九霄，只见九霄的神色木木的，似是不悦。青帝一向与凰羽交好，见状急忙打哈哈缓解气氛："啊呀，凰羽你至于吓成这样吗？上神没那么可怕，你看我都吃了好几块她老人家拿过来的点心，这不还是活得好好的嘛！"

九霄忽然扬了一下眉，微笑着道："凰羽尊上，您前几日不是还光临过敝舍，说有什么事来着？"

这是今生，她不愿与他纠缠前世的人和事了。她期望用这句话助他回到现实中来。

有一样的脸又如何，她不是无烟，她是九霄。她扬着脸，傲然迎着凰羽的目光。

凰羽的失态却未能就此停住，脸上是梦游一般的神情。

以九霄的辈分，原可以直呼凰羽的本名，她却称了一声"尊上"。这本是因为九霄不习惯以上神身份自居，对称谓的把握失误，在旁人听来，却像是对凰羽的刻意嘲讽。青帝见势不妙，急忙站起来拉着他走开。凰羽任青帝拽着走，脚步踉跄。

九霄大度地别过头去，对着天帝微笑致意。只是藏在袖子里的手抖个不停，手指攥得紧紧的，指甲把手心掐出了血。

她告诉自己，这一关总算是过去了。

第一次面对面能泰然处之——至少表面上看起来泰然处之，以后再有什么交集，她也有信心保持着漠然的神态去面对了。

她暗暗盼着寿筵快快结束，她好离开这是非之地。

不料从半空中飘来成百的瑶池仙姬，万千繁花落下，为一场美轮美奂的大型表演拉开了序幕，这场盛宴看来离结束还远着呢。

九霄心中暗暗叫苦，殊不知诸神心中更苦。

上神九霄数百年没公开露面了，诸神给天帝敬酒后，少不得要特意敬她一杯。与鸩神对饮，犹如刀尖舔血，却是不舔也得舔。

九霄是一位闲散上神，地位与四方天帝持平，虽不像他们那般各司要职，论起早年的资历来，却是任谁都不敢不敬她。

现在的天界，可以说是太平盛世，九霄这种邪神已没有用武之地，就是大闲人一个。再加上九霄性情古怪，除了鸩族族长之位外，连个闲职也没有挂。

而四极八荒对九霄的敬重，源自对上古时代传说中的那次大战的崇仰，就如供着一座神位一般供着她，连宴席的座次都在四方天帝前面。这四位再文韬武略，面子上总是要敬着她的。东方青帝就不必提了，已被九霄反灌了不知多少杯。除了今日因公务缺席的南方炎帝神农，西方金帝少昊、北方黑帝颛顼依次举杯敬酒。

如九霄先前推测的一样，从他们衣袍的颜色就可以判断出身份，着实好认。

西方金帝少昊，第四任金帝，司管秋季，一身黄袍，恰似金秋，掌天界刑罚，据说手握天兵重权，神态间锋芒内敛，很是稳重，丰神俊朗，神姿威严。

北方黑帝颛顼，司管冬季，之前路上见过的，一身黑，外貌清雅俊美，目光分外柔和，他的目光投向哪里，那里就仿佛泛起一圈涟漪又迅速消散。其一方帝王的威仪深敛于眸底，只在不经意间露出难以察觉的锐利锋芒，让人一方面觉得如沐春风，一方面又不由得屏息敬畏。

九霄偏头看了看身边的青帝，他的神态若一个心无杂质的单纯少年。

唯独他，怎么也看不出是一方天帝。

颛顼遥遥举杯，脸上浮现出清隽的笑："上神，颛顼也敬你一杯。"

九霄端起酒杯来，含笑遥遥一谢，目光与颛顼相遇时，看到他的眼中有光芒一闪。

她的心中微沉了一下，升起一点不悦。又是这种目光。之前被青帝关在笼子里与他初遇时，他便用这样的目光看了她一眼，仿佛是他知道点什么，又故意不说破，让她感到像一星冰碴渗入骨髓，带来点滴寒意。

或许是颛顼与九霄有什么渊源，所以他才会有那种略放肆的眼神。她觉得这个眼神让人很不舒服。

仅仅是一个眼神而已，为何她会感觉如此不悦？或许是她渐渐地接受了上神九霄的身份，容不下丝毫的不敬了？这架子端得是否高了点？

九霄转瞬间便陷入了纠结之中，把颛顼的不敬忘了个干净。

那厢，颛顼已一仰颈子饮尽杯中酒，将空杯亮向她时，脸上已是含蓄有礼的笑容。

九霄心不在焉地干了杯中酒。

她连饮数杯，却是没有丝毫醉意，跟喝白水一样。她已发现因为鸩神的这具身体自含剧毒，酒对她来说完全没有作用。能放倒她的，唯有她自身的心头毒血，所以她来者不拒，放开了喝。

这让原本盼着上神快快醉倒以避免上前敬酒的神仙们，压力更大了。

不过片刻之后，对面的席上忽然传来一阵喧闹。有人惊呼道："您中毒了吗？"

九霄心中突地一跳，下意识地抬眼往凰羽的方向望去，却见他好端端地坐在那儿，一脸失神的模样。再一看，乱子原是出在黑帝颛顼那边。颛顼上半身伏在了桌上，脸色煞白，唇色变得青黑，整个人抖得筛糠一般，显然是身中奇毒的模样。他勉强抬头向她看了一眼，张了张嘴想说什么，却有淡绿色的火苗从口中冒出。他急忙闭了嘴伏回桌上，仿佛五脏六腑都烧了起来，脸上是极度痛苦的神色。

众人色变，先是看看颛顼，然后目光齐刷刷地落在了九霄的身上，皆是满脸的震惊和惧意。要知道，颛顼其实是黄帝的曾孙，虽然四万年前被立为北方黑帝时就依照律例不再以"轩辕"为姓，但血浓于水，说到底还是跟黄帝有血缘关系的，这一特殊身份使得他的地位较其他三位天帝无形中高了一层，何曾有人敢如此对待他？

九霄更是惊诧得半张着嘴巴——她与颛顼不熟，不是她下的毒啊，都看着她干吗啊？！

黑帝可是天帝的亲曾孙，却听天帝"唉"了一声，看曾孙受这等苦楚，心疼得胡须都哆嗦了。他对着九霄道："九霄，你这是何苦，颛顼又是哪里冒犯你了？"

她无辜地眨了眨眼，道："不是我干的。"

天帝抚额道："看颛顼这中毒后的反应，分明是上神的手法，九霄不要闹了，快给他颗解药吧。"

九霄只露出一脸茫然的表情。众神见九霄这表情，只当她是盛气凌人，连天帝的曾孙都敢动，这是何等的张狂！而天帝居然只是求情，没有盛怒，让众人对九霄的地位再度揣度，越想越觉得畏惧。

这厢，九霄忽然记起才才颛顼敬酒时那异样的眼光带给她的一丝不快。难道就是那丝不快，让她在不知不觉中就让他的杯中酒变为了毒酒？上神九霄居然如此肆意妄为！

至于解药……她哪有什么解药啊！

她眨了眨眼，抱歉地道："解药，我没带。"

那边颛顼的脸登时青了，配上淤黑的唇色，更让人不能直视。

周围诸神认为上神九霄显然是故意不给解药的，于是身上带有解毒仙药的神仙也不敢贸然出手相助，生怕上神九霄的无名邪火烧到自己身上。还是金帝少昊仗着自己身份与九霄相当，壮着胆给了颛顼一粒丹药，暂时缓解了毒性。

颛顼被扶下去后，在座诸神哪有再敢跟九霄搭话的，个个如坐针毡。

寿筵开到这个份上，再拖下去也没什么意思，匆匆收场，各路神仙施展顶级的驾云技能，片刻间就溜得不见踪影，搞得天帝他老人家心中不胜凄凉。

九霄十分担心颛顼的性命，悄悄问青帝："黑帝他还活着吗？"

青帝听这话说得狠，哆嗦了一下，战战兢兢道："您真的想置他于死地？！"

"哎，没有没有，我这不是担心药下重了嘛。"

"您真是……心软啊，呵呵呵。颛顼修为还好，您方才给他的教训，大概能让他半个月下不了床。"

九霄大喜："不会死啊？呵呵呵，那就好。"放了心，她立马就想要开溜，却被天帝"挽留"住了。

因为颛顼所中之毒未解，青帝、金帝作为兄弟自然要留下相陪，元凶九霄更是想溜而溜不了。

除了他们三人之外，还有一人以不胜酒力、不能赶路为由留了下来。

九霄用眼角瞥了一眼那个明明一口酒也没喝的"不胜酒力"的人——凰羽，离他们远远地站着，神态恍惚，还真像是喝糊涂了。他目光如网一般，密密拢过来，让她无处可遁。

她索性不去管他，转向天帝，诚恳地说："天帝，我真的没带解药。"

"唉，这是何苦呢！"天帝摇头叹气，"颛顼哪里做错了，你可以指出来嘛，他可以改嘛。"

九霄亦苦着脸道："他没做错什么，是我错了。"她不该因人家一个眼神不对头就心生不悦，把人家的酒变成毒酒。可她真的不是故意的。

旁边的金帝少昊插道："上神，您若觉得颛顼错了，他肯定就是错了。您的药力甚猛，这会儿他只有出气没进气了，您就饶了他，赐他解药吧。"

九霄眼角含泪，仰头望天。她真的没有解药啊……

天帝见状叹道："你果然还是那副脾气。罢了罢了，让颛顼慢慢挨着吧……"

旁边几位看她这副表情，也不敢再劝，只能为颛顼兄弟默默掬一把泪。

当夜留宿的几位被各自安排在天帝御花园的客房中。九霄被仙侍引到住处时，远远地便听到一声欢叫："上神！"

她抬眼一看，竟然是问帛，旁边还站着一身白衣的余音。

余音远远地看着她，脸上带了几分欣喜，又有几分伤感，朝她走近了一步，又迟疑停下。

问帛却拔腿跑了过来，施了个跪地大礼。九霄忙让她起来，心中也是欢喜得很。隔这么多天没见，也有些亲人重逢的喜悦。问帛一对抹得乌漆漆的眼睛含着泪，上下左右地打量着她："上神您身子还好吧？"

"好得很啦。"

问帛抹着泪道："您身体还没完全康复，便这样不打招呼就离开，我们找您找得好苦！全怪那个不争气的家伙！"一扭头，狠狠地指了一下余音。

余音站得远远的不曾上前，见问帛点了他的名，这才缓步上前，给九霄施了礼，用弱弱的声音道："上神，是我太心急……"神色间满是失落。想是那夜九霄宁可现出原形逃离也不肯与他亲近，让他深感挫败。

九霄忆起那天情形，脸上也颇不自在，打着哈哈道："没什么、没什么，是我在族中待得闷了，想要出来散散心，误打误撞地参加了天帝的寿筵。"

问帛道："我派人四处寻找上神，一连数天毫无线索，后来想到上神说过要来参加寿筵，才找到这里来的。一打听，您果然在筵上。"

"来得好，我正有事要问你。"九霄把问帛拖到一边，小声问道，"我在筵上不小心毒倒一个人，却忘记带解药了，你可带了？"

问帛瞅她一眼，神色更加悲凄："上神，您还是没完全康复，记忆有一块没一块的。"

"是啊是啊。我脑子还是不好使，否则怎么会忘记带解药？"

"我的上神啊！"问帛叹一声，"您向来是管杀不管埋，何曾带过解药？"

怪不得天帝说她还是那副脾气，她此次的作为，竟无意中与原上神九霄的行事风格契合了。

问帛问道："不知上神这次毒翻的是谁？"

九霄答道："是黑帝颛顼。"

"什么？！"问帛一声暴喝，引得旁边的仙侍纷纷看过来。

九霄也吓了一跳："你这么大声干吗？"

问帛怒道："我大声？！我……"

忽然想到这不是在鸩族地盘上，四周看看，拖着九霄走到一边，压低声音道："祖宗，您毒翻谁不好，偏毒翻这个人！"

"我知道他是黑帝啦，是我失手，我不是故意的。"

"您……您大概忘记了他不但是黑帝，其实还是黄帝的曾孙吧？"

听到这话，九霄吓得背上起了一层冷汗。她是真忘了。她对天界政界的这些底细原本就弄不清，但对于颛顼和黄帝的这层关系还是听说过的，只因听的时候不认真，一直没想起来这茬儿。此时被点醒，她不由冷汗涔涔。毒翻黄帝的爱臣，与毒翻黄帝的曾孙，这不是一个等级的罪过啊，前者让黄帝恼怒，后者却足以带来剜心般的痛苦。方才看黄帝的反应并没有很激烈，但那一定是表面现象，心里头说不定已把她千刀万剐了。

问帛顿足叹息，也不知该说什么好了，从怀中摸出一个黑瓷小瓶。九霄一把拿了去，道："我这就去给人家送去。"

九霄同问帛一道来到颛顼下榻的院子。侍女们正忙得不可开交，端着热水进进出出。廊下站了几名仙医，正在聊天，显然是听说黑帝中的是上神九霄的毒，知道无药可解，放弃治疗了。

众人见九霄进来，纷纷拜倒一片。

九霄摆摆手："都起来吧，我过来看看黑帝情况如何了。"

众人色变，皆以为她是来看黑帝有没有死透，如果没死透就再补一刀的。

有忠心的侍女拼死爬行几步跪在她的面前，眼泪迸飞："求上神放过黑帝……"

九霄怜爱地看这姑娘一眼，很是愧疚，道："你莫怕，我是来送解药的。"

那侍女半信半疑让开了道路。九霄进到屋内时，侍女也不放心地跟了进去。

颛顼穿了一身凌乱的中衣蜷卧在床上，脸上没有一丝血色，双目紧闭，眉心紧蹙，牙关紧咬，时不时翻滚一下，忍不住哼哼一声，鼻腔嘴巴里就有绿色火苗溢出。

因为体内毒火燃烧，他的体温高得惊人，床边的侍女们只能不断用温水擦他的身体来降温。饶是这样，身子底下的床单还是焦了。

上神九霄的毒，还真是不同凡响啊。

仙侍们看到九霄到来，皆是惊慌。九霄和蔼地安抚道："莫怕，我是来送解药的。"

眼神往床上一扫，只见侍女们为了给颛顼降温，弄得他衣衫不整，简直是衣不蔽体。情势紧急，九霄也顾不了这些细节，只好当看不见。

床上的人听到了声音，动了一下，睁开了眼睛。颛顼的眼几乎失神，看到九霄，忽然闪了一下，手朝着她的方向虚虚地伸了一下，张嘴想说什么，嘴里又冒出绿焰，只能闭嘴硬生生将火苗压下。

九霄急忙道："我明白您的意思，您是要解药。您不要说话啦，我已把解药送来了。抱歉，是我不小心让您中毒，我真不是故意的。"

颛顼紧闭着唇，哀怨地看她一眼。

九霄一招手："问帛，快。"

第十章 密谈

　　问帛把装有解药的彩色瓷瓶递给侍女。侍女急忙上前想要喂给颛顼，颛顼突然伸手推了一下，差点把瓶子打翻。他眼睛紧闭着，把脸转向了里侧，分明是拒绝服用的样子。

　　九霄见此情形，心道他这是还疑心呢。她上前几步，赔着小心道："黑帝殿下，这是真的解药，这次真没毒。"

　　他的脸慢慢转过来，睁眼看了她一眼，目光晦涩不明，唇抿得紧紧的，又将凑上前来的侍女推了一把。侍女急得跪在床前啜泣不止。

　　九霄看他神色间有些恼怒，更觉得抱歉，道："我知道您怨我。"

　　他忽然张了嘴，忍着绿焰烧灼，嘶哑地冒出模糊的几个字："我怨我自己……"一句话未说完，九霄眼疾手快，从侍女手中抄过小瓶，趁他张开了嘴，将药液一股脑儿倒进了他的口中，生生让他将后半句咽了回去。解药进口，发出哧哧微响，颛顼的脑袋上迅速结了一层白霜，看上去有些吓人。

　　九霄见喂药成功，就要功成身退，冷不防被他一把握住了手。

他的体温片刻前还烫得几乎要燃起来，这解药喝下去，整个人又似从冰窟中刚捞出来一般浑身打战，手指也是冰冷彻骨。

上神九霄的毒药固然毒辣，解药也相当霸道，就算是救人，也要让对方尝足冰火两重天的苦头。

她的手被他冰冷的手握住，吃了一惊。这小子莫不是要报仇？

却见他半睁着眼睛看着她，嘴里发出嘶哑的声音："看到你好好的，我很……开心……"

说完这话，人便晕了过去，手指却没有松开。九霄用力才把手夺了回来，后退几步，侍女们纷纷拥上去伺候。

九霄和问帛在混乱中退出屋去。

到了外面，九霄舒心地拍了拍手，事情总算是顺利解决了。但是……她轻快的脚步忽然停了下来。

黑帝方才的只言片语，有些奇怪啊。显然，是以前的上神九霄与他有什么纠葛，只是实在参不透是恩是仇。算了，不管了，以后再遇到，以一个万能的"失忆"打发掉就好。就算是以前他欠了她的钱，她也不要了。

问帛在旁边开口问道："上神……黑帝究竟对您做什么了，您生这么大气，下这么重的毒？"

九霄苦着脸道："他什么也没做，我也没生气。我也弄不清是怎么回事，定然是身体没有完全恢复的缘故，对于自己的毒不能掌控，无意识地就给人家下毒了。"

问帛听了这话，面露惊悚之色，默默向旁边移开了一步。

九霄见她都害怕自己，更加忧心忡忡。

前世因为自身毒性吃足了苦头，现在的毒性比起那时高了何止千百倍，而且还处在失控的状态，这可如何是好。

她愁苦地叹一声："问帛，再去找些补药给我，我还得好好补补，但愿尽快好起来，也好有能力把毒性收起。"

问帛小跑着离开了。九霄一个人走回下榻处，一路低着头闷闷不乐。

快走到门口的时候，她一抬头，看到了前方等着的人。

这时刻暮色已退，月华初上，天光清淡。凰羽站在一丛翠竹之侧，素色衣袍闪耀着银白月辉，身周似是笼了一圈浅淡光华。他安静地看着她从路的那头走过来，直到她一抬头发现了他。

他与她静静地对视片刻，作了一揖，吐出四个字："上神九霄。"

九霄顿了片刻。这片刻间，恍若跨越了一世。无论如何，他终于认可了她是上神九霄，他们彼此终于能以陌生的面目相对。

她微微点头："凰羽尊上。"她在距他几步的地方站定，脸上神情平淡，目光无澜。

光线渐暗下去，她看不太清他的神情，只听他道："方才宴上，凰羽冒犯了。只是因为有个故人与上神的容貌很是相像，一时失态了。"

九霄道："无碍。"说罢想要就此擦肩而去。

凰羽却又道："而且巧的是，那位故人的真身，也是一只红鸩。"

"是吗？"九霄道，"鸩族中除了我之外，再也没有第二个红羽之鸩。尊上还是到别处打听一下吧。"

"上神与那只红鸩，真的没有什么渊源吗？"

九霄沉了脸："此事，我听问帛提过。尊上之前被那只红鸩所害，以至于涅槃遇劫。您为了追查凶手，问到鸩族来，问帛想来也答复你了。鸩族之中除我之外没有第二只血羽红鸩。此话，就休要再提了。"

说罢，她举步走去。

身后传来他的喃喃自语："不，她不是凶手，是我错了。"

饶是无烟的那颗心已在销影池中化为乌有，却还是在虚无之处悸动抽痛了一下。她没有回头，像当初那个匆匆赶赴黄泉，不愿回望一眼的雁舞一般。

前方传来一声带着压不住的喜悦的呼唤："上神。"

是已久候多时的余音，他的嘴角眉梢都带着笑，朝着她迎了过来。九霄朝着他伸出了一只手，余音一愣，慌忙地伸手去牵。

他没想到她会如此主动。就算是急切地想黏着她、抱着她，却因为之前的妄自亲近吓跑了她，他再没有胆量擅自碰她一根指头。没想到她会主动伸手过来，这让他又惊又喜。

及至将她的手指握在手里，他才发觉她的手冰冷且颤抖不停。他暗暗吃了一惊，抬眼端详她的脸，只见她强扯出一个微笑，道："我们进去吧。"

他暗自诧异，不由得望了一眼她身后不远处的凰羽。那个人投过来的目光，颇有些痴傻。

他虽不清楚其间玄机，却敏锐地感觉到了异样的意味。他淡然地收回目光，对着九霄温暖一笑，答道："好。"

余音牵着九霄的手进了屋，把门合上，将凰羽复杂的目光关在了门外。

门一合上，九霄浑身像是失了力气，一时竟不能行走。余音垂目看着她，什么也没说，只是扶着她让她倚靠着，直到她略微恢复过来，才扶着她坐到椅子上，为她倒了一杯茶放在她的手里。

茶的温热暖了冰冷的手心，她身上的微颤终于停止了。她看了一眼余音，对于方才暴露在他面前的异常表现有些不安。余音扶着她的手，帮她把茶水喂到嘴里去，顺便堵住了她的欲言又止。

"上神什么也不必说。"他轻声说，"上神愿意在无助的时候握住余音的手，余音已是死而无憾。"

茶水的温雾濡到她的眼睛里，一层薄湿。她不禁微笑了一下，道："什么死不死的，说话总那么极端做什么！"

余音不答话，唇线抿出柔和的弧度。

九霄顿了一下，忽然又道："余音？"

"嗯。"

"九霄对你来说，是什么？"她没有说"我"，而是说"九霄"，毕竟余音依恋的其实是原来的九霄。

余音不假思索地答道："是余音这条脆弱的生命存在的唯一理由。"

九霄没有接话。过了许久，久到余音以为她睡着了的时候，她忽然出声道："我希望你不要放任自己的感情。自己的心，还是要放得出、收得回，否则对方放了手，岂不是要堕入深渊？能救自己的，唯有自己而已。"

余音轻声答道："我已救不了自己。"

九霄无声地叹了口气。能救自己的，唯有自己而已。这话是用来劝解余音的，又何尝不是对她自己说的？今日与凰羽的再度重逢与擦肩而过，其实是度了她一直惧怕的最可怕的劫。

此时的感觉，有些像劫后余生。她觉得，以后就算是再遇见，也没什么可怕的了。

这一刻，她很庆幸司命星君没有让她失去记忆，前世的伤痕如蚌壳中粗糙的沙子被珍珠质包裹，那锥心的疼痛已然钝去，沉在心的深处，变成一种叫作"阅历"的财富，让她重生再世时，有避开泥潭的先觉，有直面压力的担当。与这些可贵的收获相比，记忆带来的时不时翻涌出来的疼，真的算不了什么。

这一夜她没有让余音离开。

余音正遐思四起，见她在桌上搁了一张棋盘的时候，就如被浇了一盆冷水般蔫了下去。但是只要能陪上神一整夜，哪怕仅仅是下棋也是好的。

他修长的手指拈着棋子，三心二意地落着子，指端有意无意地划过她的手背。

而与他对弈的人心思明显不在棋盘上，更没有留意到他的撩拨，而是时时地发怔，眼睛偶尔会望向门的方向，目光仿佛穿透了门，落在未知的地方。

这样的对弈简直一塌糊涂，谁输谁赢二人谁也搞不清楚。

直到后半夜，余音撑不住疲惫，伏在棋盘前睡着了。九霄找了件衣裳轻轻替他披上，自己起身，一步一步走到门前，站定。

良久，外面寂然的静夜里响起隐约的脚步声，他终于离开了。

九霄松了一口气，从身到心感觉空空的，轻飘得像个空壳一般。

她刚想去床上靠一靠，门外却又有脚步声由远及近。她心头不由一惊。凰羽为何要去而折返？却听脚步声直接走到了门边，来人先是低声自语了一句："那个小子什么毛病……为什么在这里站了大半宿？害我老人家等这么久。"然后轻轻地拍了拍门，低声叫道，"九霄，出来一叙。"

九霄听出来了，这是天帝的声音。

这让九霄甚为惶恐，天帝是趁夜来替曾孙报仇了么？不管怎样，她还是急忙开门迎接："陛下有事召我过去就是了，怎敢劳陛下亲自过来！"

天帝呵呵笑道："无碍，你我是兄妹，不必拘泥这些礼数。今夜月色甚好，九霄便陪我去赏一下月下荷塘吧。"

赏荷？该不会是把她这个害他曾孙的凶手骗到无人处干掉吧！她急忙解释道："我给颛顼送去解药了！"

天帝道："我知道了。快些，这个时辰的月色是最好的。"

天帝有这般雅兴，九霄哪敢怠慢，半信半疑地踏上了天帝脚下腾起的祥云。

御花园中的荷塘宽广无边，荷叶间轻雾缭绕，朵朵白荷盛放，清香随风扑面，月色如霜笼罩。

果然令人心旷神怡。

天帝挥了挥手，一叶小舟便自动漂到近前，二人登上去，小舟又无桨自移，将二人带往荷塘深处。

天帝背对着九霄，盘膝坐在船头，忽然叹了一声："九霄，我还以为你会就此以死逃避，没想到你还有回来的一天。"

正陶醉于荷塘月色的九霄一怔。她后知后觉地明白过来：天帝约她出来的真正目的不是赏荷，不是报仇，而是有事要谈。

但他在说什么，她完全听不懂啊。

她这边一脸茫然，天帝只当她沉默应对，继续道："我居然没能猜到你会以此种方式来处理，是我算错了。千算万算，忘记了你再强再毒，也还是名女子。"

九霄更茫然了，不知该回答什么好，不回答又似乎不礼貌，尴尬地"呵呵"笑了两声。她心中想起问帛曾经提过：在九霄昏迷时，天帝与青帝曾集结大军压境，可见天帝与九霄之间并不是特别信任的关系。而九霄醒来大军又撤去，说明天帝对九霄还是有一定程度的信任。

或者说信任与提防参半吧。总之，是很微妙的关系。但是，他现在究竟在说什么啊。

却听天帝又道："你既然回来，我就当你想清楚了。你的所为，让也我知晓了你的立场。经历了此劫，什么事值得，什么事不值得，想来你也该看透了，以后应该如何做，你也该想明白了。我便不多说了。我先回去了，你自己好好想想吧。"

说罢，他身下凝起祥云，飘然而去。

留下一头雾水的九霄，在小舟上呆立了半晌——她想明白什么？她什么也不明白啊！

许久她才后知后觉地冲着天帝离去的方向伸出一只手，叫道："哎，天帝，那个云朵能给我留下吗……"

天帝他老人家早就无影无踪了。

九霄无奈，试图用意念驱着这无桨小舟回到岸边。但这小舟似乎只听天帝的，最终她只将它驱得团团转，还险些把她掀到水里去。

放弃了驱舟，她试图凝起云朵。试了几次，荷叶间的白雾聚了过来，居然真的凝成了一朵模样乖巧的云朵。她欣喜地想踏上去，转念一想，又下来了。她的屋子里这会儿还有余音在呢，万一他又想挤到床上去……唉，还是先不回去了。

她索性就在小舟中卧下，将那朵云儿扯过来盖在身上，居然颇轻软舒适。躺得舒服，她却迟迟不能入睡。

今夜天帝说过的几句话在脑中盘旋不去。天帝似乎知道上神九霄的一些不能说的秘密，上神九霄暴毙，果然不仅仅是纵欲过度的缘故。天帝说，以为她会"以死逃避"，从天帝的话语中来推测，居然是有自杀的可能。

自杀？上古鸠神九霄会自杀？

她轻轻地摇了摇头，难以置信。在她看来，能被逼迫到自杀这条绝路上的，唯有卑微的无烟那种弱小精灵。地位极高、能力极强的上神九霄怎么可能走到那一步？

而天帝与九霄谋划的又是什么？

她不敢直接问天帝。她突然意识到"我失忆了"这个理由不能再继续用下去。天帝、黑帝、青帝，个个都有通天慧眼，这等蹩脚的理由，更容易被看透。

比起找理由，可能闭嘴装深沉更安全些。但愿答案和真相，能随着时间一点一点展露在她的面前。

第二天早上，问帛找到她的时候，她卧在小舟中拥着云朵睡得正香。醒来时，她一眼就看到问帛忧愁的脸。

还未等九霄开口解释，问帛已一声苦叹："上神啊，一个余音竟又吓得您另找地方过夜。您是病了吧？"

九霄半晌才明白她在说什么，原来问帛以为余音又把她吓跑了。昨夜与天帝之间的密谈自然不便透露，遂顺水推舟默认了，呵呵笑道："这荷塘甚美，在这里睡别有意境。"

她站起身来伸了个懒腰，问道："今天我们该走了吧？"

问帛答道："除了黑帝还要休养几天，其他两位殿下都已告辞了。我们也该回了。"

九霄犹豫一下问道："那个……凰羽尊上也走了吗？"

"走了……吧。"她不太确定。

九霄松了一口气，心中又不免莫名空落。她抬手把身边偎着的云朵儿捏了捏，捏成合适的形状，拉着问帛踏了上去，催动云头，先回住处接余音。

这是她第一次驾云，速度未免掌控不好，到目的地时停得太猛，二人齐齐向前栽了出去，滚得停不下来，九霄撞到一个人的腿上才停住，花容失色，钗鬟散乱。

那人伸手扶起她来。

她一手扶着歪了的发鬓，狼狈地站了起来，嘴里感激道："多谢多谢。"

待抬头一看，看清了是谁扶的她，登时住了嘴，怔了一下，把手抽了回来，后退一步，努力做出一个矜持的微笑，道："惊扰凰羽尊上了。"他还没走啊。

凰羽顿了一顿，收回悬在半空的手，道："上神客气了。"

她狼狈的模样与这孤傲的表情颇不配，自己也有些撑不住，面对他探究的眼神，补了一句："我大病初愈，灵力有些掌控不好，让尊上见笑了。您忙着，我去收拾一下。"

　　转身，她看到摔得一脸痛苦、慢慢爬起来的问帛。

　　问帛尴尬地道："上神……身体未愈，不要驾云。如果一定要驾云，不必捎上属下，谢谢……"

　　两个女人互相搀扶着回到房中。忧伤等候的余音见她这等模样回来，大吃一惊："上神，是谁打你的？！"

　　九霄急忙摆手："不是打的，是摔的、摔的。"

　　问帛痛苦地点头证实。

　　余音无语闭嘴，扶九霄坐下，端了温水来，站在屋子中央睨了一眼问帛。问帛明白了，暗骂一声不公平，默默揉着腰出去并把门带上。

　　余音替她重新化了妆，梳了发髻，总算是恢复了张扬美艳的形象。

　　她离开前拜别天帝时，又倒霉地与凰羽碰上。她朝他微微点了个头，匆匆拜别了天帝，出了神殿，就开始掐着手指召唤云朵，问帛见状色变，忙道："族内有些杂务要处理，属下先行一步！"背后展开一对青黑大翼，慌里慌张地飞了个没影。唯有余音一脸"陪上神一起摔死也是甘愿的"的泰然神情，平静地留在她的身边。

　　九霄为难地瞅了一眼余音。她有上神体质，骨骼很是结实，摔一下没什么，余音虽食过仙丹，可仍是肉体凡胎，经不起摔的。

　　犹豫间，凰羽从身后跟了上来，作了一揖："上神驾云不便，我可以把我的座驾借给上神。"

　　九霄抬头望了望停在远处的一只巨鹏。巨鹏羽色深褐，弯喙巨爪，肩背上配着珠宝镶嵌的骑具，威风凛凛。

　　她认识它，而且十分熟悉。这只巨鹏是凰羽的专用座驾，无烟曾无数次与他共骑在它的背上。

　　巨鹏朝这边看过来，明显怔了一下，冲着她发出一声迟疑的小声的鸣叫。

　　她的目光从巨鹏身上淡淡扫过，微笑道："不必了。"

借了就得还，她可不愿再多这一来一往的交集。

忽然眼睛一亮，她对着前方挥着手叫道："青帝！"

骑着白鹿走在前面不远处的青帝脊背一僵，下意识地催动白鹿小跑了几步，突然间又悟到逃跑等于找死，只得停住了。

他回头扯出一个僵硬的笑："上神您好，上神再见。"说完就想开溜。

九霄喊了一声："等一下。"紧跟几步追上他，和蔼地微笑道，"一起来的，就一起回啊。"

"呜……"

九霄斜骑在了鹿背上，青帝和余音一左一右步行着相陪，三人慢悠悠而去。

良久，天空掠过一片阴影，凰羽乘着巨鹏离开了。

从坐到鹿背上开始一直与青帝笑嘻嘻地聊着天的九霄，忽然沉默下来，神思飘去了未知的黑暗空间，心魂空荡，疲惫无比。

第十一章 遇袭

青帝这一程可没有来时的闲情逸致，一门心思想着快些把这位瘟神送回家去，不动声色地催起了祥云，几人渐渐离地腾空。他忐忑地瞥一眼九霄，只见她似乎是走神了，没有注意到他的小动作，暗自松了一口气，催快了云头。白鹿一向不喜离地太高，他们的衣摆几乎要擦过树梢。金色原野如海一般迅速后退，不多久前方便出现了一条宽宽的大河，正是中央天界的边界渊河，越过去就是东方天界的地界了。

三人一鹿飞越至渊河正上空时，河面上突起浓雾，眼前视线一时模糊。青帝疑惑地"咦"了一声，在白鹿臀上轻拍了一下，示意它升得高些。白鹿的黑蹄在虚空中刨了一下，迅速升高。突然"咴"的一声惊叫，猛地下坠。青帝大吃一惊，一瞬间只来得及看到一个漆黑巨钩从浓雾中探出来，钩住了白鹿的后臀，白鹿只来得及发出一声痛叫，便被尖钩往下猛地一带，背上的九霄也一起坠入浓雾中。云头破碎，站在旁边的余音也瞬间跌得不见了踪影。

朗朗天界，天帝脚下，竟会有妖孽出没？

情势危急，青帝不及细想，转身向下追去。只听下方扑通水响，二人一鹿已落入水中。他没有丝毫犹豫，一头扎进了水里。水中竟是漆黑一片，那妖孽竟是放出了浓墨将水染黑了。他只觉得四周激流翻腾，轰然巨响，只是河水黑得伸手不见五指，既看不到妖孽，也看不到九霄，不敢贸然攻击。他闭目凝神片刻，猛然出手，握住了一根弯弯的利刺。那妖物大力扯回，力度大得惊人，扯得他在水中翻滚一圈方稳住身子，咬牙与它角力。

　　一边角力，一边念了个咒诀，水中墨色迅速散去，恢复清明，一条从头到尾生着狰狞怪刺的巨蛇出现在眼前，此时被他掐住的，是生在怪蛇头部的一根刺。

　　看清了此物，青帝惊讶之余十分紧张。此妖物是钩蛇，生于江河之中，尾部有一漆黑巨钩，凭借尾钩从岸上猎取猎物，方才白鹿就是被那尾钩钩住了臀部。钩蛇身长数丈，沿着脊上和身体两侧生着三排尖刺，一般人若被它缠住绞一绞，当场就成了肉酱。

　　饶是青帝修为深厚，也不敢大意。

　　此时这条钩蛇却没有立刻缠上来，它的尾部像是被另一人扯住了，蛇身扯得笔直，挣扎不已却是挣脱不能。

　　那扯住蛇尾的是九霄吗？

　　随着水变得清澈，青帝便急忙张望着寻找九霄的身影，不料一眼望过去，只看到一个银袍身影正站在另一边，掐着钩蛇尾部的巨钩不撒手，恰与青帝一人一端将这怪物扯住了。

　　青帝看清了那人，呼叫了一声："凰羽！"

　　凰羽脸色却是惊得色变，问道："她呢？"

　　青帝答道："不知道。我们先把这个妖物擒住……"

　　话音未落，就见凰羽竟松了手，一整条蛇身"嘣"地朝青帝弹了过去，以排山倒海之势撞向他，半途中蛇身上遍布的尖刺乍然竖起，如万把利刃朝他戳去。

　　青帝只来得及嚷一声"凰羽你个混蛋"，就被这可怖的东西绞缠得不见踪影。

凰羽将兄弟情谊抛至脑后，一意向着水深处劈水而去。渊河是由两块大陆之间的裂隙形成，深不可测。越往下，光线渐渐昏暗，幽深水底有如暗黑地狱。

那暗黑深处突然绽出一朵红莲一般，一个火色身影浮了上来，是九霄。她正踩着水努力上浮，繁复发髻已散开，万缕乌丝漂荡在身后，手中拎着一人，是呛水昏迷的余音。

凰羽急忙迎上去，朝着浮上来的人伸手捞去，无声念了一句："无烟……"

她看到是他，隐约看到了他无声的口型，却没有理会，将手中的余音朝他伸过的手中一丢，示意他先把余音送到岸上，自己紧抿着嘴向上游去，直奔向那条纠缠成一团的钩蛇。

她游到近处，眼神凌厉，手中突现一柄漆黑三叉尖刺，向着钩蛇疾冲了过去，尖刺锐利地划过钩蛇的身体，一排排尖刺被斩断，蛇皮被割裂，裂口涌出漆黑血液。这些伤口对钩蛇庞大的身躯来说并不重，却似乎给它带来剧烈的痛苦。它嘶叫着松开了身体，青帝从蛇身中间滚了出来，水中翻腾着腥臭的黑血。钩蛇没命地抽搐挣扎，尾部弯钩发疯一般朝九霄甩来。九霄眼含森冷厉色，灵敏地腾挪游弋，躲开袭击，刺刃在钩蛇身体上剖出长长的裂口。片刻，这怪物便抽搐着向深水坠去。

九霄不去管它，回头去看青帝，只见他四肢无力地瘫着，竟在缓缓下沉。九霄又惊又疑。钩蛇虽猛，只有一身蛮力而已，堂堂青帝有灵力护身，竟会被它缠死了？

手中尖刺忽然隐没不见，她疾游向青帝将他拉住，扯着他向上游去。

手中忽然一轻，她回头一看，见是凰羽不知何时又下来了，帮她托住了青帝。她没有说什么，二人合力将青帝弄到了岸上，放到了之前被凰羽丢在岸上、正趴着咳嗽不止的余音身边。青帝两眼紧闭，已陷入昏迷，如何摇晃也不醒来。

在混乱中失散的白鹿一拐一瘸地跑了过来，屁股上的伤口还流着血，看到青帝昏迷，急得四蹄刨动，用鼻尖拱着他的脸。

余音刚刚醒来，神志尚混沌不清。他半坐起来，慌忙一把抱住九霄："上神，你没事吧？"

"没事没事。"九霄安抚他，拍拍他的后背。

他抹去不知是呛出的还是咳出的泪，深情地注视一眼他的上神，这一看大吃一惊，颤声道："上神……"

九霄只顾得拍着青帝的脸企图唤醒他，没空理余音，隐约听到余音讷讷道："您的妆……"

九霄心中惊慌，没有在意，也顾不得要与凰羽疏远的事，慌慌地问："他是怎么了？是呛晕了还是被大蛇缠死了？"

凰羽把滞在她脸上的目光收回，仔细观察了一下青帝，发现青帝的唇色有些发乌。再检查一下身上，在他的手臂上发现了一条浅浅的划痕。

他看了一眼九霄，道："他是被你毒倒了。"

"我？"九霄诧异道，"我没有啊！我什么也没做啊！"

凰羽指了指青帝臂上的划痕："是你杀钩蛇时误伤了他。你那三叉刺上是有毒的吧。"

"三叉刺？"九霄一愣，下意识地低头看了看手心。对了，三叉刺。刚刚情急之下，那三叉尖刺突然从手中冒了出来，事情了结之后，又突然消失了，仿佛是随着意念出现的。

她对那把三叉刺很是熟悉。前世无烟的离体生魂上天入地寻找凰羽的魂魄时，用的武器也是这样一柄三叉尖刺。也是随手而来，随意而隐，她却从不知它是何物所化。

九霄抬头看了一眼凰羽。他也在看着她，目光沉沉，如身后那条河般深不可测。

九霄的神情沉静如水，心境也如深水一般冰凉。

这时她后知后觉明白过来余音方才那句惊诧的话是什么意思。她的艳妆是余音手化的，并非以仙术化上去的，遇水就会被洗掉。那么现在她应是素面朝天了，在凰羽的面前露出与前世无烟一模一样的脸。

红羽血鸠的真身，一模一样的容貌。

她知道他会认定她是无烟了。

可她不是啊。就算她有无烟的记忆，她也已是九霄了。

无烟死了，永远不想回去。

她移开目光，淡然道："我没带解药。"

"我知道。上神九霄身上向来不携带解药。"凰羽的语调平平的，不带半点波澜。他看她一眼，又低下头去，眸光藏在睫后，看不清楚。

九霄却忽然感觉一股辛辣直冲咽喉，有那么一会儿说不出话。

她突然明白，这一刻，他不是把九霄认成无烟，而是把无烟认成九霄。

她意识到，随着无烟的死而澄清的冤情、误会，因为九霄的出现，再次在他心中凝成了重重疑云。

他又在怀疑她了。

不，不应该说"又"的——她不是无烟。

今日的九霄，绝不会再任人践踏。

九霄再开口时，语调很冰冷："我驾云技巧不济，烦请尊上送我们回瑶碧山，也好给青帝解毒。"

"是。"凰羽面无表情地应下，召来祥云。众人将青帝扶了上去，腾云而起，白鹿也拐着腿走上去趴在一旁。头顶掠过一片阴影，九霄抬头一看，是凰羽的坐骑巨鹏。

九霄以手遮阳，眯眼望着巨鹏道："钩蛇是邪物，也不知是如何混进天界大河中的。尊上知道的，我最近灵力不太灵光，竟险些被它伤了。所幸得尊上出手相助。尊上的巨鹏展翅千里，听说速度是极快的，今日竟飞得这样慢，恰巧赶上了我们落水，还真是万幸啊。"

一直在望着前方默然不语的凰羽侧头看着她，凝视半晌，没有说话。

九霄说这不阴不阳的话，意在讽刺这钩蛇袭击的事是他凰羽布下陷阱来试探她的。不料凰羽竟没有接招，以一个"默"字应对。这让她觉得好生无趣。她转头看到了白鹿的伤，低头察看了一番，伤也不算严重。但她连替它包扎也不敢，生怕自己不小心又搞出毒素殃及这可怜的家伙。

她问余音："余音，带着伤药吗？"

余音摇头。

九霄再看了一眼凰羽。凰羽也在看她，仿佛等着她开口相求。

她实在不想求他。但从东方天界一路走来，跟这白鹿也有了点感情，实在不忍心让它的伤就这样晾着。她想开口又不敢开口，脸慢慢憋红。

还是凰羽撇了撇嘴，放弃这无声的对垒，默默摸出伤药给白鹿敷上。他一边敷，一边慢悠悠道："上神并不像传说中那般心硬。想不到，您竟会对一头坐骑生恻隐之心。"

九霄听得出他的试探之意，遂呵呵一笑："这是人家青帝的坐骑，金贵得很，我是怕它万一死了，青帝这小子醒来后跟我拼命。"

凰羽抿了抿唇，也没再说什么。

余音贴心地扶着九霄坐在云团上，嫌躺着的青帝碍事，还顺脚把他踢了一下，让九霄坐得宽敞些。然后把自己的外衫脱下来拧干，跪坐在九霄身后，替她把湿漉漉的长发慢慢擦干。擦到颈子处时，他顺手把那长发捋了捋，手指擦过她的颈后。

凰羽的身影突然侵了过来，一把拎起余音的领子，用力一甩，余音便被远远丢离了云头，吓得惊声大叫！

九霄没料到凰羽会突下毒手，也是吓得尖叫，此时他们尚在半空，余音可是肉体凡胎，这一摔必然摔成肉饼！

肩上的火色大翼下意识地扑棱一声展了开来，就想飞去接住，却见余音正落在了跟在云朵不远处凌空飞翔的巨鹏的背上，死死揪住了巨鹏颈子上的羽毛。

因为背上之物是主人丢过来的，巨鹏本不抗拒，但被他这么一揪毛，猛然吃痛，巨鹏身子一翻，就将背上的人掀了下去。

余音再次惊叫着跌落，九霄跟着一起叫唤。凰羽扬声斥道："鹏儿。"

巨鹏立刻识相地俯冲下去，用钢爪钩住跌落到一半的余音的衣服，漂亮地往上一甩，再斜掠过去将他接住。

它小子耍帅耍得欢畅，余音早吓得小脸惨白，几乎要吐了。

凰羽安抚地拍了拍她的翅缘，道："没事，云上太挤，让他去乘鹏吧。"

九霄怒道："你若摔死了他，我跟你没完！"

他睨她一眼："他是你什么人？你这般在意他？"

九霄顿了顿，挑了挑眉，一字一顿道"余音是我的男宠，最心爱的一个。"

凰羽的脸顿时阴云密布，盯着她的目光如冰剑一般斩过来。九霄毫不示弱地瞪了回去。

瞪着瞪着，她突然想到余音还在他坐骑的背上。据她了解，凰羽的性格温和不足，烈性有余，惹怒了他，下令让巨鹏摔死余音这种事，他也做得出来。

想到这里，她神色间多了几分心虚慌张。

她神态中的那一点失措落在他的眼里，熟悉到刻骨铭心的表情，让他更认定了某件事。他目光渐渐敛了怒意，柔和成水一般清澈见底，嘴唇忽然抿出一个微笑，笑容如云雾散开，露出明月，看得九霄不禁一呆，满身的攻击性没着没落地消失殆尽。

凰羽拾起了余音的那件外衫，绕到她的肩后，居然也替她擦起了头发。九霄完全没有料到这一出，一时间被雷电击到一般动弹不得。只听他在背后缓缓飘过一句："上神，那个余音看着讨厌，便由我来伺候你，可好？"

九霄彻震惊得差点灵魂出窍，劈手把头发从他手中夺出，抬腿跨过横在云上的青帝的身体，到另一侧坐着，也好离那边那个无耻之徒远些——但这云朵实在太小了。

半晌之后，她才回过神来反击，努力冷了声调："哪敢劳动尊上大驾，除了余音，我男宠还多得很，瑶碧山养着一群呢！"

"那也不多我一个啊。"他的凤眸坦然地看着她，嘴角弯弯，神情居然极是认真，"我会努力的，必会胜过余音。"

他在说什么！

这意思是在跟她要一个男宠的名额吗！？还要跟头牌男宠余音争宠吗！？

九霄脑子里有闷雷轰隆隆滚过，过了一会儿惊魂稍定，就觉得怒火中烧。

他这是在挑衅。他以这般认真的表情调笑，让她真的忍不了。

她闭了闭眼，再睁开时，已是满眼讥诮，眼锋瞥过去，几乎要将人划出血来："尊上与老身开这等玩笑，逾越了。"她决定先搬出辈分来，看她压不死他。

凰羽脸上的微笑敛起，沉默地望着她，眼里盛着满满的落寞。就像看着一个实现不了的梦，那样迫切地企望，又明明白白知道得不到，失落到绝望的地步。

九霄心中暗自冷哼，别开脸，不再理会他。他也没有再搭话，迎着风立在云上，衣袂飘拂，发丝飞扬，脸色却沉静得如一尊雕像，心思不知沉到哪里去了。

东方天界虽然宽广无边，路途遥远，但凰羽的云头也快，一天工夫就到了瑶碧山。问帛早已派人在山门前候着，却未料到他们在路上出了事，听到通报以后，一路狂飞而来，跌落在落脚不久的众人面前，连滚带爬地扑到地上涕泪横流，哭叫道："上神，上神您怎样了？"

九霄和蔼地看着她。

问帛张皇的目光从她脸上扫过却未做片刻停留，反而是一把揪住了旁边余音的衣领，恶狠狠地问道："上神？你把上神弄到哪里去了！"

九霄一愣，后知后觉地摸了一下自己的脸——妆没了，发髻散了，问帛认不出她了。

她尴尬地轻咳了一声："这儿呢。"

问帛一僵，转头看过来，呆呆地盯着九霄的脸看了半晌，手一松，把余音丢开，喃喃道："上神您……您……"

九霄摸着脸解释道："啊，不小心掉到了水里，妆洗掉了，懒得再化，所以……"

问帛终于顺过一口气，把话说完整了："您长得真美。"

"呵呵呵，过奖过奖。"

问帛颤抖的手伸了过来，在九霄身上上下乱摸。

九霄连忙抓住她的手，安抚道："真没事，我很好。"

问帛跪地泣道：“属下偷懒先回来，害上神遇险，属下有罪，请上神降罪！”

九霄扶起她：“无碍无碍，我这不是没事嘛，就是一不小心把青帝又毒倒了，快拿解药来。”

众人一阵忙乱，把昏迷的青帝抬了进去。有问帛接手，九霄便放心了，舒心地出了口气。余音很有眼色地过来，扶住了她的肘弯：“上神累了，去歇息吧。”

“嗯。”她答应着，余光却瞥到旁边还杵了一个闲人。凰羽还没走呢。

于是她转身微笑道：“多谢尊上将我们送回来。”

他答道：“不必客气。”

她再微笑点头，等着他告辞。他却只是站着没有反应，摆出一副理所当然的神态，分明是在示意主人应该礼貌地挽留他住下。

九霄咬咬牙：“我就不远送了。余音，替我送送凰羽尊上。”

凰羽却无耻地道：“回去的路途十分遥远，此时天色已晚，我能否在此借住一晚？”

九霄听到这话，只觉得心口郁堵。她满心想立刻把他赶出去，但抬头看看天色，确是快要黑了。若硬撵他走，不是不行，只是太流于颜色，反而更不自在。她遂凉凉道：“也好。您便住一宿，明早再走吧。”清楚地点明了勒令他离开的时间。

她命人领着凰羽前往客房，自己则由余音扶着，头也不回地回到寝殿。

夜深时，寝殿的门一响，九霄穿一身轻软的绯色衣裙走了出来。她刚刚沐浴完毕，素颜如天上皎月般净洁美好，湿润的发散在身后，清香漫溢。有两名侍女见她出来，忙上前伺候，她挥手让她们退下了。

软底鞋子踏着遍地月光，一路去往花园，走进罂粟花间，坐在了石凳上，看看四周寂静无人，她小声唤了一句：“罂粟，睡了吗？”

月色下，那朵艳丽的花儿轻轻展了展花瓣，发出特有的柔媚可人的声调：“见过上神。”

九霄就着石桌，把下巴搁在臂弯里，让自己的脸对着花朵，道：“你还认得出我吗？"

"罂粟怎么会认不出上神？"

"我以前都是化极艳的妆，今天可是素颜啊，难道不是判若两人吗？"

"是判若两人，可是罂粟对上神五官轮廓太过熟悉，就算是妆再浓，也认得出来。"

"这样啊。"九霄若有所思。这么说，那副艳妆从来不曾骗到过谁，余音、问帛、黑帝、天帝……他们没有生疑，并不是因为艳妆遮面，而是因为上神九霄的真容，跟无烟的脸，原本就是一模一样的。

她的脊背顿时有一阵寒意。

另外，还有一件事，也是一样的……

她定一定神，再问道："罂粟，你可知道我的法器是什么？"

罂粟答道："自然知道，是一柄三叉毒刺！"

九霄猛地站了起来，双手紧握，微微颤抖。在河渊中斗钩蛇时，她本能地就祭出了一柄三叉毒刺。前世作为无烟的离体游魂时，她所用的武器也是三叉毒刺。此时回想起来，身为"无烟"时，除了自身也未察觉的毒性，只是个普通的、孱弱的精灵，几乎没有战斗的能力，更不要提什么三叉毒刺了。反而是在为了找寻凰羽魂魄，化为离体游魂后，能力莫名突增，面对敌人时，手中不自觉地就多出了那柄毒刺，当时她自己也不知道它是从何而来，只知道好用，十分称手，所向披靡。至于为什么，她不曾想过，就算是想，也没有头绪。

而原来的上神九霄与无烟不仅有相同的容貌，连所用法器，也是与无烟的游魂艳舞的武器一模一样！

她突然不知道自己是谁了。她是无烟，还是原本就是九霄？

她拥有无烟的记忆，占据了上神九霄的躯体，原本以为只是借尸还魂，可是容貌与法器这两点的惊人吻合，说明无烟与九霄之间，有着必然的关联。

无烟，到底是谁？她原本以为，重生再世，就可以与那个悲剧的无烟全无瓜葛，却不料堕入了更繁复的密网之中。

第十二章 争宠

清晨，余音照例殷勤地进来伺候九霄梳洗，执起脂粉盒子想要给她化妆时，被她拒绝了。

余音怔在原地，如同受到沉重打击，急火攻心："上神从不肯让外人看到真容，为什么突然决定不上妆了？"

九霄叹一声道："原是不愿让别人看的。可是这些日子以来，这个看到，那个看到，再遮颜也没什么意思了。"腹中默默道：化妆本是为了怕顶一张无烟的脸，让人认出九霄是假的，现在既然知道了无烟与九霄有相似的脸，还遮什么遮。化这个妆，美是美，却好烦。

她忽然想到昨夜离开花园时，临走时问罂粟的那句话。

"罂粟，你可知道我以前为什么不许别人看我素颜？"

这一次，罂粟意外地没有立刻回答，而是沉默了许久。在她以为这小花精睡着了的时候，它呢喃一般回道："因为您说过，这世上只有一人看过您的素容，再也不允许别人看到。"

她心中暗暗诧异，上神九霄性格还真是固执啊。她又问道："那你可知道那个人是谁？"

"不知道，那人的名字，上神从未提过呢。"

就连知心小花精也不肯告知的心事，究竟是有多隐秘呢？

此时九霄一走神的工夫，余音已绕到她的凳子后，替她梳一个繁复的发式。她回过神来，道："不要弄那样的。不化艳妆，这样的发式也就不相配了。弄个简单些的朝云髻就好。"

余音遭受了第二次打击，颇有些失魂落魄，梦游一般替她挽好了头发，就立在一边呆呆地看着她。她无意中瞥了他一眼，见他脸色发白，眼中含着一层薄泪，模样颇是古怪。

九霄诧异地道："你怎么了？"

不问还好，这一问，余音脸颊上一道清泪滑下，凄然道："上神不要余音了吗？"

"何出此言？"

"上神留下余音，是因余音会化妆盘发。以后上神不愿化妆了，还留余音有何用？"

她想：原来这小子是怕失掉职位啊，遂安慰道："不会的、不会的，你这般细心，我哪能离得开你？我日常不化妆，重大场合还是要打扮一下的，放心啦。"

余音破涕为笑，顿时打起了十二分的精神，越发殷勤地左右伺候，体贴无比。

走出寝殿，九霄先去探望青帝。青帝已然醒来，毒已解得差不多了，正坐在屋中对着一桌子美食吞口水。九霄走进来时，他花了一会儿工夫才认出是她，惊得跳了起来。

九霄的脸上带着和蔼的微笑走到他面前："青帝，身体好多了吧？"

"好了、好了。"青帝退后一步，施一大礼。

九霄道："抱歉啊，我真不是故意的。"

"小弟知道。"青帝含泪道，"您要是故意的，我早死透了。上神，我觉得我完全康复了，可以走了吗？"

"怎么也得吃了饭再走啊。"

"不必了！多谢美意！"鸩族的饭卖相再好，他哪里敢吃？找死吗？

再施一大礼，他一阵风一样绕过九霄，奔到门外去唤来他的白鹿。白鹿一过来，他就捏着鹿嘴质问道："吃过这园中的草没有？吃了？！……吐出来！快吐出来！"

白鹿一扭脖子躲开他的手，拒绝配合。青帝只好作罢，跨上鹿背，拍了一下鹿屁股，以闪电般的速度逃命似的腾空而去，转瞬就不见了踪影。

九霄仰望着天空，叹道："唉，看把这孩子吓的。"转而问余音，"凰羽尊上尚未告辞吧？"

余音听到这个名字，脸顿时拉了下来。被那个家伙从高空中丢到鹏背上的阴影还在呢。他抿嘴答道："还没走。"

她就知道凰羽不会走。他既来之，则定会泰然处之吧。她站了一会儿，行到花园之中的一处小亭里，步入闲坐，顺便吩咐人把凰羽请来。

凰羽自远处走近的时候，远远便望见亭中那抹绯色，若天宫中飘落的一片花瓣，美得让人失神，一如当年在他的后花园中等候他的无烟。有那么一刹那，乱花迷人眼，他有些分不清今夕是何年、伊人为谁妆。

待走到她的面前时，他总算是找回了魂魄，将万般情绪敛于内里，恭敬施了一礼："上神。"

九霄淡淡地做了个手势，请他坐在了对面，然后挥退了旁人。

她的面色平静如水，目光落在亭外盛放的花丛上，慢悠悠道："凰羽尊上，您应是有话要问吧。"

她忽然这般坦然地提起话头，而不是像之前那般一味否认躲避，倒让凰羽感觉有些意外。忽地抬起头来看她的脸，望向她的目光中刹那间炽热无比，脱口而出："无烟……"

"莫要再唤那奇怪的名字了。"她微蹙着眉瞪他一眼。

他只觉被泼了一瓢冷水般沉默了下去，看了她半晌，自语般低声道："你不认我也没有关系。"嘴角浮出一丝微笑来，眼睛里像含了一个满是呓语的梦境，几欲痴迷。

他不敢相信，竟还能看到她的脸。

九霄无法与他对视下去，只好收回目光去看花丛，用笼了一层冰霜般的音线道："您总对着我唤那个名字，应是与之前您来打听的那只害您涅槃遇劫的血鸠有关。"

"是……"他答道。

"你与血鸠间有什么渊源，我没有兴趣知道。"她冷冷道，"她虽然是血鸠，是不是我族类也得另说。您若想从我这里了解什么、调查什么，那我告诉您，我对她的来历一无所知，什么也帮不上您，您也别缠着我问了。您若想查，尽管查去，我只愿快些将事情弄清楚，也好还我一个清静。"

他只看着她，没有回答。

九霄心中烦乱，又道："我知道您在想什么。我与那只血鸠可能是有些相似之处，让您心存疑惑。说实话，我也很疑惑。便请尊上放开去查吧，若是与我有关，我自不会推脱，必要查个水落石出，看究竟是谁窃我外貌，污我清誉。"

却听凰羽悠悠道："我无意去查。"

九霄一怔，转脸看着他，讶异道："什么？"

凰羽睁着一双凤眸看着她的脸，目光迷失在她的眼角眉梢，梦呓一般轻声道："我犯了大错之后，每日里像是活在无底暗渊中，明明有天光，可是看到哪里都觉得是一片黑暗。那大概是因为她临去时，是陷在无尽的黑暗中的吧。若她能回来，只要她回来，我绝不再疑她。绝不。"

九霄偏过了脸去，像是远望亭外的一只飞舞的黑蝶，实则只是借机压下眼中瞬间泛起的疼痛。她再转过头来时，脸色已是一片平静，扬了扬眉，道："尊上又说莫名其妙的话了。我懒得听，请您别再拿这些话来烦我。您这般有执念，还不如快些查清那只血鸠的来头。"

他摇了摇头，道："她便是她，什么来头、什么身世，不重要。我全不在意了。"

九霄顿了一下，道："你在不在意是您的事。"

他忽然莫名转了话题："上神……允我留在您的身边如何？"

她吓了一跳："什么？"

"就算做个侍从也好，只要让我留在你身边，能看到你的模样就好。"

九霄变了脸色，怒道："尊上，您好歹是羽族之尊，请自重！"

他的脸色黯淡了，满面失落地垂下睫去，顺手拿起了桌上的茶盅往唇边递去。九霄一惊，急忙出声阻止："喂，别喝！"

他的手停住，不解地看她一眼。

她说："那是我的，没有给你上茶，你回去再喝。"

"无碍。"他一边说着，仍是让杯沿挨到了唇边。九霄心中不禁大急。之前在天帝寿筵上，她不过是对黑帝有那么一丝不悦，便将人家的杯中酒变成毒酒，害得黑帝半死不活。刚才她怒得差点要跟凰羽拍桌子了，这杯茶还指不定变成什么。话不及说，她劈手便去夺茶盅。

不料凰羽天生敏捷，下意识地一躲，竟让他躲开了。

九霄的手尴尬地停在半空，解释道："我的杯子，不允许别人用。"

不说还好，这么一句话，招得他眼中火星一闪，哼了一声，道："我渴了。"示威一般一饮而尽。

九霄拦也拦不住，只能紧张地揪着衣角，观察着他的脸色。只见他把茶盅不轻不重地放回到桌上，瞥了她一眼，神气间有些恼火、有些挑衅，甚至还有那么一丝委屈。

唯独没有九霄预料中的印堂发黑、嘴唇发青。

九霄观察了一阵，忍不住问道："有没有头晕或是肚子疼的感觉？"

他反问道："难道上神在茶里下毒了吗？"

"啊……"她意识到自己的失态，连忙坐正了，道，"习惯性下毒，尊上还是小心为妙。"她心中暗自纳闷。为什么刚才气成那样都没把他毒倒呢？唉，上神体内的剧毒神出鬼没，难以掌控。

只见他的嘴唇弯起一丝笑来，眼中含着看不清的情绪："若上神能将我这条命取去，是再好不过的了。"

她一怔："为什么这么说？"

他不再言语，起身离开。忽然又停住，侧回过身来，对着她笑了一下，眼眸中若含星月："我先告辞了，回族中把事务安排一下就回来。"说罢转身而去。

九霄在原地又是愣了半天，喃喃道："回来做什么？我有请他回来吗？"

她独自坐在亭中，心绪烦乱。自从察觉到无烟与上神九霄之间有某种关联，她就意识到，虽然她以上神九霄的躯体复生，以九霄的身份存在，却仍不能与前世的无烟脱清干系。

之前，她也猜到无烟会出现在凰羽的生活中，身后必然有未知的人操纵着。

只不过，那是凰羽的事情了，凰羽他自然会自己调查清楚、处理好，与灰飞烟灭的无烟无关，也与现在的上神九霄无关。

可是九霄，偏偏又与无烟有了干系。那数个相似之处，让她不能释怀。既然她已成了九霄，也打算以九霄的身份存在下去，那么就有必要知道九霄过往和未来的路上，是否有暗箭和陷阱存在。

是的，对无烟身份的好奇，仅仅是为了她自己，并不是为了揪出潜伏在凰羽身边的危险。

仅仅是为了她自己。

这样反复告诉自己，九霄陷入了沉思。

为什么无烟会有九霄的容貌？还有那柄三叉毒刺……

念头至此，她伸出右手来，手指轻轻一展，一柄漆黑毒刺便赫然出现在手中。如此熟悉，如此顺手，就如同她曾千百次祭出这柄法器，挥舞着它，所向披靡，杀生无数，万千条性命惨号着倒在刺下。

亭边突然传来"扑通"一声，转头看去，原来是问帛跪倒在地，面色惊骇。九霄忙道："怎么摔倒了？快起来。"

问帛没有起身，伏地颤声道："上神……属下哪里又错了？"

九霄奇道："何出此言？你没犯错啊。"

"那您为什么要杀属下？"问帛的眼泪都飞出来了。

"我没要杀你啊。"她忽然醒悟过来，低头看了看手中毒刺，"哦"了一声，手指一屈，毒刺隐进手心不见，道，"没有的事，我就是拿出法

鸩心

器来玩一玩。"

问帛一颗心落回肚子，抹着泪站起来："上神玩什么不好，偏要玩法器，吓死属下了。"

九霄略一思索，问道："问帛，你的法器拿出来，让我看看。"

问帛感觉这个要求很奇怪，很是犹豫。作为下属，在上神面前亮出法器是相当不敬啊。但上神既然要求了，她就得做到，于是先单膝跪下，手中才祭出法器来。

九霄定睛看去，发现问帛的法器竟然也是一柄三叉毒刺，与她那柄十分相像。再祭出自己的来，把两柄毒刺凑到一起比对。这一比，还是看出了不同。问帛的毒刺颜色偏浅，是青黑色的，她的这柄颜色漆黑，透着骇人气息，手柄上也有更繁丽的花纹。

那么，雁舞的那一柄呢？

她细细回想，却是想不清楚雁舞那柄毒刺花纹的样子。因为当时那柄毒刺只是在面对敌人极危急的时刻才会自行祭出，战斗完毕便自行隐起，她哪有闲工夫去端详武器的花纹。

雁舞那柄在颜色的深度上，还真是更接近九霄的这一柄呢，几乎是同样的漆黑可怖。

但是论杀伤力，就难说了。记得前世雁舞为寻回凤羽魂魄斩妖杀魔时，那尖刺如果不是伤在敌人要害，就要给敌人造成多处创伤才能将对方毒倒。而不久之前，堂堂一方青帝，拥有数万年修为，不过是被她这柄毒刺在手臂上划伤了一道小口子，就被毒倒了。显然，雁舞那柄毒刺的毒性比现在这柄弱了何止千百倍。

九霄问道："问帛，我们鸩族人的武器，都是这种毒刺吗？"

问帛答道："是。这毒刺其实是由我们的脚爪化成，样式都是差不多的。只是因为修为不同，颜色的深浅和花纹也有区别。"

原来如此。这样说来，雁舞与上神九霄的毒刺是否同一柄，还真是难说呢。

收起法器，九霄让问帛坐下，让她把近百年来上神九霄的行程说一遍。

问帛眨了眨眼，道："行程？哪有什么行程？别说百年，上次上神去参加天帝寿宴，还是五百年来第一次踏出瑶碧山。"

"那么这五百年来，你每日里都会见到我吗？"

问帛冷笑一下："属下未必能每日见到上神，不过上神的男宠们，可是日日夜夜都能见到上神。"

九霄不堪地抚了一下额。真是"黑历史"啊。唉，借了人家的躯体，就必须承担人家的过去，她也无话可说。她站了起来，道："你去忙吧。"然后抬手招呼远处候着的余音，"余音，备车，我去西山韵园转转……"

"什么？！"问帛听到这话，扑通跪在她的面前拦住了去路，怒道，"上神要想再去跟那帮狐狸精厮混，就先杀了属下！"

"哎，我不是要去跟他们厮混……哎，你这是干什么呀……"

因为问帛的拼死阻拦，九霄没能去得成西山韵园，只能靠在自己寝殿的窗前听着韵园飘来的悠悠乐声，长吁短叹。

耳边忽然响起一阵笛音，音韵悠扬婉转，悦耳动听，宛若朱雀轻鸣，夜莺呢喃。九霄一怔，转头看去，见是余音站在院中乔木之下，一支碧玉笛子横在唇畔，正在婉转吹奏。一曲终了，他对着九霄微微一笑，笑容似乎将路过院子的微风都染了颜色。

九霄几乎被这璧人仙乐给迷住了。余音执笛走近，站在窗下，道："上神，余音吹奏得如何？"

九霄这才回过神来，抚掌叹道："好美的曲子。余音，你何时学会的吹笛子？"

"我原在人间时就会。后来因上神不喜韵律，便搁下了。如今看上神忽然又喜欢了，这才又将笛子找出来……"他说着朝西山的方向瞥了一眼，道，"上神喜欢听乐曲，余音吹奏给您听就好。上神若再惦记着韵园中的那些乐师，问帛长老不会放过他们的。"

这话好生阴毒！九霄暗叹这小子看着长得甜，小心眼阴着呢。原都是男宠，何苦如此落井下石！她遂再也不敢提让他领她去韵园。

第十三章 纠缠

余音绕进屋里来，九霄看他手中玉笛碧玉通透，十分精美，便要过来把玩，赞叹道："好东西，很贵重的样子。是你从人间带来的吗？"

余音怨念地瞅她一眼："上神就是这般不把人放在心上。"

"咦？我又说错什么了吗？"

"这笛子是我初来碧落宫时，上神见我喜欢韵律，在我生日时，从宝库中挑出此笛，作为礼物送给了我。"

"哦……"九霄尴尬道，"我记忆力不太好了嘛，你知道的。"

余音也不再抱怨，拿了一把象牙梳子，站在她的身后，替她梳理长发，发丝从指间水一般滑过。

九霄望着窗外，忽然问道："余音啊，你跟在我身边有多少年了？"

余音答道："有三十年了吧。十七岁那年，我在人间踏青出游，在野外遇到了上神。那时，我只说凡世间怎么可能有这般美貌的女子……您走上前来，笑着问我愿不愿意跟您走，我想也未想就点了头。却不料您果然不是凡间女子，而是来自天界仙境。"

"呵呵呵……"九霄又被提"黑历史",打着哈哈,甚是尴尬。

她抬眼端详了一下余音的脸,很是年轻俊秀,仍是十七岁的模样。她接着问道:"那这三十年间,我待你如何?"

听到这么一问,余音的手顿了一下,话音变得春水般温柔:"上神十分宠爱我,比起他人来更胜一筹。"忽然前倾了身子,抱住了她的肩,声音低了下去,"上神在渊河中奋力救余音,余音铭记在心。有上神对余音的这一分在意,余音今生已别无他求。"

九霄这次意外地没有躲开,而是呵呵轻笑了一声:"是啊,上神我为了救你,费了好大力气呢。你呛水晕过去了,不知道我们落入水中后,那钩蛇一门心思地冲你去,很想吃你的样子呢。若不是青帝和凰羽恰好也在,你小子死定了。"她偏头笑着看了他一眼,"青帝它没胆子吃,我呢——它若吃了我肯定会毒死,我们一行人中,唯有你美味。它倒像是专等着吃你呢。"

余音很是讶异,不禁笑了:"余音身薄命贱,就算是被吃,也是妖精打的一个野食,哪值得妖孽那么大排场专门候着?"

"大概是看你身娇肉嫩,早就惦记上了,特意等在那里的吧。"她笑着点了下他的额头。

余音额上被戳了一下,又被夸"身娇肉嫩",不恼反喜,毕竟是上神罕见地主动接触他,颊上飞起两片绯色,眼睛都明星般亮了。

九霄不再探讨下去,心中的疑惑倒是消除了不少。

在渊河遇袭之后,她回想起当时的情形,总是觉得有些不解。天界之中,也有不少胆肥的妖魔从天、地、人三界的裂隙处混进来作乱,但怎么就这么巧让她遇上了呢?

作为鸩神,个别妖孽的偷袭必然是要不了她的性命,更别提还有同行的青帝在侧,哪会容它作恶?难道真的如她最初的猜疑那般,只是凰羽用来试探她的陷阱?细细想来,这也不像是凰羽的风格啊。

而一行人中,钩蛇唯一能伤害、能索命的,就是肉体凡胎的余音。

钩蛇的目标，会是余音吗？只是今日言语试探，也未试探出个所以然来。或许，钩蛇看中的是白鹿呢。也许人家饿急了，也顾不上白鹿是堂堂青帝的坐骑，打算吃了再死做个饱死鬼也未可知。

既然这样，九霄就暂将这份疑心放下了。她自己知道被冤屈的滋味，在没有真凭实据之前，绝不愿冤屈任何人。

她话锋转回先前："那么这三十年间，你陪我左右的时间可多？"

"上神的男宠甚多，上神虽是最宠余音，可是一年数下来，也不过能陪上神三四十日而已。"他的声音低哑下去，脸上浮起一层薄绯，"陪上神的每一个日夜，都令余音刻骨铭心，每每思及，如火燎一般难以忍耐……"他忽然探手捉住了九霄的手，语气中透着按捺不住的焦灼，"上神，余音做梦也想要与上神亲近……"

九霄急忙甩开他的手，道："你再这样唐突，也将你赶到韵园去哦。"

余音一惊，急忙跪下："余音不敢了，不要赶余音走。"眼泪又下来了。

九霄看不得他这个样子，挥手道："你回去休息吧。"

余音不敢再多说，含泪凝视她一眼，慢慢退了出去。

九霄总算是松了一口气。从余音几句陈述看来，他近三十年间见到的上神九霄，就是上神九霄本人。

而三十年里被软禁在瑶碧山的一个男宠，怎么会被远在大陆边缘的渊河中的妖孽惦记上呢？

或许，是她想多了。

再想那三十年间的无烟，已是神魂离体去寻凰羽魂魄，留一个血鸱肉身在梧宫中忍受油泼之苦。

不管怎么算，无烟与九霄的生活轨迹也没有重叠，无烟不像是九霄的化身。

可是无烟与九霄的诸多相似之处又该如何解释？

她满心想再跟余音问细一些，比如他认识的九霄曾说过什么话，做过什么事，什么时辰睡，什么时辰起，有没有异样的言行等等。但余音只说了几句话，并不直白，便艳情四溢，她实在没有胆问下去。

算起来，血鸩无烟从虚空中出世便与凰羽相遇相爱，相伴百年之后，凰羽涅槃遇劫，无烟离魂三百年拼凑他的魂魄。凰羽重生后不久，无烟便堕入销影池灰飞烟灭。

共计四百年寿命。

余音只能给她讲九霄的近三十年情形。

还是必须得去往韵园找其他男宠打探一下，如果有陪伴九霄时间更长的，能讲述一下百年前、三百年前、四百年前上神九霄的经历就更好了，与无烟的经历相对比，或许可以找到些契合点。

是的，尽管百般不情愿，她还是得把前世的悬案查下去。这件事本应由凰羽来做，她只该静观其变。但凰羽那家伙一副提不起精神的模样，怎么看都指望不上，她按捺不住疑惑，想着先下手捋出个头绪来。

而西山韵园中的男宠们，或许能提供什么信息。

要想去往韵园，余音指望不上了，一副醋坛子翻一地的架势，还需得避着他呢。更别提还有问帛那只疯鸟了。唉，作为一个了不起的上神，怎么这么憋屈呢！不就是去会会昔日小情人们嘛，这个拦着、那个不许……

只有靠自己了。

早晨，余音端着浸着花瓣的水盆来伺候上神九霄梳洗，敲门没有反应，推门进去时，寝殿内空无一人。

九霄赶在余音来之前，一大清早就溜出门去，驾了云头，赶往西山。经过之前驾云的失误，也吸取了经验教训，她这一次驾云熟练了许多，顺利停在了韵园的大门口。园内绿竹葱郁，丝竹声声，悠扬悦耳。男宠们——哦不，乐师们已早早起床开始练习了，果然是十分刻苦。

美妙的乐声传入耳中，九霄心中大悦，踏入韵园时，脸上挂着怡然的微笑。

竹林中，百余名少年身穿白衣，一个个飘然若仙，有的吹玉笛，有的抚瑶琴，有的奏编钟，很是优雅闲逸。忽见一名容颜绝艳的绯衣女子步履翩翩朝着他们走了过来，乐声渐止，少年们皆是看得愣了。那样绝色的女子，每走一步，足下都仿佛盛开一朵美丽的莲。偏偏她又没有意识到自己的容貌是何等惊艳，神态十分随意自然。竹林中一时间静了下来，只余下风过竹叶沙沙作响的声音。

九霄见他们发呆，和蔼地笑道："不用紧张，接着练、接着练，我就是来看看。"

有少年终于回过神来，激动地喊了一声："上神！是上神！"竟是刚刚才认出她来。

九霄这才记起自己是素颜来的，这些男宠们从未见过九霄素颜的样子，故一开始没有认出来，直到开口说话，方才敢认。

少年们手中的乐器弦断的弦断，坠地的坠地，有的呆怔在原地，有的想要扑过来，向前迈了一步又胆怯地站住，有冲动一点的，已是跑过来跪在她的脚边。一个个泪水盈盈的，好一个含羞带怯、欲拒还迎、欲语还休的重逢场面。

九霄安抚半天才劝得他们回各自的位置，她自己在上首的一把藤椅上入座，面带慈祥的微笑，就"住得习惯吗""吃得还好吗""课程难学吗""师父严厉吗"等问题做出了亲切交流。

少年们从未见过上神卸妆后的样子，只觉得比艳妆的她更加让人痴迷，一个个心旌摇曳、目眩神迷，答起问话来有些语无伦次。

有胆子大的、坐得近的，探手捉住了上神的手，含泪颤声道："小人……日夜思念上神，夜不能寐、食不知味。"

九霄和蔼地拍拍他的手背："你们陪我那么久，我也很挂念你们啊。呵呵呵呵。对了，你们之中，谁跟我最久来着？"

人群中站起一名瘦高的青年："是小人，跟了上神三百年了。"

"哦，不错、不错。"她免不了又想到这是一群与原九霄极尽床笫之欢的人，虽然那不是她，但这些人不知道啊。

九霄心中颇为尴尬，只好硬撑着摆出一张慈祥脸。

等大家情绪都平复了一些，九霄表示要验收一下他们的学习成果，少年们纷纷执起乐器，卖力地演奏起来。在一片乐声中，她落座在方才那名青年的身边，搭话道："那个……谁……"

"小人方予。"青年挪开唇畔玉笛，答道。他嘴角带着淡淡的微笑，虽是恭敬，却不像别的少年那般热切，只有浅浅的凉意、隐隐的疏远。这样的神态反而让九霄很是舒心。这么一大群人，总算有个成熟冷静的。

"方予，抱歉啊，没有记清你的名字。"

方予一笑："这些人中，上神何曾记住过几个人的名字？"

九霄更觉得抱歉了，不过这歉意是替原来的上神九霄，她讷讷道："九霄的——我的薄情，真是对不住你们了。"

方予的眼神中闪过一丝诧异，看了她一眼，道："上神岂止是薄情，我们这些人在上神眼中草芥不如。"

九霄一怔，道："不至于吧？哪有那么不堪？"

方予冷笑道："上神不将我们放在心上，做过的事也忘得差不多了。我们之中，有多少人在伺候上神时一个不如意就会绿火焚身而死，在上神的床榻之上化为灰烬。人化成了灰，上神自然就忘了。"

九霄被这问罪震惊得说不出话来。之前她还以为原来的九霄对男宠们不错，没想到宠起来够宠，狠起来更狠。

她拭去额上的冷汗，讷讷道："我原来……这么暴戾。"

"上神的暴戾三界闻名，无人不知，小的们怎会不知？是小的们太没出息，就算是时时刻刻有被烧为灰烬的危险，也甘愿陪在上神身边。"

九霄又糊涂了："那是为什么？"

方予深深地看她一眼，没有答话。

九霄愣了半晌，没有追问下去。还能为什么？自然是上神九霄艳媚入骨，欲罢不能，死而无憾。

上神九霄究竟是个怎样的女子啊？

接下来九霄有一句没一句的，与方予聊了聊三百年来他在瑶碧山的见闻，得到的答案也是上神九霄一直待在瑶碧山，不曾出山半步。

如此，那一百年中出现在凤羽身边的无烟，怎么可能与上神九霄是同一人呢？再打听九霄是否有长相类似的亲戚，得到的回答依旧是自天地初始，红羽血鸠唯有九霄一个。

无烟的身份，仍然是谜。

她又问道："方予，你被我囚禁在这瑶碧山三百年之久，可怨恨我吗？"

方予凝视她一眼，沉默许久，才答道："方予是怨恨自己。知道上神无情，又不能断绝对上神的痴迷。上神守着这么多男子，心里不过只有一人罢了。"

九霄怔了一下，问道："只有一人……你是指余音？"

方予嗤笑一声："怎么可能是余音？余音又能比我们这些人胜几分？上神您心中比谁都清楚，又何苦来问我？"说罢，别过脸去看向别处，又补上一句，"方予不敬，上神杀了方予吧。"

她没有杀他的想法，耳中只响着"只有一人"这句话。

前一夜花园中，罂粟花精也曾提过，这世上只有一人看过原九霄的素容，再也不允别人看到。

如今与方予的话相印证，果然，原来的上神九霄心中是有个心上人。她直觉地感到，这位心上人应是与一系列的谜题相关。她想要再问这个人是谁时，门外的侍者跑来在她耳边通报：问帛长老杀过来了。

九霄一凛，刚站起身来，就听大门那边一响，问帛风风火火地走了进来。她一进来，先用乌青的眼睛把少年们恶狠狠地扫了一遍，再用极其凌厉的眼神盯了一眼坐得离九霄最近的方予，直瞪得他们屏息凝神大气不敢出，这才给九霄行了一礼，道："上神，殿上还有不少公务等着上神示下呢，您来这乌烟瘴气的地方做什么？"

九霄看看四周："乌烟瘴气？哪有！这里风景极好，乐声优美，我是来欣赏音律的，呵呵呵……"一眼瞥见问帛拉得老长的脸，急忙道，"还是公务要紧，我们走吧。"

她与问帛出了韵园大门，一眼看到门外站着的余音，孤孤凄凄，一身落寞地等在那里。九霄道："咦？余音也来了？"

他没有答话，委屈地看她一眼，默默地上前扶住她的臂弯。九霄尴尬地道："我就是来听听音律，你不要在意啊。"

余音低声答道："余音不敢在意，是余音伺候得不好。"

问帛哼了一声："你知道便好！都是因为你无能，上神才会三心二意！"

余音被训得垂头丧气。

九霄无可奈何，解释无用，只能指着天空说"天气真好啊"。

昨日在韵园中与方予的对话被问帛打断，九霄的心中一直悬着一根弦。听方予的话外之音，似乎是知道那个"心上人"是谁。

无奈接下来几天问帛和余音都盯得死紧，她硬是没找到机会再去。

直到五日之后，在中午该午休的时候，她趁余音一个不留神，驾起云头就奔着韵园而去。因为担心被发现，催得急了些，飞至中途时对面忽有一片影子疾速掠了过来，眼看着就要撞上，急忙催着云朵想要避开，不知为何又出了差错，脚下那朵云儿竟不听使唤，载着她猛地撞向对面来者，砰的一声撞个正着。一瞬间云儿破碎，九霄整个人翻腾着朝地面坠去，半空中慌里慌张地展开了红翼，一边歪斜下坠，扑棱着翅膀尽量扳正身体，心中暗暗叫苦：着陆时的姿态难免狼狈，上神颜面又要大受折损了。

身子忽然一轻，像被什么托住了，紧接着腰上一紧，被人从身后箍住。她转头一看，熟悉的容颜近在咫尺，惊得她险些再摔出去。

凰羽揽紧了她的腰身，道："上神坐稳了。"

九霄回过神来，发现自己已落在了凰羽的那只巨鹏的背上，正坐在凰羽的怀中。而刚刚在半空中与她相撞、导致她狼狈摔落的，正是乘着巨鹏的凰羽。

凰羽在她即将落地之前，驾着巨鹏赶过来接住了她。巨鹏展开十数丈的暗褐大翼，将二人重新托上天空。

九霄结结巴巴地问道："你、你、你怎么会在这里？"

"恰巧路过。"

怎么就那么巧呢！九霄腹诽道。

怎么就那么巧呢。

其实凰羽路过倒是真的，只是巧不巧就难说了。原本的行程不必飞越瑶碧山的上空的，只是鬼使神差地多绕了路，绕到这里，然后绕了一圈，再绕一圈，没看到那个身影，总是不甘就此路过。

然后就看到一个妙曼身影乘着云朵翩翩而来。他一时间惊喜交集，竟看得呆住了，竟忘记示意巨鹏避让。而那个妙人儿，显然更不擅长避让……

凰羽的手臂揽着她的腰身，眼睛却看着前方，道："不小心冲撞了上神，抱歉。"

九霄呵呵笑道："是我的驾云技术还有待提高。尊上您走您的，让我下去吧。"

凰羽道："那怎么行！我冲撞了上神，必须把上神安好送达。上神是要去哪里？"

九霄也不再坚持，遥遥地指了指西山："那里。还有，您可以松开手了，这巨鹏背部宽厚，我掉不下去。"

"几次偶遇，上神都是以摔的方式出场，若是从在下的坐骑上再摔下去，在下担待不起。"他以平常无比的语气说出她的"黑历史"，令九霄胸口发闷，不能言语。

巨鹏在竹林中的空地落下，大翼激起的旋风卷得竹叶纷飞，林内少年们受到惊吓，纷纷躲避，惊叫声一片。

九霄跳下巨鹏脊背，慌忙高声安抚："不怕不怕啊，这只大鸟它不吃人的。"

凰羽也走下来，拍拍巨鹏的颈子，令它到远处候着。巨鹏展翅飞远，又是引起一阵狂风，来去是如此霸气。

凰羽蹙着眉心，扫了一遍挤成一团的少年们，问道："这是些什么人？"

九霄抬手介绍道："他们是……"她想要说乐师，转念间改了口，"我的男宠们。"

看到凰羽的脸瞬间黑了下来，她心中不由暗爽。看看这些少年，啊，一个个如花似玉，水灵灵的，都被上神我糟蹋了！上神我的生活如此靡乱，尊上您洁身自好，自动离我远些好吗？好吗？！

却听凰羽那边隐约传来一句怨言："对手这么多。"

什么？！他在说什么！

九霄转脸对他怒目而视，他却已一脸风轻云淡，只是目光扫过少年们时，凤眸里锋利的光芒吓得少年们一阵瑟缩。神族的威仪对凡人来说，有着难以抵抗的震慑力。

九霄狐疑刚才是听错了，也不好说什么，憋出一个客气的笑容："多谢尊上相送，您可以走了。"

走？走了让你跟这些狐狸精卿卿我我吗？

凰羽眉一扬，道："上神太重，鹏儿驮得累了，得让它歇一歇再飞。"他竟然把罪过归到九霄的体重上去了。

九霄自觉腰儿纤纤，对身材很有自信，但被人当面说体重太重，仍是羞恼——难道方才在巨鹏背上，他揽着她的腰时，感觉到了软而松的赘肉吗……

她狐疑地把自己的腰身摸了摸，然后闷闷不乐转身不去理他，对着少年们中间招了一下手："方予，你过来陪我聊聊。"

方予应声出列，跟着九霄走得远了一些，二人坐在一处石桌前。

九霄凑得近了些，小声问道："方予啊，上次你说到……"

身边落下一个身影，转头一看，是凰羽走了过来，也坐在了桌前，微笑着道："我就是过来坐坐，你们继续聊，不用在意我。"

九霄知道今天必然毫无进展了，白了凰羽一眼，再转向方予。既然都叫他过来了，那就必须得说点什么啊。她遂深情地道："方予啊，我看你太瘦了，脸色也不太好，上神我很是心疼啊！要好好吃饭，多吃点好的，多吃肉，养得白白胖胖的，上神我才喜欢。"

凰羽在旁边慢悠悠地冒出一句："没错，我的鹏儿也喜欢吃白白胖胖的。"

方予顿时吓得小脸发白。

九霄安抚地拍拍方予的手背："不怕啊，尊上是跟你开玩笑的。"说完转头瞪了凰羽一眼，道，"你不要吓他。"

凰羽见她护着方予，更是不爽，鼻子里喷出冷气一股，瞥了一眼方予。

方予抖得更厉害了。

九霄蹙眉看着凰羽："鹏儿歇得可以了，尊上还不走吗？"

凰羽道："既然把上神送了来，就得负责送回去，免得上神路上又摔了。"

九霄被噎得胸口发闷，无奈道："行，行，那劳烦尊上送我回去吧。"有他在场，再耗下去也没意思，这一趟算是白来了。

凰羽的嘴角弯起一抹得逞的笑，唤来鹏儿，扶着她的臂弯坐了上去。或许是看她面色不善，他这一路都沉默着，规规矩矩的再没有招惹她。

返程清静了许多，她注意他刻意绕了远路，多飞半个时辰才回到碧落宫。

其用心昭然若揭。

九霄的眼中隐现讥诮，但没有点破。

凰羽将她送至寝殿外落下，阶前站着脸色阴郁的余音。他看到九霄从凰羽的坐骑上走下来，不由得一愣，迎上前来，道："原来上神与尊上在一起，我还以为您去了……"

"啊……"九霄忙接话道，"我就是与尊上一起逛了逛，嗯，逛了逛。"心虚地扫了一眼凰羽。

以凰羽的洞察力，怎么会猜不出含义？凰羽哼了一声，转身走向鹏儿，丢下一句："她是去了。"

混蛋！

眼看着余音的脸上山雨欲来，她急忙赔笑道："余音你听我解释啊……"

那厢凰羽招呼没打一个就乘着巨鹏起飞了，九霄只顾得安抚余音也没空理会他，不料头顶忽罩过阴影一片，鹏儿又飞转回来，在他们的头顶悬停。凰羽居高临下，投下凉凉的一瞥，道："我很快会回来。"又一指余音，"你，看住她，不要让她再去往那淫邪之地。"

言罢，鹏儿大翅一振，片刻间高飞远去，化作天际一个小点。

九霄气得瞪眼，半天才冲着天际嚷道："什么淫邪之地！那是韵园！韵园好吗！余音、余音，哎，你别生气啊……"

去往韵园的路虽然不远，但有问帛和余音两大障碍在——再加上凰羽也莫名其妙地横插一脚阻拦，这短短的路途变得更遥远。九霄只能凭窗而立，望着西山长吁短叹，像极了被家人软禁在闺房、思念情郎的少女。

当然，"情郎"的数量未免太多了。

两日之后，凰羽又出现在她的地盘上。

他来的时候，九霄正在园林深处的碧月阁中闲坐。

碧月阁是个书阁，有三层楼阁，藏书无数，香韵悠远。但无论是从前的九霄还是现在的九霄，都不是好读书之人，那些书多只是摆设。

只是二层书阁中摆的一张暖玉榻，由整块碧色通透的暖玉雕成，深得九霄喜爱，平日里闲空时会抱一本杂谈小说窝在上面。

这一日她在书阁中听到窗外有异鸣声，感觉很耳熟。她从暖玉榻上起身走到窗前，以手遮阳，望着渐飞渐近的那只巨鹏，默默腹诽道：这货来得也太频繁了吧，这是把串门当家常便饭了吗？

她没有心情跟他打照面，趁巨鹏还没落下就缩到了窗后，准备让问帛打发他走就好。却听巨鹏落在阁前草坪上的声音夹杂了一点杂乱的脚步声，不由微微一愣。

再侧耳听，没有听到有人走下来的声音。

九霄犹豫了一下，伸出头看了一下。只见巨鹏蹲在草地上，羽毛有些凌乱，颈子疲惫地弓起，像是刚从战场上下来一般。背上俯卧着一人，仿佛是睡着了。她站在窗前，唤了一声："凰羽尊上？"

没有回应。

于是九霄下了楼，慢慢地走上前去。

凰羽俯卧在鹏背上，半个脸埋在巨鹏的颈羽中，眼睛闭着，脸色有些苍白，像是睡得正熟。她怔了一会儿，伸出手去轻轻地推了他一下，再小声喊了声："凰羽尊上，醒一醒。"

他的睫毛颤了一下，眼睛慢慢地睁开，目光有些涣散，仿佛是睡得沉了，久久醒不过来。及至看清是她，颜色有些浅淡的嘴角弯出一个笑来，他慢慢起身坐直，道："上神。"

"你……"九霄看着他的脸，欲言又止，终于只是说道，"来这里有什么事吗？"

"也没什么要紧事。就是赶路累了，落下来歇一歇脚。"

"那便歇吧。我让人去准备一间客房。"

她说罢转身走开，脚步平稳。及至走远了，脚步变得急促起来，变成一路小跑，她拐弯时猛地撞上了一人，趔趄了一下才站定，看清对方是问帛。

问帛惶恐道："属下不是有意冲撞上神的，上神没事吧？碧落宫上空禁制感应到有外人进入，似是熟人所以没有阻拦，好像是落在附近了，我特意赶过来看看……您的脸色怎么这么差？"

九霄急忙掩饰下慌乱的神色，道："没事，就是被你吓了一跳。那个……"她指了一下身后，欲言又止。

问帛顺着她手指的方向张望一下，奇道："那是什么？"

九霄迟疑了一会儿，道："是凰羽尊上又来了，可能要留宿一宿。你安排一下，领他去客房吧。"

问帛应着，临走时又觉得哪里不对，再看了九霄一眼，问道："上神，还有事要吩咐吗？"

"啊？"九霄正有些魂不守舍，被她一问，忙微笑道，"没有了，去吧。"

问帛朝着凰羽的所在走去了。

九霄在原地站了一会儿，估计问帛已带凰羽离开了，才慢慢走回园子深处的碧月阁，有些失魂落魄地走上二楼，缩到暖玉榻上。

凰羽有些不对劲。

看到他的第一眼，她就看出来了。重生了，再世了，可恨的记忆偏偏还在，她对他的了解还是那样清晰。她也想漠视，可是一眼扫过去，他肩背的线条，眼中的光亮，手指的屈度，甚至是一缕发丝的异样，还是会自动跳到她的眼里来，让她看出他虽然像往常一样说笑，其实身体十分不适。

她与他今世隔了无底沟壑，什么也不该看出来的。那不属于她该关心的范畴。

既然如此，那就装作看不见。他的事，他自己会处理好，轮不到旁人来操心。

可恨的是，他若是有伤，就该回到南国羽族去疗养，或是去寻医问药，到碧瑶山来做什么？

楼梯上传来轻轻的脚步声，余音走了上来。他一眼看到九霄瑟缩在榻上，片刻间有些错觉，觉得那个强大狠辣的九霄不见了，她只是一个柔弱无助的女子，他心中最柔软的地方跳动了一下。

九霄听到声音，抬头看到站在门口的余音，目光再转到他手中的食盒上。

"啊，吃饭了。"她几乎是从榻上一跃而下，眼里闪着光，仿佛是把那盒饭菜当成了此时此刻世上最重要之物。

吃饭！专注于吃饭这件大事，就不会想些无关的事了！

余音回过神来，笑道："上神是饿了吗？我猜上神不愿走去饭厅，就把饭菜带过来了。"说着走到紫檀书案前，把盒中精致的菜肴一样样地摆到案上。

这张书案，九霄从未在它上面看过书，硬生生让它转行做了饭桌。

九霄招呼余音一起坐下共进午餐，余音也没有犹豫就坐下了。

这在以前是不可想象的，上神大病愈后，整个人随和了许多，有次用饭时邀他一起，他惶恐推辞，她幽幽地叹了一声："也是，不小心毒到你怎么办？"

然后他就一屁股坐下了。

与上神一起用餐并没有毒到他，上神也很开心有人陪着吃饭，他也越来越放松了。

只是九霄似乎有些食不知味。她执起筷子，夹了一块肉，停在半空中迟迟不动。再看她的脸，似乎是走神了，好像刚刚见到食盒就像见了亲人一般的人不是她。

一块鲜嫩的肉茸菌子忽被送到她的唇边。她回过神来，发现是余音，下意识地闪避一下。余音却执意将菌子送进她的口中，一边微笑道："上神这般心不在焉，就由余音来喂好了。"

九霄吞了这口菌子，不敢再走神招他来喂，吃了三两口便说饱了。她走到窗前张望了一下，道："余音啊，我吃得太饱，咱们四处转转吧。"

太饱？余音扫了一眼没动几筷子的饭菜，道："好。"

二人下了碧月阁，沿着花径树荫兜兜转转，最后转进了一处园中，百余棵花树烂漫盛开，花间露出屋角飞檐。

这里是瑶碧山的一处客房，供来访者留宿——尽管瑶碧山罕有来访者。不过，这里最近似乎变得热闹一些了。余音扫了一眼客房的方向，问道："上神，今日有客人来吗？"

"客人？有吗？哦呵呵呵，客人有没有来上神我不在意，我就是来赏花的。看这花开得多好，啧啧。"

"是很美。"余音抬手替她摘去落在鬓发的一片粉色花瓣。他自己的发上也落了花瓣，少年温润如玉，笑容暖若春水。

二人踏着花瓣漫步花间，遇上了在客房服侍的一名侍女，正拎着一只食盒路过。

侍女见上神来，急忙行礼。

"起来吧。"九霄道，"嗯……那个，在忙什么呢？"

侍女能得上神搭话，激动得有些发抖，颤着音道："奴婢刚服侍客人用完餐，正要把剩菜收拾了去。"

"客人？"九霄做恍然大悟状，"哦，客人。对了，今天有客人在。是那个……对了，凰羽尊上是吗？"

"正是。"

听到这个对话，余音看了她一眼，撇了下嘴。

九霄假装没看到，打着哈哈道："啊，好好招待，嗯，要让客人吃好喝好，免得显得我瑶碧山小气。来，我看看伙食怎么样。"说着伸手打开了食盒，只见里面的饭菜竟然完好无损，像是一口没动过的。

侍女尴尬地道："可能尊上是对我们提供的饮食不放心。上次青帝殿下来时，也是这样的……"

九霄把食盒的盖子扣了回去，道："真是贪生怕死，不识抬举。爱吃不吃，呵呵呵。你去忙吧，去吧。"

她笑眯眯地目送侍女走远，脸瞬间拉了下来。

余音在旁侧安抚道："上神莫与他生气，免得气坏了身子。"像是安抚，语气中却带着点刁钻刻薄。

"我不气、不气。省一口，是一口。"她瞪了一眼客房，转身带着余音离开。

走了没几步，前方花树一阵晃，一个巨大身影从花树间走了出来。是凰羽的巨鹏。九霄口一张，险些唤出一声"鹏儿"，幸好及时咽了回去。前世，巨鹏是凰羽的坐骑，与无烟相处之后，竟变成了她的宠物。前两次相遇时，它都是在履行坐骑的本职，即使把她认成无烟，也没有机会与她亲近，这一次却是正在闲逛，于是把持不住了。

那巨鹏看到九霄，一双原本凌厉的金眸突然一亮，竖瞳变得又大又圆，兴奋得支棱起翅膀，挥着两只粗壮如铁锚般的巨爪，迈着威武的步子就冲了上来。

九霄见它这个架势，心中一慌。她知道它的这个姿态看似凶猛，但接下来的动作会是亲昵地用头顶她的脑袋。显然，它是将她认成无烟了。

旁边的余音见它来势凶猛，只道是要攻击九霄，断然上前一步挡在她的前面，大喝一声："畜生休得放肆！"瘦弱的身躯瞬间散发凛然威严，倒令九霄很是意外，欣赏地看了他一眼。

巨鹏一怔站住，再盯了一眼九霄，昂起漆黑的弯喙在空中晃了晃，仿佛是嗅她的气息，金眸中流露出迷惑不解的神情。

它终于低伏了脑袋，对着九霄拜了一拜，匍匐在地上不敢动弹。

巨鹏是灵禽，对于神族的身份地位虽不会辨别，却能凭直觉敏锐地分析对方的气场，以此决定自己该以什么样的态度对待。

此时看它低伏的姿态，显然是断定了九霄作为上神的不可冒犯的尊严。

余音将她拉到远离巨鹏的一侧，护着她离开。她边走边回头看了一眼那巨鹏。连鹏儿都认她作上神九霄了呢。那么，她真的不是无烟了。

余音在旁边道："那畜生无礼，上神受惊了。"

她笑了一笑："没事。倒是你，身子这样单薄，哪来的胆子冲到它的面前挡着？它那钢爪，一下就能把你的骨头抓碎。"

他没有说话，只是笑了笑。九霄自然是了解他的舍生忘死，心中暗暗叹了一声。

余音陪她回去住处，看她情绪不高，也不多问，只是无比温存细心地照料，想要博她欢心，最终只换来她勉强一笑："我累了，你也去休息吧。"

余音退下后，她就爬到床上企图睡个午觉，结果这个午觉直到暮色四合时也没能入睡，只好起床。

她起了床也闷在屋里，拒绝了余音请她出去散心的请求。她怕自己一迈出门去，就不由自主地朝着那个人的住所走过去。要关住自己，人和心都要关住。

那个人不关你的事。他自己能行的。

你若出现，只会给彼此带来过往的难、将来的苦。已经化成灰的事，不要再吹燃那灰里藏着的火星了。

夜半时分，一个小小身影从九霄寝殿的窗口飞离，化成小小血鸮的九霄径直飞向花树掩映的客房所在处，落在窗外的花枝上。

屋内熄了灯，悄无声息。

我就看一眼，确认羽族尊上不会死在瑶碧山给鸮族招来麻烦就好。九霄告诉自己。

她翅膀轻轻一振，无声地落在窗棂上。窗户没有关，留了一道缝隙。她小心翼翼地探头望去。

借着月光，可以看到凰羽仰面躺在床上，似乎睡得正熟，额间却隐隐有金光流动。哦，在运内息疗伤啊。她果然没有看错，他确实是受伤了，而且看这情形，伤得还不轻。但是看样子绝不会危及性命了。

可是在对他来说十分陌生的瑶碧山运息疗伤，这也太冒失了。若有半丝惊扰，就会气息走岔，走火入魔，伤上加伤，到那时可真要出人命了。他居然敢连窗户都不关。

九霄原本打算看一眼便走的，这时又走不开了。她得给他看门，别让人惊动了啊。

她站在窗棂上，望月长叹。堂堂上神，居然沦为一个守门人。

凰羽调息疗伤的周期很缓慢，恐怕要到天亮才能结束。血鸮站在窗棂上，脚爪有些累了，索性脚一缩蹲下来，把脚爪藏进腹部的羽毛暖着。蹲得久了，难免昏昏欲睡。

也不知过了多久，背上忽然一紧，翅根像是被人捏住了。九霄大惊醒来，回头一看，见凰羽仍躺在床上，额上还有隐隐金光流转着，只是原本闭着的眼睛半睁着，正抬起一只手朝向她轻轻一抓一收。

他竟然在运息的同时，分神以灵力缚住了她。

这缕灵力微弱，如一根细细的绳子扯住了她。九霄只要轻轻挣扎，或是小小反击一下就可挣脱。可是他此时的运息尚未结束，一点刺激就会令他重伤。

他这是在找死吗？

九霄鼓了一番力气，想着挣脱开算了。终是怕惊了他，任由那缕灵力牵扯着，双脚离开窗棂，最终被扯进了他的手心。

他用手托着红色的鸟儿，用迷蒙的眼眸看了半天，直看得她心跳如鼓才吐出模糊的一句："又做梦了。"

说罢，把鸟儿捧在颈窝，用脸颊挨着，又沉入到运息疗伤的深境里去。九霄的羽毛挨到他的脸侧，顿时浑身僵硬。他的体温是如此熟悉，又如此陌生。她万般不情愿与这个前世冤孽靠这么近，但又怕贸然乱动惊到他，使他岔了气搞出人命，只能僵着脖子忍着。

随着运息的进程加快，他的呼吸有些浅短，身体滚烫，颈上沁出一层薄汗，眉心微微蹙着。

九霄走不能走，睡不敢睡，僵着身体尽量不与他的脸贴得太紧。因为她所在的位置离他的颈动脉很近，她能清晰地感觉到他脉动的频率。

脉动中隐隐透着来自内腑的很深的创伤。

九霄暗暗纳闷：凰羽灵力十分强大，在神族中也算是名列前茅，是遇到了什么敌手，能将他伤得这般重？

直到天快亮时，他额上的流转光晕才渐渐消隐，呼吸也变得平稳，沉入真正的睡眠。九霄从他颈窝处小心地挣脱出来，舒展一下麻木的翅膀，悄无声息地起飞，从窗扇的缝隙中离开。

她刚刚飞至花树丛林之外，就看到一个孤单的身影，那人听到了扑棱翅膀的声音，仰面看过来，目光凉凉的。

是余音！

九霄心中顿时有种被发现的慌张，想着装作没看到他飞过去，反倒更不自然，只好降落下来，落在了余音的肩上立着，讨好地问："这么早不多睡一会儿，在这里干吗？"

余音也不看肩上的鸟儿，冷冷地道："此话应该由我来问上神。"

哟嗬！这小子越发胆儿肥了啊！他非但不答上神的问话，反而敢噎她！该给他点颜色看看了！

她心里嘀咕归嘀咕，无奈总是心虚，话出来就软了八分："我就是来监视一下不速之客。"

余音撇撇嘴："上神辛苦了。我带您去歇息吧。"抬手将她引到手上，抱在心口离开。

鸟身的九霄倚在他胸口，颇是惬意。余音就是这一点让人舒心，不该问的，绝不多话，仿佛这世上除了九霄，眼中再无别的人、别的事。只要她流露出一丝半点的爱护就足够，除此之外，天大的事也引不起他的半点好奇。

凰羽已在瑶碧山住了五日。五天内九霄都没有看到他，倒是不是刻意闪避——这是她的地盘，凭什么她闪避啊——主要是因为凰羽每日里多待在客房中，也不常出来走动。

九霄知道他身上有伤，免不了要休养几日才能上路，也不催不问，只当这里没有这个人。她只是偶尔会从问帛或侍从那里听到关于他的一言半语："都住了好几天了，真不怕死。"

"可不是嘛，连我们的饮食也吃得甚欢，大概是活腻了来此寻死。"

九霄知道一切正常，也就不去管他，一门心思想着法子好去趟韵园。她一直都惦记着方予那未说完的话呢。

早晨，她一本正经地跟余音打了个招呼："余音啊，我要去神殿看看。"

余音觉得新奇——上神对公务从来不上心，向来是能推给长老们的就会全推给他们，今天是哪来的兴致？但这不是他能问的，他赶忙给她备了一套流锦华袍穿上，又唤人备车。

九霄忙阻止了："我是去突击查岗的，看长老们有没有偷懒。低调，低调就好。"

说罢她唤了云头出来，踏上去，想了想，肩上又幻化出红色大翼，这才徐徐离地，朝着神殿飞去。

直到飞了很远，她回头看看，确定余音望不到她了，这才拐了弯，奔向韵园。云驾得越来越熟练，她心中越发得意，催得云头更快了。身边忽然多了一朵云出来，她偏头一看，那云上还站了一个人，吓得她身子一偏，险些栽下去。

旁边的人探手拉住了她，一对凤眸微笑眯起："上神小心。我看您栽跟头已栽得够多了。"

她站稳了身子，气急败坏："你怎么会在这里？！"

"我刚才在下面的草地上晒太阳，看天上一朵云儿飞得好快，不由起了好胜之心，于是也驾云上来，想要比试一下谁更快。不料居然是上神。"他笑眯眯地道。

"呵呵！真是好意外啊！"胡说八道！九霄怒得表情都扭曲了。

凰羽全当看不见，心情大好地道："看上神的行踪这么鬼鬼祟祟，是要去韵园偷情吗？"

"偷你个头啊！那原本都是上神我的男宠，上神我想什么时候去，就什么时候去，用不着偷！"

"是吗？问帛和余音知道吗？"

"关你什么事！啊啊啊啊……"火冒三丈的话音突然变成一阵惊叫。她只顾与凰羽争辩，忘记云头还在疾速前行中，突然看到前方出现一座山峰高耸入云。她飞得不是很高，若想越过去，得扯着云头攀升数十丈才行。而此时想攀高已来不及了，她的驾云技术尚停留在加速容易停下来难的水准，更何况此时已是慌了神，她除了尖叫，唯有抱着"上神体质好，骨头够结实"的希望，正面撞击山壁……

她咬牙闭眼直冲而去，却忽然被一双手臂环住，栽进一个熟悉的怀抱，那人一只手护住她的后脑，将她的脸按在胸口。

她只顾得惧怕即将到来的撞击，也顾不得想这个怀抱她是多么抗拒，因而死死地环住了他的腰身。

预料之中的撞击没有到来。唯有那怀抱之外，风声尖厉呼啸过耳。

不知过了多久，吓蒙的上神睁开眼睛，抬头看了一眼前方，景色广阔无垠，那山壁已不见了，她茫然回头看身后，发现那座山已在身后了。

而此时她也看清了这座山中间是有一道垂直的裂隙的，整座山像是被斧劈开的一般，裂了一道数丈宽的缝隙。刚刚她慌张之时，居然没有看到这道缝。不过话说回来，以她的驾云技巧，就算是看到了，在那么快的速度之下，也难免瞄不准撞到壁上去。

后怕之余，她突然记起来是谁带她过来以及如何过来的，而自己还缩在人家的怀中。

她抬头一看，正对上凰羽的一对眸子，幽深不见底。她急忙松了抱着他的腰的手，慌张地向后一跳，险些栽下去，被凰羽一把拉住，平平道："上神小心。"神情很是淡然。

九霄摇晃着站好，松开他的手，收拾一下失色的花容，理理头发，稳稳心神，道："多谢尊上帮忙。回去上神我会重重赏赐。"

凰羽看她一眼，答道："谢上神。"

九霄努力地忘掉刚刚发生的事，二人的云头直接降落到韵园的竹林里。今日园中格外安静，没有昨日的乐曲声，九霄心中有些奇怪：今日少年们都休息吗？

停了一会儿，她却听见不远处传来阵阵压抑的啜泣声，循声而去，只见少年们在林间围坐在一起，或是沉默，或是抹着眼泪。

她咳了一声，问道："你们这是怎么了？"

少年们见她过来，拜倒一片。

"上神，方予死了。"有少年说。

方予是昨日死的。据他的同伴们说，睡前还好好的，早晨大家都起床了，唤他不起，才发现身体都冰凉了。

韵园后面一片青葱山野，方予就是葬在这里。九霄站在新坟前，面色阴沉。

九霄沉着脸问领路的少年："人无端死了，为什么不上报？为什么不查死因便将人葬了？"

少年膝软跪地，急忙撇清道："一出事就让人报了问帛长老了，长老说葬了就是。"

九霄一时无语。

这少年也有些烈性，更因方予猝死而生出同病相怜之感，怨言冲口而出："我们这些人的性命本如草芥，不过是上神曾经的玩物而已，现在已不能再服用仙丹延寿，在他人眼里，不过是群等死的人。早些死，比晚些死更让人省心，谁还会关心是如何死的呢？"少年是冒死说这些话的，眼中似要迸出火星，颇有拼着一死也要一吐为快的架势。

九霄听得心中憋闷，半晌道："不要如此轻贱自己，你们现在是瑶碧山的乐师，不要任人欺凌。有委屈就让人传话给我，我替你们做主。"

少年眼中火星退去，垂下眼睫。

九霄继而又发现相邻不远处，还有三座坟茔，墓上青草初萌细芽，看上去也是历时不久的样子。

"那几个人，是谁？"九霄指了指三座坟墓，问道。

"那是莫声、乌语、苏韵，刚搬进韵园不久，便得了急病死了。"

九霄在方予墓前站了一会儿，默然离开。她走了一段，忽然站住，回头望了一眼那三座坟茔，问道："莫声、乌语、苏韵？"

少年答道："是他们。"

"你知道我上次出事前的那一夜，是谁在我屋里吗？"

"莫声、乌语、苏韵，正是他们三个。"少年答道。

九霄回到碧落宫时，带了一身煞气，一落地，身周十丈内草木顿时腾起冲天绿焰，瞬间枯黑成灰，吓得侍从们惊慌躲避，退得远远的伏地发抖。

连一直跟在她身后的凰羽，也被逼得退到远处。

　　九霄看看四周，对自己发怒的后果有些吃惊，却仍是收敛不住怒气。余音闻讯而来，见此情形，没有像其他侍者一样避之不及，而是踏着焦木就要跑上前来。九霄盛怒之际，也怕伤了他，手一指，喝道："退后！"

　　余音愣愣地站住了。

　　九霄冷着脸道："给我把问帛叫过来。"

　　他领命而去。

　　九霄在碧笙殿中等候问帛，心中怒火还是烧得压不下去，在殿中反复踱步。或许是因为以前的上神九霄经常发怒，时不时就要把房子烧毁，所以这些大殿都是以防火材料建成，连帘帛都是用火不能点燃的鲛绡制成，随着九霄的怒意波动，帘帛起伏飘扬，却是烧不起来。

　　问帛赶来的时候，九霄先是做了个手势，将她拦在殿门外，冷声道："跪在外面。"

　　问帛白着脸，跪在了门外。

　　其实九霄不让问帛进来，是怕离得太近，自己控制不了情绪误杀了她。

　　九霄站在大殿中央，远远地斥问门外的问帛道："知道叫你来做什么吗？"

　　问帛摇了摇头："属下不明白，请上神明示。"

　　"还跟我装糊涂！"九霄怒不可遏，"韵园的事，难道你不知道吗！"

　　问帛恍然道："上神是说方予的事？他昨日夜间暴毙，属下是知道的，已让人安葬了。"

　　她这般理所当然的态度，更让九霄气不打一处来："你既然知道，为何不报！"

　　问帛道："这种小事怎么值得惊动上神？"

　　"小事？！"九霄一掌拍在身侧的桌子上，桌子顿时碎作齑粉，"活生生的一条人命，怎么就是小事了？"

　　问帛讶异地抬头看着她："上神一向对当时宠爱的男宠更上心些，方予这等不讨喜的，上神何时有兴趣关注过？那方予不过是暴病身亡，上神只因属下未及时上报，便如此盛怒吗？"

九霄冷笑一声："急病身亡？那为何早不亡、晚不亡，偏偏在我去韵园与他聊过又被你撞见之后，便暴病而亡？"

问帛吓得叩了一个头："上神是在说属下谋害了方予吗？冤枉！我就是有天大的胆子，也不敢私自处死上神的男宠。"

九霄逼视着她："你不敢？好一个不敢！自从我遇劫醒来，心心念念要除掉他们的，唯有你一人。你且告诉我，莫语、乌声、苏韵是怎么回事？"

问帛冷汗涔涔："这三个人是我下令处死的没错，但这是在上神病重未清醒之时，与其他三位长老共同决定的！他们对上神的变故有不可推卸的责任，罪当诛。只是传出去不好听，这才暗中处死，旁人只当他们是得病死的。这也是为了维护上神的清誉啊。他们害得上神出事，本就是罪该万死，属下不觉得杀他们有错！"问帛虽然惧死，但仍咬牙力争。

"那么方予呢？！"

"这个是真冤枉啊！"问帛大声道，"这些人本是凡人，以前定期服用仙丹保持青春，因为长年依赖丹药，如今断了，身体状况比普通凡人还要脆弱，一点小病就可以要了他们的命。知道方予身亡后，属下觉得是正常的死亡，只吩咐人葬了他，并未多想。"

九霄焦躁地在殿内来回踱步。

她终是停了下来，情绪平静了许多，对问帛道："若不是你做的，便去查，开棺验尸，给我查出真正死因。"

问帛不敢再说什么，领命后退。九霄又将她喊住："其余乐师的安危，你最好给我看仔细了，若再有原因不明的暴毙，拿你是问。"

问帛应下，擦着冷汗退下。

九霄独自站在殿中，等情绪慢慢平复下去，走出殿去。门外站着余音，见她出来，上前一步想要扶她，被她躲开了。

"我想自己静一静。"她说。然后独自一人踱进园林中去。

她在园林间烦躁地乱转时，看到巨鹏一动不动地蹲在林间草坪上，凰羽伏卧在它的背上，似乎睡着了。九霄的脚步停下，想要折转走开。

身后传来含着困顿的一声叫唤："上神。"

她站住，转过身来。他还是那样懒洋洋地趴着，动都没动一下，只睁开了眼睛，用困倦的眼神看着她。

九霄道："尊上，我宫中出了点事，没心情陪您聊天。您也住了好几天了，没事就回去吧。"

他撇了撇嘴："上神的待客之道真是——直言不讳啊。"

九霄呵呵一笑："我这人性格直爽，尊上莫怪。尊上能起来说话吗？"虽然是在室外朗朗乾坤之下，她也站得离他甚远，但他那样俯卧着的懒散姿态，让她感觉他太自来熟了。

被指责了，他只好慢慢坐了起来，仍是赖在鹏背上不肯下来，一只手撑着身体斜斜地坐着，眼睫半闭着，长发都没以惯用的碧玉抹额束着，散漫地顺肩滑下，仍是一副慵懒的样子。

九霄知道他这姿态应不是有意，怕是伤势未愈，不久前又跟她去了一趟韵园，驾云疲累的缘故。她也不好苛求，只能求个眼不见为净，道："尊上喜欢住，便多住几天吧。有什么需要的话，跟侍从说一声就是。"说着转身走开。

他却下了鹏背，跟了上来，与她并肩而行。

"上神在为死去那个人生气吗？"

"他是个好乐师。"她绷着脸道。

"不是男宠吗？"他刻意地来了一句。

她被噎了一下，道："称谓而已，很重要吗？重点是人已经死了。"

"上神很心疼吗？"

"嗯，心疼，刚才都心疼得放出了一把火，你都看到了，烧了好大一片林子呢。"

他侧脸看了她一眼："您那不是心疼，是气的。"

她不屑地道："您又是如何知道的？"

他没有说话。

他是如何知道的？只因无烟心疼谁时，眼中总会透出柔软疼惜，让人甘愿疼痛下去，只为换取她的一分怜惜；无烟生气时，眼底也是压不住怒气的，就像是现在这样，无论怎样强装说笑，总有一两点火星控制不住地从瞳仁中迸出来。

他没把这些说出来，只是把话题转了回去："那么，那位乐师是如何死的？"

"梦中猝死。只是我疑心他是被人所害。"

"为什么这么说？"

"因我前些日子与他走得近些，多说了几句话。"

他想了一下，道："该不是上一次与你一起去时，你拉去私聊的那一位吧？"

"正是他，名叫方予。"

"那么上神疑心谁呢？"凰羽问。

九霄想着这件事与无烟没有牵连，也不必避着他，他了解这些蛛丝马迹有益无害。她于是答道："一开始，我认为是问帛做的。因为她对于我与他们接触这件事十分抵触……"

"哦？"凰羽眼中一亮，赞叹道，"问帛人品不错啊。"

九霄脸一沉，隐忍咬牙："尊上不能好好说话，就不必说了。"

"我能、能。上神请接着说。"他的眼中含满愉悦的清辉，因为微笑，嘴角浮现出一个浅浅梨涡。他唇色还是过于浅淡，脸色也看着苍白，走了这几步路，已有些疲惫的样子。

九霄的目光从他脸上移开，一手遮着额，一手指了指一处游廊，道："太阳晒得厉害了，去廊下坐着聊吧。"

二人走到廊下，九霄坐在廊柱间的横木椅上，他坐在了这长椅的另一头，倚靠在柱子上，又恢复了懒洋洋的模样。

　　九霄接着先前的话题说："我一开始几乎断定是问帛处死他的。因为我与他聊天时，被问帛撞见过，或许她是为了杀鸡儆猴，杀一个方予，让其他乐师不敢再接近我。可是刚才问话之后，问帛否认了，我也觉得疑点颇多，还得细细调查。"

　　凰羽道："我也看到过你与他亲密交谈的场面，或许是我嫉妒心起，杀了他呢？"

　　"尊上，我们没有熟到开玩笑的程度。"九霄略觉烦恼，眯眼望着游廊外侧阳光下那烈焰般盛开的花丛，道，"我在很认真地说事情，您若无兴趣，大可不必听。"

　　"有，有兴趣。"他赶忙道，"只要是上神说的话我都有兴趣听——不论您说的是什么。"他说这话时话音低了下去，没有看她，而是转头也看向了花丛，没有半分轻佻，只有甘愿的示弱。

　　饶是这样，也是九霄不愿意看到的。她站起来准备拂袖而去，但袖子都拂了，脚却像被扯住了一般，没能走开，终是忍不住把话说了出来："尊上脸色好像不太好。"

　　"唔。"他含糊地应了一声。

　　她等着他把话接下去，解释一下发生了什么事，如何受的伤，伤在了哪里，伤得多重。但他竟没了下文。

　　她忍不住想再问一句时，却见他头靠在柱上，眼睫一开一合，已是困倦得睁不开眼。她再一愣神的工夫，就见他老人家已经睡着了。

　　尽管廊外阳光温暖，他却恰恰坐在了一片阴影里，轻风吹过，还是有丝缕凉意。他伤后初愈，本是不该受凉的。

　　如果此时是前世的彼时，此地是前世的梧宫，无烟该拿件衣服替他盖上，坐在他身边，美美地端详他的睡颜。

　　可已是此时此地，站在这里的人也已不是无烟。九霄远远立着，眼神漠然，忽然转身走去。

路上遇到了巨鹏，巨鹏伏身低头行礼。

"喂，你。"九霄指了指游廊的方向，"你主子在那边睡了，你过去吧。"

巨鹏依言抬起漆黑脚爪走去。

它来到廊下，看主子睡了，便挨过去站在上风处挡着风。凰羽睁开了眼睛，小声道："鹏儿？"

巨鹏歪头看着他。

"你说，那是不是她？"

巨鹏轻轻鸣叫了一声。

"你也看不透吗？"他微微叹了一下，"同样的容貌，同样的声音，同样的神态。怎么会不是她呢？"

第十五章 鸩令

次日，问帛就带着方予猝死事件的调查情况来汇报了。

"禀上神，属下已开棺验尸。方予是死于心悸。"问帛禀道。

九霄问："心悸又是什么状况？"

"医师对方予的尸身进行了解剖、验毒，未发现肌体内有残毒，倒是心脏充血变形。方予停服仙药，五脏衰竭，十分脆弱，劳累过度或是精神紧张，哪怕是一个噩梦，都可能引发心悸。"

九霄冷着脸没有说话。

问帛委屈地道："上神还在疑心属下吗？"

九霄摇头："没有证据，我不会疑你。"

既然做了，自然不会留下证据。她让问帛去查，原也没指望查出真相，只希望以此震慑那假想中的凶手，让她不要再对其他人下手。

她遂对问帛道："把他再葬了吧。其余人，你要给我上心，再出问题，拿你是问。"

问帛哭丧着脸退下，随后吩咐了韵园的厨房给乐师们加强营养，好生滋补，争取让他们每人再活一百年。

方予的事并没有让九霄善罢甘休，她又去了几趟韵园，与乐师们闲聊过往之事，却没有得到什么有价值的信息。方予之前提到的"上神的心中人"，似乎是唯有他才知晓的私密之事。

如果再刻意追究下去，更容易惹人疑心，这件事便先搁下不提。有些事情，不去刻意挖掘，反而会自己露出端倪。

凰羽还是住着没走，即使是有意避着不碰面，因为距离太近，还是让她心中焦躁，数着日子盼着他快些离开。

数到第十二日时，凰羽还没走，倒是有人找来了。

这一日她正盛妆坐在神殿的金座上，听着几位长老就"与鲛人族的织物贸易协议"的一些条款，在殿内各执己见，争得面红耳赤。她严肃板着脸听着，装得好像在思考，其实基本没听懂。

直到问帛请示她的看法："此事还请上神定夺。"

她眯眼思考半晌，道："投票吧。"

四位长老开始投票。二比二平。

长老们默默地看向九霄。

九霄额上冒出一滴冷汗，神色却维持着镇定，平静地又给出一计："抽签吧。"

这下轮到长老们冒冷汗了。但不得不承认，这次贸易条款的争议，其实是手心手背的问题，总得有取有舍。抽签，确实是个好办法。

长老们热火朝天地展开抽签活动……

九霄处理完了这件公务，自我感觉很是完美，喜滋滋地离开鸠宫。在神殿的大门口，她看到一个人低头站在那里。九霄的视线扫过去，看到那人的银色头发，心中微微触动，不由得站住了脚步，问旁边的问帛："那是谁？"

问帛道："是羽族的人。说是知道凰羽尊上在此，族中有信件传送来。"

九霄一愣。羽族的人？她看着低着的、发色洁白的头顶，忽然有些异样的感觉。

她像是猛然间堕入了冰窟，忍不住发起抖来，又仿佛是跌入了炼狱，皮肤感受到了分分寸寸的灼烧痛感。来自遥远记忆的剧痛，有那么一刹那带来了真真实实的疼痛感，让她几乎站立不稳。

问帛发觉九霄突然神色大变，身体也摇摇晃晃，忙伸手扶住了她："上神，是身体不舒服吗？"

九霄说不出话来，兀自发着抖，想着快些登到凤辇上好躲起来，无奈腿脚像被钉在地上动弹不得，额上渗出一层冷汗。她想要收回目光，却不自觉地紧盯着那白发头顶，竟是吓到连不看都做不到。

那头顶微微一动，像是要抬起头来。九霄一慌，竟一头朝着问帛怀中扎去，把脸埋在了问帛丰满的胸口。

问帛吓坏了，两手扶着九霄，高声唤人。有几名侍女跑过来半扶半架地把九霄扶到凤辇上去。九霄自始至终把脸埋在问帛身上没敢抬起半分。

问帛也跟着上了凤辇，抱着她，急急地命令车夫驱兽速行，颤声安抚道："上神是犯病了吗？没事没事啊，我们一会儿就到碧落宫了，让臻邑看看就没事了。"臻邑是族中名医，九霄的大小疾病的治疗一直由他负责。

异兽拉着凤辇升上半空。九霄紧紧地抱着问帛的腰，身上颤抖久久无法停止。

虽然没有看到那白发人的脸，虽然羽族中白发的女子不少，但那人身形的每一丝、每一毫，都让她刻骨铭心，就算是在噩梦中也能清晰地看到。哪怕是只看到一个影子，她也能认出来。

她确实知道，那不是别人，是羽族的孔雀长老。

前世里有三百年间，孔雀每天都往她的肉身上浇一瓢滚油，痛得她五脏俱焚。她怕她。这种根深蒂固的恐惧是如此强烈真实，给她带来的慌乱甚至超过了重生后第一次遇到凰羽时的慌乱。

所以，谁说爱或恨是最刻骨铭心的？

恐惧才是。

即使你的脑子忘记了它，身体也记得，每一寸被灼烧得溃烂的皮肤记得，每一寸烫得从骨头上脱落的肌肉记得，每一根焦枯过的经脉记得。任九霄再勇敢，给自己鼓起十二分的勇气，反复告诉自己，现在自己已是区区孔雀无法冒犯的上神，自己的灵力胜过她百倍，轻轻松松就可以杀了她——即使换了一具身躯，刻骨的恐惧与记忆还是将九霄击倒。

就连此刻凤辇已升上半空，她都没有勇气探出头去望一眼那个白发的身影。

六头异兽驾着黄金凤辇缓缓降落。

侍女先一步跳下车去，边跑边嚷着去喊臻邑了，九霄连阻止都来不及。族中医师臻邑是个干瘦的老头儿，赶过来时，九霄已由问帛扶着下了车。此时除了脸色还有些不好，腿脚还有些虚软，她已然平静了许多。

臻邑慌忙上前想要查看，九霄抬手阻止了："没事了，你退下吧。"

问帛坚持道："上神刚刚明明很不适的模样，还是让臻邑看看吧。"

九霄勉强微笑道："我心中有数。"

臻邑端详九霄的气色，也觉得没有大碍，却也不敢就此走开，后退了几步站着。

被刚才侍女的大呼小叫惊动的凰羽几乎是与臻邑一起跑过来的，一直站在一边盯着她，没有移开过目光。臻邑后退时，他便走了上来，站在她的身旁，低声问道："你怎么了？"

他眼神关切，语气温存，又亲近无比，仿佛二人是非常熟稔的关系。九霄的面色颇是冷淡，没有回答，看也没有看他一眼。问帛本来就觉得凰羽太自来熟了，又看九霄的脸色也不像友善的，于是就更加不客气，借着扶九霄的动作，一膀子把凰羽顶开，皮笑肉不笑地道："我们上神只是劳累了，不劳尊上挂怀。"

她挽着九霄慢慢走向寝殿。忽然想起了什么，她回头对凰羽道："对了，尊上，您族中来人了，大概是催您回去的。我们也不多留了，您请便。"

凰羽一怔："族中来人了？"

问帛还想细说，忽然觉得手中挽着的九霄脚步踉跄，赶紧扶住了，紧张地道："上神又不舒服了吗？快进去歇会儿吧。"

余音已迎了出来，见到九霄的样子，也惊得变了脸色，上前与问帛一起将她扶进殿内，安置她躺到床上去。她却一把抱住问帛的腰，硬是将问帛也拖到了床上，脸埋在问帛胸口哼哼道："不要走，让我抱一会儿。"

余音站在床边呆住，面色不停地变——他才是上神的男宠好吗！上神怀中抱的应该是他好吗！就算不是他，无论如何也轮不到这位大胸女长老啊！

可是上神她紧紧抱着长老的腰肢，脸埋在人家丰满的胸部，不时地还哼哼唧唧蹭一蹭，这是怎么回事！

问帛脸色更是尴尬又慌张，却也没有胆子推开她家上神。她心中升起可怕的猜测：怪不得上神不肯亲近余音，原来是改变了喜好的方向，不喜欢男人喜欢女人了，而且还——喜欢上自己了？！

问帛悲愤异常，欲哭无泪。

臻邑还在这里呢。他以其丰富的阅历坚强地扛住了面前的刺激，胡须颤了几颤，用深沉的嗓音道："长老，在下还要给上神诊脉。"

问帛恼火道："诊就快诊啊！关我什么事！是上神抱着我，又不是我抱着上神！问我干吗！"

余音强作镇定，咬牙道："上神，配合一下。"硬把九霄的一只手从问帛的腰上扳下来，把一块丝绢遮在她的腕上。臻邑扭头不敢看，只把手指隔着丝绢搭在脉上。

诊毕，臻邑道："上神并非旧疾复发，倒像是受了惊吓所致。"

问帛一愣："惊吓？"回想今日一天的行程，不觉得有过什么惊吓。再者说，九霄是谁？上古邪神！只有她吓人，没有人能吓她。她狐疑地盯着臻邑，"臻邑，你的医术没出问题吧？"

臻邑此生最引以为傲的本事被质疑，顿时窝火，昂首道："老夫的诊断绝不会错！"

问帛胸前传来闷闷的哼哼声："好吵。头疼。"

臻邑急忙弯腰屏息，小声道："老夫去给上神开个安神的方子，一剂服下就好了。老夫告退。"说完退了出去。

凰羽看着几人的背影消失在门内,之后臻邑也进去了。他有心想跟进去,又担心过于唐突,恐怕会被问帛直接打出来,只能在门外纠结徘徊,想等臻邑出来好问问情况。

好不容易等臻邑出来了,他上前毕恭毕敬地询问上神的身体状况,这个小小的鸩族老医师,却不肯给堂堂羽族尊上一点面子。

臻邑一对犀利的眼睛上下打量了他一番,冷冷道:"上神的贵体是否安康是我们鸩族的私事,不便说与尊上知悉。"

凰羽被噎个半死,却也拿他无可奈何。

身后忽然传来一声问候:"尊上。"

他回身,见一头洁白银丝的女子带了一名侍童跪拜在地。

"孔雀?"他念出她的名字,却不像是在打招呼,更像是若有所思。

孔雀抬起头,面庞如美玉般精致,眼睫是冰晶般的浅色,瞳仁泛着浅蓝琉璃的色泽。她禀报道:"族中有几件重要事务需尊上定夺,事情紧急,就送过来请尊上过目。"

凰羽此次在鸩族暂住,并没有刻意隐瞒,早就传消息回去,告知族中人他的去处了。

孔雀呈上一枚玉简。玉简是仙家传递书信的一种工具,小小一枚浅青色玉简,仅手掌般大,却可用灵力书写洋洋万言。

凰羽接过玉简,并没有急着看。他的目光落在孔雀的脸上,问道:"你,有没有见过上神九霄?"

孔雀道:"刚刚在鸩宫外,只有幸望见一个背影,没有看清面目。"

凰羽点点头:"你回去吧。"

孔雀犹豫道:"玉简中所述之事颇是紧急,我能否等尊上批示好了,顺道将玉简带回去?"

凰羽看了一眼寝殿的方向,道:"不。玉简我自会差人送回去。你,即刻离开,一刻也不要多留。以后也不许踏入瑶碧山半步。"

孔雀听他语气突然严厉,很是惊诧,睁着一双浅蓝美目,神色惊慌:"尊上,属下哪里又错了?"

凰羽冷冷道："不必多问，遵命就是了。"

孔雀委屈地领命，又对着身后的小侍童吩咐道："三青，好生伺候尊上。"

一直跟在孔雀后面没有作声的乌衣小子笑嘻嘻地上前："尊上，小的好想您啊。"

凰羽眉一蹙："怎么偏是你？"

这小子表面十三四岁模样，其实是个精灵，真身羽色煤黑，有三个脑袋。天性善于嬉笑，像个开心果，平时又有眼力，原是凰羽的座前侍从之一。可能是因为有三个脑袋三张嘴，就有个太过聒噪的毛病，有时候挺让人头疼。凰羽嫌他吵，所以把他撵去做别的差事，好像也有几年没看见他了。

他这次在外颇觉不便，前几日刚传消息回羽族，吩咐派个侍者来，倒也没特别叮嘱要哪个，没想到来的竟是三青这小子。

凰羽有些不满地盯着三青，并没有回应他的热情。三青的笑容僵在脸上，过了一会儿，露出一副委屈的嘴脸，哼唧道："别的侍从知道要来瑶碧山这种毒地，都吓得不情愿来，唯有小的太惦记您，不顾生命危险毛遂自荐，尊上竟还嫌弃小的。"

凰羽无奈地点了点头："好，留下吧。只是最好给我安静些，否则我把你的三张嘴依次拧下来。"

三青倒吸一口凉气，紧紧闭了嘴巴。

孔雀叩首拜别。

凰羽站在原地久久不曾离开。他不知道自己想得对不对，也不知道是否是抓住了要点，心中如纠缠着一团乱麻。

三青看他脸色不对，难得乖巧地默立一边。这小子被凰羽撵过一次，这次学乖巧了不少。他悄悄打量着主子的脸，看他形容间有憔悴病态，心中便有些不安，于是忍不住出声问道："尊上病了吗？"

"不关你事。"凰羽心不在焉地道。

三青不满地鼓起了腮帮子，不敢再问。

这一晚无论问帛找百般理由，九霄也死赖着她不准她离开，硬是要抱着人家睡，问帛只能欲哭无泪。好在服下安神药的九霄放松许多，她不再像之前那样紧紧箍在问帛身上，一直紧绷着使力的手臂也放松了下来。问帛以为她要睡着了的时候，胸前忽然又传来闷闷的话声。

"问帛，我有娘吗？"

问帛怔了一下，答道："应是有的吧。都说上古神族是天地孕育之物，我总觉得不对。若没有娘亲，人怎么可能来到世上呢？"

"那么我娘是谁呢？"

"若连您都不知道，我怎么知道呢？"问帛答着，忽然感觉胸前衣服透入一抹湿热。

上神居然哭了。

这件事带给她的震撼，不亚于之前上神将她硬拖上床时的震撼。在她与上神相处的漫长岁月里，不曾见过上神有片刻流露出脆弱无助的表情，更别说是哭泣。张狂狠戾闻名三界的上神九霄，为何在这深夜里趴在别人怀中默默哭泣？

问帛心中一时无比迷茫，理不出丝毫头绪。她只默默地告诉自己，上神的眼泪是鸩族的高度机密，要永远烂在肚中。

九霄之所以流泪，是因为问帛女性的身体让她想起了母亲。前世的无烟从虚空中出现，就是没有母亲的。今世的九霄号称天地孕育，偏偏也是没有母亲的。

如果有个母亲，就算是最爱的人反目了，母亲也不会抛弃她吧。

如果有个母亲，在害怕的时候，只要躲进母亲怀中，便是天塌下来也无所畏惧了吧。

没有母亲这件事，让她不论在前世还是今生，都体会到了刻骨铭心的孤单。

不管是作为无烟还是九霄，她都很久不曾哭了。最近的一次哭泣，是寻齐凰羽魂魄时，看着他的影像消失在自己眼前而不由得落泪。而那也不过是一滴清泪顺颊而下而已。

后来她被强迫回归血鸩肉身，沦为梧宫奴婢后，受到许多身心折磨，无论多疼也哭不出来。

只是每每在遇到给她施了三百年泼油之刑的孔雀时，就会吓得魂飞魄散，哆嗦着躲到角落里藏着，紧紧地抱住自己。没有一个人给她片刻抚慰、一丝温暖，包括当时近在咫尺的凰羽。

幸好现在她不那么孤单了。遇到让她怕得要死的孔雀时，她不必再一个人躲藏起来发抖，她可以抱着问帛汲取温暖，孔雀再也伤害不了她。

但是孔雀的突然出现，把前世的伤痛真切地带到了她的面前。之前她或许萌生出了一丝半点追索无烟身份的念头，此时被重重一击，顿时打消了。

她不该也没有足够的力量再去靠近前世的恩怨。前世的事让前世的人去解决吧。她九霄，真的管不起。

第二天早晨，九霄还在偎着问帛熟睡。问帛想着要趁九霄醒来前溜走，昨夜上神失态，醒来后必然会恼羞成怒，说不定会杀了她灭口，她还是走为上计。

她小心翼翼地拿起缠在腰上的九霄的右手臂。一拿一举间，九霄宽松的袖子滑落，露出如玉的手臂。

问帛的目光无意中落在九霄的上臂上时，突然脸色大变，一把掐住这截玉臂，凑在眼前猛看，然后还拿手指不甘心地狠狠搓了搓这片细嫩肌肤。

九霄被弄疼，不满地哼唧两声："问帛，你干吗？"

问帛青着脸，惊道："那个呢？上神！那个东西呢？！"

"哪个？"九霄睁开蒙眬睡眼看着她。

问帛狠狠地戳了戳九霄右手臂外侧，全然顾不得戳疼上神会有杀头之忧，恶狠狠地道："这里的，那个东西！"

九霄瞥了一眼自己胳膊，雪白皮肤上仅有被问帛戳红的印子。那里该有什么东西吗？！

看看问帛的表情，她猛然间醒悟过来。难道原上神九霄这里长了个什么东西，现在问帛发现没了？糟糕，要暴露了吗？

她犹豫道："那里……"心里糊里糊涂地猜着该会有个什么。守宫砂吗？原上神九霄那么多男宠，应该不是少女了啊……

"鸩令。"问帛急急道,"鸩令哪里去了?!"

鸩令又是个什么东西?

九霄眨眨眼,冷静地道:"我……需要告诉你吗?"

她语气中瞬间透出的冰冷,使得问帛倒吸一口凉气,松开掐着上神玉臂的手,灰溜溜地下床,跪在床边道:"是属下鲁莽了。"

九霄撑起半个身子,懒洋洋地、平静地看着她,没有说话。

上神不吭声,问帛更紧张得额上冒汗,道:"上神恕罪,实在是属下心急,所以才如此冒失。此物事关重大,我还以为是上神弄丢了,急昏了头。既然上神已有安排,属下也不敢妄言。只是……只是……"

九霄悠悠道:"有那么重大吗?"

问帛猛一抬头,急道:"那当然!上神没有子嗣,鸩令是上神为鸩兵和鸩族留的唯一后路。鸩令就是上神的化身,鸩令一出,视如上神驾临,除上神之外,它是这世上唯一能调动鸩兵的神令。我们的百万鸩兵早就被您以无可破解的仙术施咒,不认天、不认地,只认上神和鸩令。没有鸩令,即使是黄帝轩辕也不能驱使鸩兵!多少居心叵测之人对鸩令暗中垂涎,只因畏惧上神神威才不敢动念。此物怎么不事关重大?"一边说着,她手都抖了起来,"上次上神险些不测,事发突然,都没来得及把鸩令托付给可靠之人以保住鸩族。黄帝不会留下一支无法驾驭的杀人军队,没了鸩军,鸩族子民就没有半点生机。我当时还说是鸩族的灭顶之时到了,幸好后来上神康复了……"

九霄心中剧震,几乎掩饰不住惊慌的表情,只能拿手盖在眼睛上。她默默平复了许久才道:"上次我出事时,你就没有留意到鸩令是否在吗?"

问帛道:"您出事后,我首先想到的就是此事。可惜那时您已神志不清,现出了原形。那鸩令在现出原形后是隐入肌肤之下看不出的,只有在现出人身时才能显现。而之前您又从未跟谁提过将鸩令托付于人的打算,我就猜着鸩令理应还在您的身上,如果您有事,鸩令只能随您而去了。后来您康复,我就没有想过这事了。"

九霄装作无意地问:"上次你看到鸩令是什么时候?"

问帛道："那都是数百年前的事了。是陪上神在温泉中沐浴时，看到您右臂上文了一只红鸩形状的图纹，觉得特别好看。是上神您告诉我，那就是传说中的鸩令。拥有它的人，只要现出人形，鸩令就必会以此图纹的方式显现，任何仙术也不能隐藏。后来我还文了一个相似的在臂上呢。"

九霄感兴趣地道："在哪儿呢？我看看。"

问帛捋起右臂的袖子，露出一个青色禽形纹饰，道："不敢与上神鸩令一样，就文成了青色的。实在是艳羡其纹饰美妙才文的，别无他意。上神如果不喜，属下就洗了去。"

九霄低头细细端详，见这禽形纹饰其实是上神九霄鸩形真身的剪影，造型展翅昂首，优雅又大气，虽然抽象变形化了，仍明显可以看出红鸩的特征。

"挺好看的，留着吧。"她大度地挥了挥手。

"是。"问帛忐忑地看了九霄一眼，"属下不敢问上神把鸩令给了谁，可是，属下实在是担心上神的安危。"

九霄心中有如波涛起伏。此时她已明白了问帛为何如此惊慌。九霄活着，神威震慑，没有人敢把鸩令拿出来使用。九霄如果死了，鸩令在谁手中，鸩军便归谁所有。

那么现在，持有鸩令之人，就是潜伏的杀机。

九霄努力抑制情绪，平静地道："鸩令难道是个别人能抢夺去的东西吗？"

问帛面露恍然大悟的神情："哦，当然不是，唯有上神情愿赠予，鸩令才能度到他人臂上。原来上神上次出事之前已有预感，早就将鸩族托付给可靠之人了。"她抬手擦擦冷汗，长长地舒了一口气，道，"这样属下就放心了。是属下多虑了。"

九霄不动声色地点点头，心中却是苦不堪言。她又问道："那么，我昏迷未醒的时候，鸩军那边可有异动？"

问帛道："鸩军倒是没有异动，不过……"她蹙起眉头，道，"在您苏醒的前一天夜里，我放心不下，去鸩军大营转了一转，看到了一个影子，当时感觉像是闯入者，但防护结界并未被触动。我心中生疑就追了上去，结果那影子闪了两下便看不到了，我就怀疑是自己看错了。后来也没有发生什么事。若不是上神提起，倒给忘记了。"

既然无头绪，这关于影子的疑惑也说明不了什么。

问帛一退出寝殿，九霄便扑倒在床上，发出呜呜悲鸣。

问帛猜得其实没错，鸩令是丢了。

不，是原上神九霄把它赠给了别人——一个现在的九霄不知道的人。

她不知道原上神九霄把鸩令赠予了谁，亦不知是敌是友。难道是原九霄预感到自己要出事，所以才把鸩令托付出去的？就算是朋友，那也是原九霄的朋友，不是现在的九霄的朋友。鸩令，必须寻回。

而且问帛的担心并没有错。原本还找不出原九霄暴毙的任何缘由，现在，鸩令成了一个非常可疑的动机。

这很可能是这个鸩令的持有者干的。

可是，若不是完全信任，原九霄怎么能把鸩令交与他人？她究竟遭遇了怎样的背叛？

事关重大，她决定暂时不把此事告诉问帛。事情没有头绪，说出来恐怕只能引起混乱。

那个得到鸩令的人不知道此时的九霄是假的，或者还是会以为九霄对他的信任仍在，如有接触，说不定言语间就流露出来了。等探明鸩令下落，她再设法索回。

毕竟九霄是鸩令之主，她与鸩令如果同时存在于世上，鸩军还是会听她的。她健在一天，就算是别人有鸩令，也不能随意调动鸩军。只是她更要注意自身安危了，全鸩族的命运都系在她一人身上呢。

问帛走出九霄的寝殿时，神色难免慌慌张张。她偏偏迎头遇到等在门口的余音。余音的脸拉得很长，脸色很黑。

问帛努力挺直了腰，恼火道："我和上神……什么也没做！你不要乱想！"

余音哼了一声："你以为我想什么了？"

鸩
心

"你……"问帛气结，跺了一下脚，"你若敢乱说，我杀了你！"拔腿奔离……

余音进到殿内服侍九霄时，莫名觉得上神有些古怪。这段日子上神看他时，要么眼神放空，看着他就跟没看一样；要么故意躲避，让他颇觉得委屈。今日，她的目光却总在他的身上停留。

余音抬头望去，正看到上神的目光热辣辣落在自己的身上一动都不动。他只觉心头一热，眼睛放光，轻声唤道："上神……"

"唔……"九霄应道，"余音啊，今天天暖，你穿这么多，不热吗？"

这极具暗示性的话让他心跳如鼓，心领神会，抬手就把衣襟一松，动手宽衣。

却见上神吓得一蹦，惊道："你要干吗？"

余音的动作滞住，疑惑道："宽衣啊。上神难道不是……"

九霄的脸涨得通红，忙摆手道："不不不，你误会了，我不是那个意思。我是说，天气热，你卷卷袖子，把胳膊露出来，又凉快，干活又方便。"

余音的一张脸拉了下来，别说卷袖子，反而甩袖就走。

九霄在背后喊道："哎哎，你别生气呀，卷个袖子生什么气……"

余音一直走到了花园中还生着闷气，满脸的失望和委屈。九霄很快跟了来，站在离他几步远的地方，揪着手指，满面的纠结。

余音一歪头，发现她居然跟过来了，眼底闪过一丝惊喜，旋即又拉下脸，继续生他的闷气。

九霄踌躇半晌，突然牙一咬，脚一跺，凶猛地向前几步，一把拉起了他的右手，狠狠道："你好歹也算我的人，上神我想看哪里就看哪里！不准躲！"然后噌噌噌几下把他的袖子卷到胳膊肘以上，露出少年的一截匀称手臂，一对狼光闪闪的眼睛盯着人家的润泽肌肤猛看，看了还不够，还拿手摸了摸。

少年先是被她霸气的言语镇住，继而被看被摸，魂儿几乎飞到天外去，哪里还能躲？

上神看了个够也摸了个够，就是没在他手臂上找到那枚红色鸩形印记。

没错，她当然不是突然对小男宠动心了，而是在找鸩令。之前苦苦思索鸩令下落的时候，余音恰巧走了进去，她心中一动，怀疑原九霄把鸩令度给了余音，所以才有此一出。

而亲眼验证证实鸩令确实不在余音这里后，她握着余音的手腕，神情变得呆呆的，感觉自己的怀疑很可笑。鸩令怎么可能会在余音这里呢？他与原九霄再亲近，在那个人的眼中，也不过是个卑微的玩物，他怎么可能把那么重要的东西度给他？更别提他是个手无缚鸡之力的凡人了。她怎么会生出这么奇怪的念头，还急吼吼地亲自动手验看？

准是焦急之下，脑子一时傻掉了！

她发了半天的呆，忽然莫名地打了个寒战。怎么突然这么冷？降温了吗？她下意识地转头看去，看到了不远处的凰羽。

他不知何时来的，目光落在她握住余音腕部的手上，一张脸阴沉得快要冒出寒气来。

九霄看着凰羽，眨了眨眼，回转目光笑眯眯地看着余音，镇定地拍了拍他的手背，赞赏道："余音的皮肤手感真好。"然后才松开，瞥了一眼凰羽，神情中有一丝不满，仿佛是怪他干扰了她的好事，让他识相点快点走开。

凰羽非但没走，反而举步朝这边走来，动作带起一股隐隐杀意。

九霄顿时慌了，伸手把余音推了一把，道："余音快走。"

余音尚未从遐思中回过神来，茫然问道："让我去哪里？"

九霄瞥一眼就要走过来的凰羽，道："我冷，去给我拿件衣裳。"

余音抬头望了一眼当空的大太阳，带着迷惑走了。九霄刚刚松一口气，凰羽已到近前，阴森森飘来一句："那么急着让他走，是怕我杀了他吗？"

没错，就是怕这货杀了他。不过她这才意识到自己的举动有些失态，稳了心神，道："自家男宠，我想让他去哪里便让他去哪里，与尊上有何干系？再者说，他是我的人，尊上敢动吗？"

"你觉得呢？"凤眸中闪过一丝厉色。

她顿时有些毛骨悚然，道："你不敢……吧？"

凰羽的目光转向已走远的余音，凤眸微闭。

余音正经过一个池子旁边，恰巧三青来寻他主子，两人在池边擦肩而过。三青一瞥间看到凰羽盯着余音的眼神，顿时心领神会，顺手一推，就听扑通一声，余音栽进了水里！

九霄大吃一惊，对着凰羽怒目而视："你……"

凰羽也是一愣，无辜地道："不是我吩咐的，你也看到了。"

那边余音扑腾挣扎，她顾不得斥责，急忙奔过去，伸出手来，把余音拉到岸上。她转头准备先揍三青一顿，再找凰羽的麻烦，谁知那俩货已经知道闯祸逃跑了。

不远处，两个身影匆匆溜走。

三青一路小跑着，一边哆嗦着问："尊上，我把鸩神的男宠推进水里，她不会杀了我吧？"

凰羽："多半会。"

"呜……那可是您的意思，她要杀我时您可得替我挡着。"

凰羽："我没让你那么干啊。"

"尊上！"三青怒道，"您当时的眼神我可是看得明明白白！"

凰羽："你察言观色的本事过了头。"

"您不能这样！呜……"

"干得漂亮。"凰羽的嘴角忽然弯起一抹阴森森的笑。

"咦？"

九霄回到殿中，立刻把问帛叫来，怒气冲冲地道："立刻把凰羽给我赶走！"

问帛一愣，应道："是。可是，不知凰羽尊上是因为什么惹上神不悦了？"

九霄脱口而出："他欺负余音！"

问帛脸上出现了异样的表情。九霄意识到这话不妥，转而改了口："咯，那个，此人无缘无故在此住得太久了，也该走了，你去催一催。"

问帛眼睛一亮，道："说实话，属下已暗示过数次了，但他就跟没看懂一样，脸皮真厚！也不知是真没看懂还是装没看懂。"看了看四周，压低声音道："上神，凰羽尊上迟迟不走，恐怕别有所图。"

九霄面色一僵："据你猜测是有何意图？"

问帛两眼精光闪闪，道："必是上神上次出席黄帝寿筵，凰羽看黄帝与上神亲近，故有意拉拢。"她压低声音道："如今南方天界之内除了炎帝神农氏族，就数羽族的实力雄厚了，他若能拉拢到我们鸩族为盟，对其地位的巩固必然是大有益处。

"我们鸩族财力雄厚，拥有百万鸩兵。但自黄帝称帝，就退隐朝政，鸩兵只养不用，行事低调，从不参与大族间的那些明争暗斗。上次上神出席寿筵，大概是让一些人猜测上神是不是要重出江湖了。凰羽这番套近乎，上神可要拿捏好分寸。以上神的身份，与谁走得近了，不光是世家大族们会猜测上神的意图，黄帝与四方天帝也会多心的。"

九霄听到这话，心中略觉茫然。前世作为无烟时，她是凰羽翼下护着的一个无忧无虑的精灵，对于政事毫不操心，他也不用她操心。因此，对于王族、家族、地位、势力一类的事情，她几乎是毫无概念。经问帛这样一说，她更意识到自己现在是鸩族族长，凰羽的接近，不管他的动机是否单纯，在旁人看来，都会蒙上一层利益的色彩，招来不必要的非议。

于公于私，她都应与他保持距离。于是她点了点头："我知道了。"

听完问帛这番话，她又想到下一步还需计划出山走动以探寻鸩令下落，而自身毒性还是难以控制，出门难免惹事，不由得万分苦恼。她半趴在桌子上，左手捏一根银针，右手捏着指诀，对着一杯水喃喃自语一阵，然后用左手拿银针蘸水看一看。

问帛注意到九霄手上的小动作，问道："上神在做什么？"

九霄苦着脸道："我在练习控制自身的毒性。上次颛顼的事太过凶险了，这毒性也过于随心所欲了。"一边说，一边用银针探入杯子，只听哧的一声响，半截银针不但黑了，还焦了！

"你看看、你看看！"九霄拍着桌子道，"我刚才凝神想让水变成毒药都没成功，这一走神的工夫竟有了毒。如此失控，可怎么活！可让别人怎么活！"

问帛倒吸一口冷气，胆怯地后退了几步，道："属下去请臻邑。"

臻邑为九霄把脉诊断之后，道："上神身体已无大碍，只是心脉落下了难以逆转的损伤，故体内毒素不能像以前那般精确掌控。而上神体内灵力十分强大，正常状态下能保护心脉，在治疗的时候却起到了阻止药物的反作用，再好的药物服下，也会被您的灵力弹压，抵达不了病灶。"

九霄苦道："难道就没得治吗？"

臻邑道："除非有灵力胜过您又精通医术的人物，一边镇压住您的灵力，一般加以治疗，如此方能解决。不过属下还是劝上神放弃治疗。"

九霄奇道："为什么要放弃治疗？"

臻邑道："办法不是没有，而是这种治疗方式无异于将性命交付到他人手上，施治者若心存歹意，上神就绝无生路。"

九霄沉吟半晌，道："你先说，这世上可有能给我治疗的人物？"

"有。"

"是谁？"

问帛这时突然插言："有也不能去！上神，您现在的状态只不过是可能误伤他人，对您自身无任何害处和危险。误伤他人又怎样？您伤了谁、杀了谁都无所谓，属下替您去收拾烂摊子就好，您不必操心。没有什么比上神的安危更重要。"

九霄坚持道："不。若不能控制毒性，我还不如死了。再者说，不能收得自如，就不能放得自如。不仅仅是毒，还有我对于自身灵力的驾驭，显然也是不能掌控的状态。不想伤人时会伤人，到想伤人的时候，恐怕又伤不了人。如此乱套，怎能自保？"

说到这里，鸩令的事又浮上心头。她必须有足够的准备和能力才能面对以后可能发生的事，于是道："臻邑，你说。"

问帛又张了张口，见九霄神态坚定，终没敢再说什么，唯有苦着一张脸。

臻邑道："南方炎帝神农。"

天界之中，医术高明，灵力又在九霄之上的，只有同为上古神族的炎帝了。

　　九霄喜道："有人能治就行。"

　　臻邑道："神农殿下是南方炎帝，若是出入东方天界，必然颇有忌讳，想请他亲自来那是基本不可能的。"

　　九霄眼睛闪闪亮："他不能来，我可以去啊。"这正好也为"偶遇"鸩令持有者创造机会呢。

第十六章 乱来

问帛忍不住又出声抗议："上神！"

九霄摆摆手道："你不必担心。我见到炎帝后，若不能百分百信任，自然不会让他医治。"她把手中银针一丢，又道，"问帛，先写个拜帖给炎帝殿下投去。"

问帛见她下定了决心，知道争辩无用，只能拿来镀了金边的空帖。问帛执笔，帖子写得客气有礼，大致意思是九霄此行并非挑事，而是为了寻医问药。落款处写上九霄的名字。

门外忽然施施然走进一人，竟是凰羽，他走到桌前瞄了一眼帖子。问帛见他不请自来，行为过于随意，出于基本的礼节没有当场呵斥，只是沉下脸来，想把帖子合起。

"等一下。"凰羽顺手把帖子拿去，接过问帛手中的笔，在落款处的"九霄"二字旁边又添加了"凰羽"二字。

九霄和问帛同时反应过来，出声抗议："喂！"

"尊上这是干什么？"问帛恼火道。

凰羽看着九霄，闲闲道："若不落我的名字，炎帝是不会见你的。"

"你怎么知道？"九霄不服。

问帛更不服："除了黄帝陛下，谁敢拂上神的面子。"

凰羽诚恳地看着她："你可以试试。"

问帛果断地撕了帖子，然后才后知后觉地想到九霄在场，自己的举动太过急躁，躬身请示："上神，这份帖子撕了可好？"

九霄点头："干得漂亮。"

"上神过奖。"问帛嗫嚅无比地重写了一份，瞪一眼凰羽，雄赳赳地走了。

九霄道："尊上，您这又是哪一出？"

凰羽道："我说的是真的。炎帝已有数十年不会客了。我与他关系还好，添了我的名字，或许能见上一面。"

九霄"呵呵"冷笑两声："上神，我不信。"

凰羽微笑着不顶嘴了，却是一脸"走着瞧"的表情，转身想走，却被九霄叫住了："尊上留步。"凰羽站住了，眼中含着疑问。

九霄笑眯眯地对着旁边的臻邑道："臻邑，替尊上诊一下脉。"

臻邑答道："是。"

凰羽倒是愣怔了，看向她的目光中闪烁着几分惊喜。九霄迎向他的目光时，却是面无表情，眼眸中的温度更是降到了冰点，带着几分苛责，冷冷道："尊上身体不适，我看得出来。您既然在这里暂住，便不要出问题连累我们鸩族。让臻邑诊个脉，开点药，差不多了就请回吧。"

他没有回答，眼中的喜悦又变成了茫然。

臻邑上前来行了一礼，欲给他诊脉，他却躲开了，道："多谢了。小问题，不必看。"

他眼睫垂着，掩着眸底突如其来的疼痛。

那疼不是他的，是时光那端无烟的疼。

那时的他，下重手捏碎无烟的肩骨，又刻意赐她不能让伤骨彻底愈合的药，让肩骨长久地痛着，作为给她的一项惩罚。那便是他赐予她的医治——多么可恨的、可耻的医治！

他想杀了那时的自己。

而现在，这个长得与无烟一模一样的九霄……不管她是不是无烟，他都没有脸接受她的医治。比起治疗，他宁愿乞求她给予伤害。他的目光落在九霄放在桌上的手上。如果能借她的手把刀子插进他的心脏，替无烟讨还一点债，他该有多舒心啊。

可是他又有什么资格要求九霄来讨债。

他转身想要离开，却被九霄不容违逆的声调扯住了："既然在我处，便要客随主便。臻邑，替尊上号脉。"

凰羽神色呆呆的，任臻邑把他的袖子捋上去，手指搭在脉上。九霄微蹙着眉补充道："以后尊上若遇到什么麻烦，请不要来鸩族寻求庇护。上神我性子冷清，最烦有人扰我清净。"

说罢，她也不问臻邑诊脉的结果，起身走了出去。

九霄一路昂首挺胸、气宇轩昂地走去了园中书阁碧月阁，爬到暖玉榻上时，整个人已是缩成了小小的一团，完全没了方才的气势。

她终于还是忍不住干涉了他的伤情。尽管用了最高傲的姿态、最漠然的表情，一再告诉自己这是为了鸩族声誉，有那么一会儿简直骗过了自己。直到独自缩到这个角落里时，她还是不得不承认自己心中仍有那么一寸的黑暗，藏了一个若隐若现的"无烟"，听到他的消息时，看到他时，会忍不住冒出来，带来撕心的疼痛。

"不能这样啊。"她按着心口告诉自己，"要让这块黑暗生茧、生壳，把前世感情包裹起来。"孔雀的出现已再次提醒了她，他是前世的地狱，她绝不再走近。

臻邑请余音领着他找过来时，她正抱着一本闲书在暖榻上看得昏昏欲睡。

她瞥了一眼臻邑："有事吗？"

臻邑道："属下来汇报凰羽尊上的伤情。"

"伤了就医，有病吃药，又不是我打伤他的，不必跟我汇报。"她懒懒地翻了一页。

臻邑迷惑地抬头看了她一眼，问道："上神难道不想知道吗？"

"咦？你觉得我很想知道吗？"她莫名有些恼火。

臻邑搞不懂她哪来的怒气，急忙道："属下不敢。"

她不耐烦地蹙着眉："他会死吗？"

"虽曾有过极凶险的时段，却也不至于有性命之忧。"

九霄一滞：凶险？究竟发生了什么？

"死不了就好。"她不在意地摆摆手，"你看着给他开点药，差不多能赶路了就让他赶紧走。"

"是。"臻邑面上还是带着几分犹豫，"可是，凰羽尊上的伤着实有几分蹊跷。"

旁边的余音拾起滑落的披风替她裹在肩上，瞥一眼臻邑道："神医，上神说了不想知道了。"

臻邑恍然醒悟，躬身道："属下唐突了。"说完退下。

余音给九霄递上一杯热茶，顺便连杯子带她的手捂在了手里："上神的手指怎么如此冰冷？"

"唔……"她含混应道。

余音又道："其实凰羽既借住此处，上神了解一下情况，是情理之中的事。真若有什么，不知情反而不能先发制人。"

"真的吗……"她片刻后又道，"算了，多一事不如少一事。"

"是。"余音扶着她的手，将热茶喂进她的口中。

余音这种亲昵的照料方式，她屡次纠正，他屡教不改。次数太多，她也懒得纠正了，好在他只是止步于这种暖意融融的状态，不会有过热之举，她也慢慢习惯了。毕竟人家以前是与她肌肤相亲的男宠，能矜持到这程度已是不容易了。

重生再世，尽管她已变成了拥有百万子民的鸠神，却仍缺少陪伴和温暖。即使余音亲近，问帛呵护，都只是因为将她认作了原来的鸠神，她也忍不住贪恋这一点暖意。

臻邑还是找问帛禀报了凰羽的伤情。问帛听后，当晚就敲开了九霄的门。

九霄猜到了她的来意。她早就料到如果事关重大,具体情况迟早还是会传到她耳中来的。不过绕了这么一圈,她已是作为鸩族族长来听这件事,而不是被那个一再试图从暗处跳出来的"无烟"驱动着情绪了。

她指了指床边让问帛坐下说话。

问帛先是为二人身周设了禁制之术才坐下,以防被人听去谈话的内容。然后禀报道:"臻邑来报说,凰羽尊上受了很重的内伤,看伤情,是由火系灵力造成的。"

九霄奇道:"凰羽真身是浴火凤凰,怎么会被火所伤?我还以为修炼同系灵力的人都是盟友呢。"

问帛道:"上神说得没错。如今修炼火系灵力的,都是南方天界的几大氏族,其中以炎帝家族神农氏最强。据我所知,至少表面上他们南方天界还是很团结的,确实是盟友没错。据臻邑说,凰羽的伤是由灵力很强的对手造成的。凰羽本身灵力修为也是极高的,伤情本来也不会很严重,可是恰巧他有旧疾未愈,所以才被重伤。"

九霄一怔:"旧疾?"

"是。凰羽之前曾大病了一年,应是留下了病根。"

一年,九霄大约知道这个"一年"指的是哪段时光。他的那个"一年"卧病在床,她的那个"一年",她是个双目失明的小鬼魂,孤苦徘徊在奈何桥头。

她不知道他的病是否与无烟的事有关。有又如何,没有又如何?心中麻木,没有多少感觉了。这丝麻木让她有些惊讶又有些欣慰。

她终于离过去的时光和疼痛越来越远了呢。

问帛还在接着说:"伤他的那人既然灵力那样高,其身份必然大有来头。若臻邑没有看错,说明南方天界开始出现内讧了。"

九霄眼光微闪,道:"恐怕内讧早已开始了。"

问帛一怔:"您怎么知道?"

九霄没有回答。她怎么知道?因为早在数百年之前就曾有个无烟,作为细作和凶器被无形的手推送到凰羽身边。可悲的是,那个细作并不知道自己是个凶器。

这么说来，此次致凰羽受伤的人，或者就是"创造"了无烟的人。至少两者是有关联的。

九霄问道："据你看来，此事与我们鸩族有何关联？"

"天界若有异动，鸩族哪能独善其身？若有大事发生，倾向于谁，决定着未来我族的兴衰存亡。只是此时事态未明，我们要做的，唯有观望。"

"问帛。"九霄看着问帛的眼睛，神色凝重，"我出门以后，瑶碧山要加强防范，绝不允外人进入，就是黄帝来也不准。还有，你要特别留心鸩军。"

问帛一怔："上神？"她的眼中先是闪过疑惑，猛然间明白了什么，面色变得惊恐，一个词险些脱口而出。九霄盯着她，目若寒潭，硬生生把问帛的话头逼了回去。

问帛憋得差点把舌头咬出血。

鸩令——

鸩令确实丢了。

即使有禁制保护，她也不敢把话说出来。可是，鸩令给了谁？能不能收回来？

九霄道："别说，别问。现在我不能对你解释，你心中有数就好。我此行的目的是否仅仅是治病，你也明白了。"

寥寥数语，让问帛明白了事态的不容乐观。她艰难地吐出一个字："是。"

"此事唯有你心中有数，不可让第三人知晓。"

"属下明白。"

客房中，三青端着一碗汤药捧到床头，小声道："尊上，起来喝药了。"

卧在床上的凰羽坐起身来，伸手去接，三青端碗的手却又缩了回去，把药凑到鼻子前狐疑地嗅来嗅去，道："这药气味古怪，十分可疑。尊上还是别喝了，我们这就离开，回家疗伤吧。"

"少废话。"凰羽探手把药碗拿过去，一饮而尽，一滴残药沿嘴角流下，苦得微皱了一下眉心，把空碗递回到满面不安的三青手中。

三青不安地打量了他半天，见没有事才松了一口气，道："鸩神赐的药您也敢喝，就不怕有毒吗？尊上就是尊上，胆识果然非常人能比……"他摸了摸自己瘪瘪的肚子，嘟囔道，"我来的这几天，能少吃一口就少吃一口，都快饿死了。真怕一不留神就被人家毒死了。"

凰羽的眼底闪过一丝黯淡，吐出微不可闻的一句："我确是在盼那一天……"

"什么？"三青没有听清。

凰羽闭了眼没有答话。三青忧愁地道："尊上，我真不懂您为什么要留在这个剧毒遍布的地方，也不懂您为什么对上神九霄那般在意，弄得自己半死不活还……"

凰羽的眼眸睁开一道缝隙，冷冷地瞥了他一眼。

三青膝一弯跪在床前，却仍倔强地梗着脖子道："尊上您本来就病根未除，这次出门无端地又落下了内伤。伤了还不肯回族中医治，反而要留在这个不祥之地。您虽然没说，但我也多少能猜到点。就因为从前的夫人跟上神九霄长得像，您就置自己的安危于不顾，这伤也是因为她吧？您留在这里，也是因为放心不下……"

凰羽突然一掌挥过来，三青被抽得飞了出去，乒乒乓乓撞翻了桌椅，抱头呜咽："不敢了，我不敢了……"

这一夜，九霄睡得很不安稳。睡梦中，仿佛来到了一个古战场，滔天怒焰，无边黑火。神魔乱舞，异兽惨鸣，无数士兵化为焦尸，万里荒野化为地狱。

从梦中惊醒时，她恍然不知身处何方、己为何人。

为什么会把一个从未经历过的场景梦得栩栩如生？那不是她的经历，甚至不应该是她的梦。

或许，那应该是真正的鸩神——上神九霄才会做的梦。

梦境扰得她心神不安，披衣起床。外间值夜的婢女上前伺候，她挥手让她们退下了。出了门，她踏着月色，想去找罂粟花精聊聊天。

途中经过一片疏朗碧竹林，她突然感觉有些异样。

寂静。她感觉像是一步踏入了绝对的寂静当中，片刻前耳边还响着唧唧的虫鸣声、轻风拂过叶片的沙沙声，突然间都消失了，静得如死亡一般。四周应有的景物消失了，只剩下压抑的漆黑。

这是个阵法。有人在这里布阵了！

九霄面色肃然，伫立不动，凝神捕捉丝缕微息。眸中突然一闪，手中祭出三叉毒刺，身形如魅，朝着侧前方突袭过去。

空气如有质感的丝绸被刺破，一个人影蓦地出现，刺尖瞬间到了对方咽喉。电光火石之间，看清了彼此的脸。

那是凰羽。

他定定地看着她，目光已是失神，竟然没有丝毫闪避。

眼看就要刺穿他的咽喉，九霄大惊之下想尽力拧转兵器避开，然而距离太近，去势太猛。

血喷出来，他倒地的时候，脸上竟然露出一个灿烂微笑，她清晰地听到他低声念了两个字："多谢。"

一日之后，问帛敲门进来。

九霄正失魂落魄地坐在桌边，见问帛进来，竟慌得站了起来，想问什么，又没有问，脸上满是惶然惊恐。

问帛急忙道："凰羽尊上醒了。"

她跌坐回椅中，长出一口气："那就好。"

问帛也觉得后怕："是啊，总算解毒及时，他自身灵力又强，没什么事。若非如此，您法器上的毒岂是闹着玩的！上神啊，我知道您讨厌他，但也不该下杀手啊。我还以为……"其实她是想说：还以为您最近性子变得平和了呢，没想到更凶残了。这后半句，问帛强咽了下去，哪敢说出来？

九霄苦不堪言："我不是故意的。"

问帛摇头叹气。上神每次作了孽，都说不是故意的。

九霄也没有心绪去辩白。那一夜，三叉毒刺刺出之后，她才发现对面隐着的人是凰羽。事发突然，她没能把毒刺收回，却总算偏转了一下手腕，没有正中咽喉要害。饶是如此也划裂了凰羽侧颈的血管，鲜血喷涌，瞬间就浸透了他的半边银袍。

他倒下时那抹欣慰的笑容，那一声"多谢"，以及铺天盖地般的血色，让她几乎失了心智。她真的以为自己又一次杀了他。

凰羽清醒过来时，只看到眼前一片混乱，问帛在指挥着人为他止血救治，九霄则呆立在几步远的地方，满脸茫然。

"上神！这次凰羽若死在您的手上，非但羽族会跟我们拼个你死我活，连整个南方天界都会与我族过不去的。"问帛还在喋喋不休地抱怨。

九霄站了起来，脸上仿佛渐渐聚起乌云般阴沉得可怕。

她缓声道："带我去看他。"

问帛这才注意到上神脸色不妙，心道糟了，还是少说几句以免惹祸上身。她赶紧闭了嘴，乖乖地引着九霄来到凰羽的住处。

凰羽已然起身，颈上缠着白布，看上去已无大碍了，只是脸色有些苍白。看到她进来，他的目光若含着莹莹清辉般看过来，不知藏了多少情绪。

九霄却是面若寒霜，冷声吩咐道："你们都退下。"

问帛怕她再下杀手，担忧地瞅她一眼："上神。"

"下去。"九霄打断了她的话。

众人灰溜溜地退下了。临出门时，问帛同情地看了一眼凰羽。

小子，愿你不要死得太惨。

众人刚走出门去，身后的门扇就大力合上，若有狂风从门内刮来一般。与此同时，一层防护禁制弹撑开，将整个屋子笼罩在内，尚未来得及走远的问帛等人被这层禁制弹得齐刷刷地栽了个跟头，摔得七荤八素。

问帛趴在地上，抹了抹嘴角碰出的血，吸着凉气道："上神真的生气了。"

九霄几乎没有注意到自己一念之间就用神力关了门、下了禁制，只带着一身勃然怒意，盯着面前的凰羽。许久，她嘴角泛出一个冷笑："尊上，我好心收留你在此疗伤，你却恩将仇报，设计陷害于我，意欲何为？"

"陷害？"凰羽眼中满是疑惑，"何出此言？"

"你在我宫中园内设下阵法诱我伤你，这不是陷害是什么？"

凰羽眼中闪过了然的神色，沉默一下，答道："阵法不是我设下的。是我夜半察觉那边有异动，特意赶过去察看，恰巧你从阵法中突围出来。我只是碰巧撞到了你的刀尖上而已。"

"碰巧？！"九霄怒得冷笑起来，"当时你的神情我看得清清楚楚，明明是得逞后的满意样子，分明是有意伤在我手中。你这样做的目的究竟是什么？是想拖鸩族卷入你们的氏族仇杀之中吗？您大概是料到我不会杀你，所以才有胆子不闪不避吧！"

凰羽看着她，轻声道："不，我不知道你会不会杀我。其实那一刻我以为我已经死了。那一刻，我真的开心得很……"

九霄沉默地看着他，牙齿几乎咬碎。

她突然间明白了他的意思。

或许在阵法中相遇是偶然，可是他想撞向她的刺尖，是有意的。

这个人，是想借九霄的手，偿还无烟的债。

他可知道，虽然那一世彼此伤害到体无完肤，但是无烟并不认为谁欠了谁，上一世的恩怨上一世就两清了。无烟不需要他的偿还，生生世世永不再纠缠才是无烟的心愿。

她想替无烟告诉他，又说不得。死了的人，怎么能说话呢？

半晌，九霄用冰冷声线道："你若想死，请死得远些。想让我的手染血，也要问问自己配不配。"说完甩袖离开。

见她离开，屏风后面奔出侍童三青，急急上前几步，伸出手去恰恰扶住了踉跄欲倒的凰羽，搀他坐到椅中。他口中抱怨道："您明明是被她所伤，她却这般对您！"

凰羽凶狠地瞪了他一眼，想要斥责，却说不出话来，闭上眼睛坐着，手臂撑在桌沿，唇紧紧抿成一线，久久压不下胸口翻涌的腥甜，额上渗出冷汗。

候在外面的问帛见九霄出来，急忙先奔进屋内想给凰羽收尸，进去后发现凰羽虽然神情呆怔，却显然还是活的。她拍着胸口退出去，小跑了一段，跟上九霄的脚步。

九霄站定，问道："问帛，我问你，我们鸩族的防护结界可有漏洞？"

问帛回道："虽然瑶碧山是个请人来人都不来的地方，但防护结界和鸩兵巡守都做得相当周密。防护事项是由属下负责，我有信心讲这个话。"

九霄蹙眉道："若是在如此周密的情况下，还有外人在夜间来去自如，会是什么情况？"

"若是那样，有两种可能。一种是此人灵力极高，可以无声无息破我结界；二是此人是经过特许的自己人，可以自由出入。"

九霄若有所思。

虽然对凰羽的行为很愤怒，但是对于他说的话，她还是无条件地全信了。他说那阵法不是他布的，她相信。他说他是无意中撞到她刺尖上的，她也信了。

这信赖虽没出息，但她还是相信自己的直觉。他说是这样，应该就是这样。

可恨的是，他倒下时的那一笑——那个笑容若刀子一般刺入她的心。

这疯子一般的行径，让她悲愤异常。

而她临走时撂下的那句话，更如一把双刃剑，显然是刺痛了凰羽，而她自己又何尝不是鲜血淋漓。

她抬手抚上自己的脸，指尖沿着脸庞的轮廓慢慢滑动。

为什么重生还要有一样的容貌，招惹前世纠葛，摆脱不掉？

良久她才回过神来，对问帛道："问帛，我伤凰羽那夜，恐怕还有另一人在，而且布阵了呢。"

问帛惊得脸色发白："什么！这怎么可能！居然有人要谋害上神吗！"

九霄摇头道："那并不是杀阵，布阵者应该知道不可能困得住我。那人目的何在，尚不清楚，只是你要加强防范。"

问帛郑重应下，暗红瞳中压着怒焰。居然有人敢挑战她问帛的防护结界！

"还有。"九霄指了一下身后的客房，"让那个人马上走。"

问帛犹豫一下，道："上神若让他走，料他不敢不走。可是他刚刚伤在上神手上，新伤旧伤折腾得就剩半条命，返程中若再出差池，恐怕小命不保，以后我们与羽族的关系……"

"那是他的事。"九霄冷着脸道。

"是。"问帛见势头不对，屏息敛气格外地乖顺。

三日过去，瑶碧山恢复平静，再也没有出现什么异样。九霄却知道问帛已布下天罗地网，那闯入者近期内恐怕是没有机会闯入了。凰羽还是没走，因为问帛去下逐客令的时候，才知道他又陷入了昏迷。这样将他扔出去也不是个事儿，问帛只好硬着头皮去劝九霄。她原本以为上神又会发怒，却见她歪在榻上，面露疲色，一句话也没有讲，只是摆了摆手。

问帛默默退下。

好在凰羽也识相多了，老实待着，不再到九霄眼前晃荡，让她心气儿也平了不少。她遂先把此事搁下不提，专心准备拜访炎帝的事。

炎帝地位尊贵，论起辈分来黄帝都要称他一声叔叔，是五方天帝中唯一一位上古神族，也是从年龄辈分论，能真正能与九霄以兄妹相称的。

对于拥有漫长生命的神族来说，辈分这东西已混乱得难以厘清，同为天帝殿上朝臣的两个人，往往要称对方一声太太太太太爷爷，或是重重重重重孙子，所以不过于计较，多以职务或神位相称。

但对屈指可数的这几位上古神族来说，辈分是明摆着的山一般巍峨的存在，九霄不敢怠慢，特意备了丰厚的礼物。

她这边热火朝天地准备了几天，却接到了炎帝谢绝登门的回帖。回帖的措辞非常客气，大致是说炎帝公务繁忙，不能接待，以后有空时会专程邀请上神光临做客云云。说得再客气，不外乎两个字：不见。

问帛的玻璃心咔嚓一声碎了。虽然她一直反对九霄接受风险很大的治疗，但也接受不了上神的面子被驳回，跟九霄汇报这件事时，脸色着实十分难看。偏偏那不识趣的凰羽不知如何得了消息，恰到好处地晃了进来，脸上明明白白写着"早知道会这样"。

问帛见他出现，想起之前九霄很不愿看到他，吓得脸色大变，忙拦住咬牙道："尊上，不是跟您说了上神不想看到您吗？"

凰羽的目光越过问帛投向九霄，眼神中颇有一点幽怨。

九霄已是看到了不想看的人。这时正因为治疗的事没了着落而发愁，看到他进来，烦上添烦。

问帛压着火气撵人："快走快走，惹怒了上神，杀您没关系，不要连累了我。"

凰羽却没有离开的意思，小声说了一句："我再不会那样了。"

九霄不想听些有的没的，抬起一只手遮往眼，对此人眼不见为净。

九霄说："既然炎帝公务繁忙，我便不去了。"

凰羽听了，主动道："炎帝会给我几分薄面，我可以与他说一声……"

问帛哼了一声，冷冷道："尊上的意思是说，您的面子比上神的大？"

凰羽语塞，艰难地道："我不是这个意思。"

九霄施施然站起来，道："问帛，我想了一下，你之前说得也有道理，这毛病只害人不害己，我急什么？慢慢来，这事再说吧。"

天地之大，她就不信没别的法子。就算是没有，她也不愿借凰羽的顺水舟。

她一边往门口走去，一边跟问帛道："礼物还是装车吧，我明天另出个门儿。"

身后凰羽问道："你要去哪里？"

她隔着肩丢过散漫的一句："问帛，告诉他。"

问帛利落地应道："是！"上前一步，拦住了凰羽追上来的脚步，双目炯炯道，"上神的日程，不足为外人道也。"

凰羽眼睁睁地看着九霄挺直的背影消失在门口，心中颇是失落。他忽然记起，上次涅槃重生后，把无烟因在梧宫为婢的那段日子，他曾无数次给她看绝情冷漠的背影。

那时的无烟，该是怎样的绝望啊。

问帛看他神色呆呆的，自认为震住了他，得意地道："尊上，明日我们上神就要出门了，宫中无主，您再住下去就不合适了。我看您身子骨也好得差不多了，就冒昧地请您辞行吧。"

凰羽点点头，道："是，我明日便走。"

问帛满意了，很有气势地转身跟上九霄，小声问："上神，您是要去哪里呀？"

九霄道："去看看青帝那孩子。上次误伤了人家，还没登门道歉过呢，这次去算是赔礼道歉。"

"原来如此。不过上神不用先送个拜帖过去吗？"

"不必了。如果让他知道我要去，还不知道要吓得跑到哪里去避着。"

"上神您确定是要去赔礼道歉的吗？"

第二日，九霄启程。

本来九霄以为早晨起床洗洗脸，开门上车呼啦一下就出发了。

结果一开门，一群侍女早早就候在门前，用托盘端着华美礼服、饰物，鱼贯而入，不待她回过神来，已被披挂得像个女王。然后余音进来了，给她化了一个久违的艳妆，盘了一个霸气的发式，扶着她款款地走出寝殿，上到金灿灿的凤辇。

上了车，她以为这就启程了，不料余音告诉她，现在只是要赶到鸩宫去，从那儿正式启程。

这是五百年来上神九霄第一次正式踏出瑶碧山（上次偷跑的不算），族中十分重视，摆了相当大的排场。鸩宫前鲜花铺地，数百名侍女立在鲜花道路两侧，族中大小官员全体相送。九霄从鸩宫里缓步走出，踏着鲜花走向凤辇时，空中飞起数万只鸩鸟，松开口中衔着的花瓣，花雨纷纷扬扬。

九霄一边走，一边苦着脸小声对旁边的问帛道："出去串个门而已啊，用得着这么夸张吗？"

问帛道："上神，端庄。子民们都看着呢。"

她急忙挺胸凝神，一步步走向远处的车队。

　　此次随行人员除了贴心小棉袄余音，还有两名贴身侍女、六名粗使侍女、十位侍者、十名死士鸩卫，均是身手不凡、剧毒无比。还有百名不知藏在什么地方的暗卫。

　　如此重兵伴驾，自然是因为问帛心中担忧。如今鸩令不知落入谁的手中，也不知对方是否有图谋，可以说九霄身边杀机四伏。

　　其实就算是对这些侍者、死士，问帛也不是完全信得过。就在昨夜，问帛还找九霄私聊过一次，提醒她不仅要防范外人，也要提防身边人。

　　九霄由侍女搀扶着上了车队最前面的凤辇，回首对大家笑着摆摆手："回见。"臣民们纷纷拜倒，恭送声一片，慌得她急忙缩进了车里。

　　她忽然又想起了什么，一掀车帘把头探了出来，对着问帛伸出了手："解药，解药给我几瓶带着。"

　　她得防备着不小心再失手伤人，要几瓶解药带在身上才能有备无患。问帛急忙从怀中摸了几只小瓶塞进她手里，一边小声急道："拿好，快进去！注意形象，不要再把头伸出来了！"

　　九霄捧着小瓶缩了回去，辇下腾起大朵云彩，一行车马在仙术下缭绕着五彩霞光，徐徐升空，消失在云端天际。

　　鸩宫前的送行人群渐渐散去，唯有一人久久立着没有动。

　　凰羽仰面望着凤辇消失的方向，失神地站了许久。忙着指挥人收拾场地的问帛终于注意到了他，见他伫立不动以憧憬的目光望着天际，顿觉很是满意。

　　只是上神临行前有绝不许外人进瑶碧山的命令，这位凰羽尊上必须马上离开了，遂上前想再下一遍逐客令。

　　走近了，却听他在低声自语。

　　"没有看我一眼呢。"

　　问帛一怔：这家伙在这里失落个什么劲？不过也是，他小子不远万里跑来抱上神的大腿，还毕恭毕敬地来送行，结果上神看都没看见他，不失落才怪。她遂好心地上前安慰："您也不用太失望啦，送行的人太多了嘛。"

人太多了？

曾经不论他站在多么拥挤热闹的人群中，无烟都能一眼看到他。他在她的眼里像是发着光的，只要他在，好像一切都是子虚乌有，她只看得见他一个人。

这一次，却是他注视着她踏着花瓣一步步走来，从身前不远处经过，走上凤辇，垂下车帘，这么长的一段路，她却没有看他一眼。他心中空落落的时候，她忽然掀开车帘把头探了出来，他心中惊喜不已，以为她是想看他一眼。没想到她只是跟问帛要了什么东西，然后又麻利地缩了回去，还是没有看到他。

连一个试图搜寻的眼波流转都没有。

他望着天际的目光没有收回，答问帛的话："没什么。只是不知还要多少次才能抵清我欠她的背影。"

问帛听不懂了，疑惑地扫一眼这说奇怪话的孩子，心道：这人不是伤到脑子了吧……

他忽然道："对了，问帛长老，请您查看一下去往西山韵园的路上那道山隙，上次我路过那里，感觉有些古怪。"

问帛神色一凛，看了他一眼，道："多谢提醒。"

凤辇在空中滑行出很远，九霄因刚才盛大的场面而紧张激动的心情才平静了一些。这时她忽然想起了什么，侧身掀起了车窗上的帘子，向后望去。

凤辇瞬行百里，这一会儿的工夫，已离鸩宫很远，神殿像一枚宝珠镶嵌在山峰顶端，而在殿前相送的人身影则完全看不见了。她愣怔地望了一会儿，放下了帘子，坐在车里发起呆来。

余音也是在车里的——他是凡人，经不起车外的烈风，九霄也需要照料，他就与她同乘一车了。虽然车外有灵力护持，但高处还是有些寒冷，余音特意备了一个暖炉放在她的膝上，看她走神，问道："上神在想什么？"

"嗯？哦，没什么。"她含糊地答道，"那个……刚才凤羽尊上有没有到场送行？"

"到场了。"余音答道。

她终于忽视了凰羽。

从鸬宫出来，一直到走上凤辇，整个过程，她竟忘记了要看看凰羽是否在那里。不像从前，不论是多么混乱拥挤的场面，她的目光始终锁定着他的身影，甚至背转了身，不必听、不必看，就知道他站在哪里，仿佛心生了无形的触须，丝丝缕缕缠绵在他的身上，只凭直觉，就能捕捉到他的气息。

曾几何时，她的身和心，分分寸寸都被他占领，没有半点空隙。

今日，这片刻的忽视和遗忘，让她感觉到有什么东西在退出她的领土，仿佛是丢失了什么，又仿佛夺回了什么。

她心中却不觉得喜悦，那点被夺回的领土，反而被悲哀慢慢侵袭。这种茫然感，在凤辇落在青帝的神殿"广生殿"大门前的时候，方被驱散。

青帝知道上神九霄驾临时，正捏着半块馒头在神殿后花园的鱼池边喂鱼。听到侍者禀报后，他以为自己听错了，难以置信地问了一句："你说谁来了？"

"瑶碧山的上神九霄。"

"扑通"一声，青帝手中拿着的馒头掉到了水中，引得鱼儿纷纷争抢。他慌张地原地打了个转儿，低头就走。侍者急忙喊道："殿下，要往这边走。"

青帝头也不回地道："我要你提醒！就跟上神九霄说我不在家！"

他低头跑了几步，又站住了，沮丧地转身走了回来，道："唉，还是得接待一下。"

侍者点头："殿下说得是，您就是逃到天边去也没用的。"

"多嘴！"

九霄已在广生神殿的会客厅里喝茶。广生殿的侍女们闻知鸬神驾临，多避得不见踪影，四周分外清静，只有座前站了两名广生殿的侍女侍奉。这两个姑娘出于规矩不能无礼逃跑，但已是吓得小脸发白，端茶的手都抖了。

九霄同情地看一眼俩孩子，安抚道："不用紧张，我不会欺负你们的。"

抬手摆了摆以示友好。

　　她这么一动，其中的一个侍女更加害怕，手中的茶壶"啪"的一声摔到了地上，急忙跪下，都快哭了，另一个侍女见状，也跟着跪下了。

　　九霄暗叹一声。看把人家孩子吓的。她真是恶名远扬啊。她急忙道："快起来，让青帝看到，还以为我在欺负他的人。"

　　门边忽然探出半个脑袋来，又忽地缩回去了。

　　九霄朝那边睨了一眼，慢悠悠道："我看见你了。"

　　青帝又从门边冒了出来，大大施了一礼："上神光临寒舍，蓬荜生辉！您来之前怎么没让人通知一声呢？我也好备下宴席款待啊。"

第十七章 轻薄

九霄笑眯眯道："你若提前知道了，我还能见到你吗？"

青帝呵呵道："上神又开玩笑了。"又对着两名侍女摆摆手，"还不快逃……退下。"两个女孩子跌跌撞撞地跑走了。

九霄指指桌子另一边的座位："别客气，坐吧。"

"是。"青帝落座，仍是带着一身的紧张。

九霄道："不用紧张，就像在自己家里一样。"

"是……哎？"他反应过来，委屈地瞅了她一眼。

九霄忍不住笑起来："你也不必太过担心。只要不惹我生气，就毒不到你。"

青帝哼哼道："上次我惹您生气了吗？"

还真没有，"那是失手、失手。"

他的压力更大了。

九霄道："我这不是专程给你道歉来了嘛。"

"您真的、真的不必那么客气。"他发自肺腑地诚恳道，"您既然都来了，就……吃了饭……再走？"语气试探，小眼神躲躲闪闪，彻底暴露了"还吃什么饭立马走吧"的心理活动。

九霄露出狐狸般的笑，道："广生殿布置得好生别致，我很喜欢。你给我安排个客房吧，我打算住几天。"

咔嚓一声，青帝的心碎了。您喜欢这里的什么……我拆了还不行吗？

上神九霄就这样恬不知耻地在广生殿住下了。

次日早晨，青帝怀揣一瓶救命灵丹，来到九霄下榻的园子。园中柳树依依，满目青绿。一进去，就看到九霄扶着一汪碧水旁边的栏杆，欣赏水中锦鲤。她身穿一件湘妃色衣裙，没有盘发，乌丝用一根缎带随意系在身后。她没有化昨日来时的盛妆，素颜也有着令人失神的美貌。

青帝不由得看得愣了一会儿。他知道上神九霄美，但美到这种地步，还是第一次发现。

及至看到九霄正在往池中丢鱼食，他心中狠狠一揪，片刻前有些飘忽的神思被揪回了现实。他紧赶慢赶奔到池边，忐忑地伸头看他的鱼死了没有。

九霄转头看到他，道："啊，伏羲你来了。"

听到她对他直呼其名，青帝知道上神是真没把自己当外人了。他的心中不由喜忧参半。喜的是既然当自己人，那他生还的可能就大了几分……忧的是她会不会越住越踏实，不想走了啊？

这复杂的情绪反映到他的脸上，就掺和成了一个忧伤的微笑："上神，昨日住得可舒心？"

"非常舒心，好久没睡这么香了。"前一阵子，因凰羽赖在碧落宫，害她连个觉都睡不踏实。

于是青帝的心情更忧伤了。

有宫中侍女端来茶水、水果。青帝看她们神情胆怯，遂伸手把盘子接过来，挥手让她们退下，亲手倒茶。他闲闲聊道："上神上次生病，现在可是大好了？"

"好是好了，就是落下了点麻烦的病根儿。"

"什么病根儿？"

"就是控制不好毒素，无意识乱下毒。"

"扑"的一声，青帝一口茶喷了出去，呛咳连连。

九霄忙安慰道："你不用紧张，若不惹我不快，我就不会乱施毒。"

他感觉压力更大了，腆脸道："上神一定要开开心心的，小弟若有什么做得不对的，请一定在不开心之前告诉我，我马上改。"

九霄笑道："你的为人真随和，简直不像一方天帝。"

青帝微微一笑："不需要像时，没必要像。"

听到这话，九霄不由多看了他一眼。这是第一次发觉了这小子内敛的锋芒。藏于内的，往往是绝世利器。

一个心地似乎不错，又胸藏大略的东方天帝，顺水推舟排在第一位的瑶碧山封地的接管者，会不会是九霄的托令之人呢？

她的目光扫过他的右臂。

怎么做才能让这小子把袖子卷上去，或是把上衣脱了呢？他可不比余音，不是她能随意动手动脚的。她的目光巴巴儿地游移在人家那俊美的侧影上，甚是苦恼。

青帝没有察觉她的鬼心思，转头看见余音端了一盘瓜果送过来。见他面熟，他开口道："哎，是你，上次在昆仑见过的，听说你是上神的……"突然意识到"男宠"不能当着九霄的面说出来，他急忙抢了一块瓜塞进了嘴里，噎得自己一阵难受。

九霄刻意忍笑板脸："是我的侍从。"

青帝得一台阶，急忙点头："侍从！就是侍从！我本来就想说是侍从来着，才不是想说男……呜呜……"再度猛地把瓜塞进自己这张欠揍的嘴里。他一边啃瓜，一边愤愤地暗骂自己。平时也挺伶牙俐齿的，怎么在九霄面前总是语无伦次呢！

是吓的，一定是被吓破胆了！

他默默地为自己掬一把同情泪。他偶一抬头，正看到九霄的目光在他身上扫来扫去，一脸欲言又止的模样。素颜的九霄容姿美得若上天精心雕琢的美玉，神情间带的一丝犹疑，让这美貌变得如此生动，这样近距离地看，青帝忽然觉得有些晕眩。

却见这美玉一般的人儿眼睛忽然变得亮亮的，问他说："伏羲，你可有王后？"

青帝心中突地一跳，下意识地就摇了头："没有。"与此同时，眼前似有桃花飞过迷了眼。

因为迷了眼，所以没有看到九霄脸上闪过的失望。

与青帝此刻心中的小鹿乱撞不同，她心里正紧锣密鼓地算计着迂回战术呢。她既然不能动手脱人家上衣看人家手臂，那就问问那能脱的、能看的人就好了嘛！如果他有王后，就去接触一下他的王后，设法打听……女人跟女人之间就方便说话多了！

但听他说没有，她顿时失望。她不死心地又问："那，侧妃呢？宠妾呢？宠爱的婢子呢？"

青帝一阵摇头，有些发晕，直到听到上神冒出一句"你是不是男人"，他这才忽然清醒了一些，抹去落在眼睫毛上的桃花瓣，仔细看了看上神九霄。

她脸上分分明明地写着失望，青帝顿时糊涂了，心中那头乱撞的小鹿迷失了方向。

却听上神又道："你好歹也活了一万多年，说没个女人，谁信啊？"

青帝定定神，道："不是没有，我有妻子的。"

九霄眼睛一亮："她在哪儿呢？"

他的脸上浮起一丝浅浅的微笑，却透着来自深处的些许悲凉，叹一声，道："过世很久了。她是凡人，虽然用仙丹延寿，也不过活了四百年。她去世后，我便再也……"他微微摇了摇头，"神族的生命太长，那样的失去我不愿再经历了。不拥有，便不会失去。"

九霄听得沉默下去。她不小心又看到了青帝隐藏起来的一面。不过，这孩子真是让人越了解越喜欢呢。九霄道："你好有胆子，居然敢与凡人结缘。就没人反对吗？"

青帝道："大家都以为神族与凡人结合违反天界条律，必会为天界不容。反对声从朝中到家里，自然是吵成一团。可是，那时黄帝知道了这件事，也不过是说了我几句，我态度坚决，没有让步，他也就算了。其实黄帝是了解我的性情的，他知道在我眼中，一方天帝之位、伏羲氏族的利益，可以重若泰山，也可以轻若鸿毛。黄帝知道我不会让步的。他怎么会为了一件凡人女子的事，去打破天界局势的平衡呢？只要有了足够强大的实力和坚决的态度，便可以凌驾于某些原本就虚伪的条律之上。"

他眼中坦然又坚定的光彩，令九霄震撼。她不由得就想起前世，凰羽顶着各方压力，执意要与无烟大婚的那段时光。

她亦是想起了无烟最终落得的凄惨结局。

一样幸福的开始，截然不同的结局。

有疼痛从内心深处浮上来。她轻声道："你待她真好。"

青帝也微笑道："既然拥有了她，就要护好她，给她最完美的一生。分离之痛、思念之苦，留给我一人就好了。"

九霄的眼中忽然又生出忍也忍不住的泪意。与青帝的凡人妻子相比，无烟的一生是多么可悲啊。一滴泪不觉顺颊而下。

青帝一抬眼间，目光捕捉到了那滴坠落的泪珠，不由得一怔。

她的反应让青帝有些诧异，愣道："上神你……"

"啊，没什么。"她一边笑一边拭去眼角泪花，"你的妻子，好让人羡慕啊。"

青帝看着她又哭又笑的样子，恍然间有些失神。

青帝离开后，九霄一个人默默地坐着，被方才的情绪缚住了有些难以挣脱，心口闷闷的。额上忽然遮过一片阴影，她抬头一看，是余音拿了把扇子替她遮着，他的唇边噙了浅笑，道："太阳晒着了，也不知道避一避。"

他端详了一下她的脸，问道："上神不开心吗？有什么烦心事，说出来听听，看余音能否替上神分忧。"

九霄自然不能说出心情压抑的真正原因。不过，另有一件事确是够烦心的。

她看着他，面露忧愁："余音，你说，怎样才能让青帝把衣服脱了？"

余音瞬间变脸，唰的一声收起扇子，扭头就走。

上神九霄追在他的身后，巴巴儿地喊："哎哎余音你不要生气呀，你听我解释呀……"

　　华灯初上，青帝设宴欢迎上神九霄的光临。宴席设在花园之中。广生殿的花园没有鸩族碧落宫的玉楼琼阁、奇花异草，多是普通常见的花木，说是花园，更像随意踏入的一片绿地。少有人工雕琢，多是浑然天成。此时蔷薇盛开，夜风带着清甜的香。不远处有一湾清池，池中睡莲似睡，清波微漾。青帝捻碎手中的一块银萤石，石末化作万千浅蓝色流萤漫天飞舞，萤光映着浅红蔷薇，美若梦境。虽然有一百个不情愿与鸩神共席，但青帝表面上哪敢流露出半分？

　　九霄由余音陪着，由侍女引着来到宴上。今夜九霄没有盛妆，也没有穿艳丽的衣裙，只穿了一身简单的鹅黄裙衫，神态轻松自若，嘴角噙着一抹笑，就像当姐姐的去弟弟那里吃一顿饭那般自然。

　　青帝看到她轻松随意的样子，心莫名跟着一飘，与大毒物共饮的压力几乎忘光，眼中也蓄起闪着光的笑意，将九霄让到座上，也招呼余音在下首坐了。

　　桌椅均是以大木桩雕琢而成，虽不贵重，却颇有意趣。

　　娇美的蔷薇花精现身在花下，拨弄着箜篌的银弦，如水乐声在花间流淌。

　　席上一共就他们三人，青帝为人极为随和，压根没有因为余音卑微、微妙的身份而鄙弃他，言语十分和气。能看得出那和气不是装出来的，而是发自内心的一视同仁。在青帝的眼中，世间万物仿佛都是平等的，他以清澈的眼神看着所有人，似乎是一种天真，实则是拥有包容万物的宽广胸怀。

　　越是了解，九霄对于青帝的为人越是暗自欣赏。扪心自问，如果她是原九霄，在处于绝境的时候，将鸩令交与青帝这样的人，还真是个不错的选择。

　　三人闲闲地饮着酒，愉悦地闲聊着，九霄忽然伸手握住了青帝的右手腕。青帝吃了一惊，怔怔地望着她。余音更是变了脸色，愣在当场。

却见九霄温柔一笑，道："上次划伤了你的手臂，让我看看伤口好了没有。"

说罢不等青帝回过神来，已动手将他的袖子一路卷上去，露出人家的匀称小臂，快卷到手肘的时候，青帝涨红着脸，按住了袖子，道："上神，上次伤的是、是左手……"

"呃……"九霄眼巴巴儿地盯了一眼他的袖子，不甘不愿地放开了他的手臂。

青帝的小脸绯红，不敢正眼看九霄，默默地把自己左手的袖子卷上去，露出曾经的伤处——已然看不出疤痕了，道："有劳上神挂念，已然全好了。"

九霄扫了一眼，道："哦，好了就好。"已是对人家的玉臂完全没了兴趣。她心中颇是懊恼：到底该如何想个法子看看他的右手臂呢？她眼睛扫了一眼他的酒杯。如果他能快点醉翻，她或许可以趁机捋开他袖子看个明白……

一念及此，她举起杯道："多谢伏羲盛情款待，我敬你一杯。"

青帝急忙举杯，头脑还因为刚才上神的小骚扰事件有些犯晕，想也没想就先干为敬了。

然后就眼前一黑。

九霄和余音望着倒下的青帝，面面相觑。

他侧卧在地一动不动，难道是醉倒了？这才是第一杯啊！她抬头想叫人，却发现四周没一个侍从。这才记起侍从们都害怕她，青帝也不难为他们，早就叫他们退下了。

唯有蔷薇花下还有一只拨弄箜篌的蔷薇花精。九霄回头看了她一眼，小花精面色大变，嗖的一声钻进花里再不肯露面。

他这是怎么了？"伏羲？"九霄试探地唤了一声，弯腰拍了拍青帝的脸。他毫无反应。

余音也疑道："难道是上神又给他下毒了？"

九霄吃了一惊，急忙弯腰细看他的脸色。却见他呼吸均匀，没有身中剧毒的迹象，却是昏睡不醒。

昏睡不醒？！她突然记起刚才自己冒出的、盼着青帝快些醉翻的念头。

没猜错的话，应该就是那一念之间把青帝的杯中酒变成了蒙汗药。她的嘴角弯起一个邪恶的笑，第一次觉得鸩神的毒这么好使。

她直起身来，道："没错，是我下的毒。不过毒性不烈，只是把他弄晕而已。"

余音不解道："为什么要这样对他？"

九霄嘿嘿一乐，退开几步，对着余音示意道："余音，你去把他的上衣脱了。"

余音大惑不解："上神！您说什么啊？！"

九霄道："乖，听话，快去。"

反正都把他迷晕了，当然要趁此机会看看他的右臂上是否有鸩令，但又绝不敢让人知道她是在找这个东西。事关鸩族命运，就算是亲近如余音者，也不能透露。如果当着余音的面卷起青帝的右手袖子，是很容易暴露目的的。于是只好让余音把青帝的上身衣服脱了，这也好混淆视听……

她知道这等行为太过无耻，但机会摆在面前，不动手就太可惜了。

余音却是脸色阴沉，咬牙切齿道："我不干！上神您为什么总想着脱人家衣服！"

九霄哄道："哎呀，我就是看一眼啦。"

"为什么？！"

"呃……我是看他小子身材不错……"一边说，一边不堪地掩了掩脸。唉，真是豁出去了，不这样说又能怎样呢？

余音恼道："上神想看，余音随你看，为什么要看别人！"一张小脸怒得发青。

九霄只觉胸口一闷，恼羞成怒："你不替他脱，那我亲自动手了！"说罢举步上前，一对魔爪朝着纯洁无辜的伏羲伸了过去。

余音一把将她扯开，咬牙道："让我来！行了吧！"

九霄满意地点头。

余音怒横她一眼，粗暴地三下五除二将青帝的袍子扒到腰间，露出洁白中衣。

九霄恼火地蹙了蹙眉。这么暖和的天气，还穿这么多！她牙一咬，吩咐道："继续脱。"

余音黑着脸道："再脱下去就只剩肚兜了。"

九霄忍不住乐了："肚兜，哈哈哈……你是说青帝他穿肚兜吗？快接着脱，让我看看是什么颜色的……哎哟！"额头被狠狠敲了一下。

她捂着脑袋，对着余音怒道："你敢打我！"

余音横道："打你怎样！你杀了我啊！"

她怒道："我……我……你……你快给他接着脱，脱完了再杀你！"

"你先杀了我吧。"

她声音一软："余音乖，快点动手啦，你不动手我就亲自……"

余音气鼓鼓地道："只准看，不准摸！"

九霄举起双手："绝不摸。"

余音不情不愿地又将青帝的中衣扒到腰间——没有肚兜。可怜堂堂东方天帝，就这样被扒了个半裸横在地上，任一对"狗男女"看了个精光。

九霄两眼狼光闪闪，将他右臂的情形看了个分明，满意地道："好了，替他穿起来吧。"

余音脾气极坏地草草将衣服系回青帝身上，起身一把握住九霄的手腕，拉着她离开。他们走出老远才看到两名侍女。

九霄对侍女吩咐道："你们主子醉了，过去看一下吧。"

两名侍女依言去往席前，见青帝倒在地上，衣衫有些不整。两人对视一眼，面露狐疑之色，上前一阵晃，青帝悠悠醒转。

"唔……"他扶着晕晕的脑袋，道，"我好像喝多了……不对，我只喝了一杯。发生什么事了吗？"

侍女看了一眼他松散的衣襟，欲言又止。他顺着她们的视线，低头看了看自己，不由得又惊又疑："我睡着的时候，发生什么事了吗？"

侍女回道："奴婢不知道。上神九霄让奴婢们过来后，您已经躺在这里了。"

他把衣服掩掩紧，愣了半晌。他忽然想起了什么，来到蔷薇花下，唤道："花精，出来。"

蔷薇现身，粉嘟嘟的脸蛋上还挂着惊魂未定的神情。青帝问道："刚才发生什么事了？"

花精拿袖子掩住脸，道："奴婢不好意思说。"

青帝更加惊疑："直说无妨，不得隐瞒。"

花精羞涩道："奴婢看到那位上神令手下为您宽衣解带……"

青帝大惊："然后呢？！"

"没有然后了。"

"嗯？"

"她就是看了看您的身段，就让人又替您把衣服穿回去了。"

次日九霄悠悠然来找青帝喝茶时，他先是在里屋躲了一会儿，待脸上红潮褪去才走出来问候。结果刚打了一声招呼，脸上又压不住地起了红潮。

九霄却是面色坦然，跟什么都没发生过一样，道："你是司春之神，宫中必有上好的春茶，挑好的沏一壶来。"

青帝忙命人去弄，与九霄对桌而坐，只觉有些手足无措。

九霄跟没事儿人一样儿有一搭没一搭地跟他闲聊着，他却终于忍不住，鼓了鼓勇气，憋出一句："上神，昨晚……"

"啊，昨晚。"九霄轻松接过话头，"你一杯就倒，酒量真差。我觉得好没意思，就先回去了。"两眼无辜地看着他，显然是不打算提那猥琐的行径。

青帝心中一阵憋屈。这是始乱终弃的节奏吗？！

她不认，他也不好再提，一杯茶灌下，眼泪汪汪。

第十八章　结盟

九霄全然没有在意青帝纠结的模样。因为之前验证了他身上并没有鸩令，心情格外轻松。

以目前的情形来看，那个持有鸩令的人，不管原来的九霄多么信任他，如今已是十分可疑。这个人并没有在她苏醒后主动归还鸩令，多半是不怀好意。

鸩令不在她颇有好感的青帝身上，这让她十分欣慰。她眼中噙着笑，扫了青帝一眼。他的目光不小心与她对上，更加心跳如擂鼓，面若桃花，那沉寂了几千年的心，忽然有些按捺不住的萌动。

只见九霄抿了一口茶，忽然问道："伏羲，上次我如果大病不治……"

他等着她的下半句话，眼中是掩不住的温柔。

却听九霄接着道："你将会如何对待瑶碧山？"

青帝对这句突如其来的问话猝不及防，一口水呛到。他抚着胸口顺了顺气，后知后觉地发现自己想太多，而且完全没有把握住鸩神的思路。他果然还是太天真了。鸩神卸了那艳到魅人的妆，给了他太过明亮的错觉。

鸩神果然还是可怕的。

青帝收了收那有些收不住的心，苦着脸道："上神，您这不是好了嘛，不要说那种晦气话，说点吉利的好吗？"

九霄冷冷地道："正面回答。"

青帝愁苦地思考了一下，想给出个完美的答案以免触怒上神。但思考过后，觉得风险无可避免，他索性直说："若上神不测，瑶碧山在东方天界境内，必然会由我接管。"

"你会如何待鸩族子民？"

"我会尽力约束，如果不能约束，只有……"他忐忑地看了一眼九霄。

"令其灭绝。"九霄接话道。

青帝苦起脸："上神息怒。自古以来鸩类只臣服上神，突然换主，必不能约束。它们又个个身怀剧毒，也容不得慢慢收服。我不是嗜杀的人，在那之前，必然想尽办法管束治理。真走到那一步，必然是被逼无奈。"

九霄道："我没有发怒。其实不用你说，我早就知道。我再问你，若我不测，鸩军将会如何？"

青帝看着她，目光有些异样，半晌才道："鸩军如何，难道您自己不知道吗？"

九霄反问道："我该知道吗？"

青帝道："那是。您把鸩令托付给了谁，唯有您自己知道。"

九霄眼中微光一闪："你怎么就知道我把鸩令给人了？我上次修……修炼出事，事发突然，根本没来得及把鸩令授与他人呢。"

青帝一笑："这种说法，不管别人信不信，反正我不信。"

她盯着他的眼睛："为何？"

"上神是何等人物？出事再怎么突然，也绝不会置鸩族于绝境。否则，您就不是上神九霄了。我认为您必定已把鸩令托付于人，而且是托付给了您觉得可靠之人。"头一抬，他笑笑地看着她，"只是，这个人是不是真正可靠，上神心中真的有数吗？"

九霄表面上不敢流露出半分迷茫的表情，端起茶来抿了一口，掩饰眼底的波动。

沉默的片刻，心思千回百转。

这段日子，与问帛偶尔会聊起天界政事，让她感觉颇为不安。尽管目前看来天界四方互相制衡，对黄帝俯首称臣，但平静之下，似是隐着无声的波动。哪天若是压不住掀了出来，不知天界会有什么样的巨变。

她虽是个冒牌鸩神，却也想保鸩族安泰，给自己保住这个立足世上的身份。

可是她对政界的阴晴难以捉摸，需要找个盟友。

她最先想到的，便是青帝伏羲。

她这次登门拜访并赖着不走，并非只是为了向伏羲赔礼，也不仅仅是为躲避凰羽，还有一个更重要的目的，那就是想结交个盟友。

之前她曾把自己认识的几位大人物排了个队。黄帝轩辕，天界之尊，与四方天帝之间唯有臣与王的关系，万不可奢望什么结盟。黑帝颛顼，看上去儒雅风流，却总有些说不清道不明的不良感。金帝少昊，手握重兵兵权，与他走得近了，难免会让黄帝心生疑忌，再者说，这位少昊一副刀枪不入的冷峻样子，她不喜欢与太冷的人说话。

炎帝神农，连上门求诊都拒绝，必然是不好相与的，要以后再找机会慢慢了解。

青帝伏羲就不一样了。她与青帝只有一程之缘，却凭着直觉感觉此人心地宽厚仁爱。

所以说，上神九霄想了那么多，选人的标准其实就一条：凭直觉。

当然九霄也是有顾虑的。宽厚过度了就是中庸无能，一个中庸的盟友等于没有，因此有了以上谈话中的试探。寥寥数语中，她捕捉到了这个后生小子的锋芒。

她很满意。这小子，可以结交。

她的嘴角悄然弯起，片刻后又消隐。她心中对着原来的九霄叹道：上神九霄啊，如果你当初把鸩令交于这样的人手中该多好。你究竟是将它给了谁，为谁所背叛？

她幽幽地冒出一句："伏羲，若让我再选，我会选择将鸠令托付于你。"

青帝抬头看着她。

她也看着他，道："你会接受吗？"

鸠令，野心者会垂涎它；而对于无野心者，却是危险又沉重的负担。

他沉吟一会儿，答道："我会。"

她的脸上现出微笑，两人四目相对，心下了然。有此一问一答，已是默契盟约。

茶话会愉快地接近尾声时，九霄想起了一事："对了，我这次来还有件事，想问问你能不能帮忙。"

青帝道："请讲。"

"我上次大病之后，留下了点病根儿。体内毒素总是控制不好，常会无意识地给人下毒。据族中医师说，这个毛病，恐怕是唯有炎帝能治。"

青帝手一抖，手中杯子险些摔了。他默默地把杯子放回桌上，不敢再喝一口。

九霄接着道："我上次投了帖子想要去南方拜访，却被炎帝回绝了。其实我只是请他给我诊断一下，能治就治，不能治就算了。不知你与他的交情如何？能否帮忙说一说？"

青帝道："我与炎帝交情还好。我写封书信您带去，他或许会给我几分面子。"

"有劳了。"

这一夜夜深时，一只青紫羽色的鸟儿飞入九霄下榻房间的窗隙，落地化为人形，问帛跪地行礼："参见上神。"

"起来吧。"九霄问道，"有什么事吗？"

问帛先是给房间下了禁制，这才说道："凰羽尊上临走时，指点属下去查看一个去处。"

凰羽离开后，问帛便去了凰羽所说的那个通往西山韵园路上的高山山隙。

那是两座高峰之间的一道狭窄缝隙，两山之间仅有十丈宽。如果想经此去往韵园，唯有飞得高些从峰顶越过。如果懒得升高，就会从这缝隙之中穿过。

问帛飞进这道山缝里，收翅落地。缝隙十丈宽、四十丈长，两侧崖壁若刀削斧劈，风从当中尖啸着穿过。在岩壁上，她看到了焦黑的新裂痕，不知是什么原因造成的。这种裂痕遍布了整个山缝的崖壁之上，脚下的泥土里散发着淡淡血腥味。

可以想见，这里不久之前曾有一次恶战。

在瑶碧山内，她鸩族的地盘上，这样一场恶战，鸩族人居然完全没有察觉，防护结界完全没被触动。那么只有一种可能，这场恶战是在阵法中进行的，天崩地裂，刀山火海，尽被藏在扭曲的空间里，外面的人毫无知觉。而这个布阵之人的身份有三种可能——

一是此人灵力极高，可以压制防护结界得以毫无痕迹地出入瑶碧山。

二是此人是被允许的自由出入者。

三是此人原就在瑶碧山中。

问帛顺着石缝缓缓步行，目光捕捉到一抹金红。一根羽毛静静地躺在地上。问帛拈起这根羽毛，它的色泽红中泛着金色，细长、柔软。

说到这里，问帛取出捡到的那根细羽，呈到九霄手上。

九霄捏着这根细羽，久久不语。

这是凤凰的羽毛。凭着前世无烟对凰羽的了解，她确切地认出了它，并知道这根细羽应该是生在他的颈下的。这是凰羽掉落在那里的。他的内伤，应该也是在那里遭受的。她微闭了眼，将凰羽近两次造访瑶碧山的过程捋了一遍。

那次她偷偷溜往西山韵园，途中与他的巨鹏相撞。他将她送往韵园，回程的路上莫名绕了个圈，多走了些路。当时她以为他只是揣着小心思，有意拖延两人独处的时间罢了，她问都懒得问，只装没看见。此时细细想来，他应是故意带她绕开了那道山隙。可能就是那个时候，他察觉到了山隙中有异样吧。

随后他离开，两日后又出现在碧落宫，身上还带了伤。她只当他去而折返，现在看来，难道那两日他根本没有离开，只是去山隙中探查时被困在了阵中，从而受了伤？

这样说来，之后他刻意留在碧落宫中不肯走，难道也是因为知道瑶碧山内有潜伏的危机，所以刻意留下盯着的？

正因为他那般留意，所以才在之后的一个晚上，捕捉到了园中的异样，赶去察看时，恰巧被从阵法中突破出来的她误伤。

将这些事情捋清，九霄的心中五味杂陈，闭着眼睛，久久默不作声。再睁开时，眼底恢复淡然清明。

她淡淡道："倒是有劳凤羽尊上费心了。回头送些谢礼去。"

"是。"问帛道，"种种端倪表明，有人要对上神不利。属下实在担心。还希望上神能回瑶碧山，毕竟家里最安全。"

九霄冷笑道："那个人在瑶碧山出入自如，频频布阵，就像在自己家一样，我回不回去还不是一样？你安排的明卫暗卫已足够多，我又留了心，他若想再动手，也没那么简单。我想过了，要想寻回我们丢的东西，在瑶碧山坐等就是坐以待毙。还不如出来逛一下，说不准就自动送到眼前来了。越是光天化日之下，对方越容易暴露。我倒想看看，谁敢在光天化日之下挑战鸩神。"

问帛也觉得有道理，遂应道："是。还望上神一切小心。鸩军那里，我会盯好。"

后来发生的事却证明，她们低估了情势的凶险、对手的毒辣。

次日上午暖阳融融，九霄收好青帝的书信，就此告辞。青帝目送车队腾云远去，心底有隐隐担忧。关于这位上古鸩神的传说，无不环绕着可怖的神威，就是萍水相逢也要低头相让，敢上前招惹她的，据说都化为飞灰了。他原不必担心的。

可是为什么接触几次之后，感觉这位鸩神与传说中很是不同，还颇有些不靠谱，让人放心不下呢？

他心中萌动着想要随程护送的想法，但自己毕竟是东方天帝，无端进入南方天界会引人非议。

他招了一下手，一名暗卫从树丛中现身。

青帝道："情形如何？"

暗卫禀道："这几日有两次有人试图潜入，形迹可疑，身手很是不凡，没能捉住一个。"

青帝点头道："带上你的三十名手下，护她安全抵达。"

暗卫奉命而去。

九霄的车队在东方天界的大陆上空一路顺行，两日之后的傍晚，抵达一处海峡的岸边扎营歇息。这片海峡宽一百多里，纵深入大陆千余里，隔断了东方、南方天界两块大陆。

当夜派出的一队人先飞越海峡探路，次日清晨返回营地，跟九霄禀报说海上风平浪静，一片安宁，可以过海。

凤辇车队便在朝阳映照下启程，轮下祥云环绕，俯首看去，脚下的碧蓝海洋反着光。

车队行到海峡中央时，坐在凤辇内出神的九霄突然感觉一丝冷意掠过脊背。她警惕地坐直了身子，出声命令道："停止前进，防卫。"

车内车外的侍者都个个训练有素，瞬息间各就各位，布出防卫阵法，手中均亮出鸩族特有的三叉毒刺。九霄眼神若寒潭沉冷，虽静坐不动，却莫名笼起冰冷杀意，一层禁制无形无息地自她身上散发开来，将整支队伍环罩在内。

同在车内的余音脸色微微发白，却是没有露出惊慌之态，静静地坐到车角，以免令上神碍手碍脚。

九霄看了他一眼，吩咐身边的一个女卫："你，负责护好余音。"

女卫应令走到余音身边。

整队凤辇静静地浮在半空，头上乾坤朗朗，脚下碧海安宁，一切都如此平静。然而九霄敏锐地感觉到，这平静背后隐匿着巨大危机。这种能力，或者是说直觉，是在前世三百年间上天入地寻找凰羽魂魄碎片的过程中练就的。

一股微风轻轻掠过。

风能进入到上神九霄的禁制中，必然是凶险的杀机。仿佛是一瞬间，杀戮如寂静中被踢翻的酒，血腥弥漫。那股微风化作夹着千万条利刺的风暴，视野之内天昏地暗，空气中生出无数覆着白霜的尖锐利器，密雨一般带着尖细呼啸刺向侍卫们。

几乎在同时，九霄手中祭出三叉毒刺，冲破车身而出。漆黑毒刺泛着暗光，数万年灵力凝于刺尖，万千白色利器被斩为齑粉。

这时她也看清了这些利器其实是冰锥，由一股透着暗黑的旋风把海水卷起，半空化作的利器，每根锥上都在诡异的灵力下附着可怖的杀伤力，寒意侵骨，锋利异常。身边时不时传来痛呼，频频有侍卫的身体被刺穿，血色喷溅，跌落到翻着怒浪的海水之中。

这样密集的、无穷无尽的攻击，使侍卫们布出的阵法无用武之地，很快就零落不堪。九霄心中悚然，这种冰锥本不可怕，可怕的是其来自海水，源源不断，终会耗尽他们的体力。

这个阵法，分明是要置她于死地。

外围隐隐传来呼喊声，九霄原以为是敌，凝神看去，却是一帮人在帮他们努力挡掉一些冰锥，虽然明显力不从心。

她顾不得去想这莫名冒出的帮手从何而来，凝神发挥自己体内强大的灵力。冰锥的袭击有那么一会儿被她逆转得有些乱套，但风云深处，看不见的敌人亦是发动了更强力的袭击，鸠族近百人的队伍外加不知哪来的数十名帮手，很快就只剩下了三十几人。

这冰锥阵中，九霄原本有能力自保，眼看族人一个个惨死，不免又怒又急，急于突围，去将那隐在暗处的敌人揪出来，不免心神浮躁，频频露出破绽，应接不暇。这时候她意识到自己太轻敌了。这个藏在暗处不肯露脸的对手，目的在于置她于死地，并且有能力置她于死地。

冰锥阵的外面突然隐隐出现红色火光。她透过密集冰锥看去，见有一条火龙与那股卷起海水的黑色旋风缠斗在一起，海面上掀起滔天巨浪，大部分冰锥尚未投入阵中就在半路被火龙融掉了。

九霄心头一喜：这群帮手实力不错啊！

背后冰锥破空发出的尖啸之声中隐隐有一声急唤："上神小心……"

不过瞬息之间，一个人扑在了她的背上，紧接着是躯体被刺穿的声音——背上人的身体和她自己的身体被刺穿的声音。

她不觉得疼痛，只觉得冰冷的麻木，清晰地感到数寸长的一截冰锥尖角戳入了自己的后背。

她侧了一下脸，看到余音的脸搁在她的肩头，眼睛看着她，眼神清澈，睫毛如困倦一般眨了一下，安静地合上。

她的脑海一片空白，已然不知道什么是怕、什么是疼。

她反手推了一下，冰锥的尖角从她身体中抽离，她几乎没有感到疼痛，冰锥附着阴邪之气，冰封了伤口的血液。

她也不去管，如同自己没有受伤一般，转身接住了余音。那根手臂粗的雪白冰锥贯穿他的胸腔。

她这才感觉伤处瞬间剧痛，但那痛也仿佛不是来自自身，而是来自余音。低头看着余音倒地时已然合上的眼睫，她的眼瞳变为墨绿的颜色，空气中突然燃起绿焰，袭来的冰锥嗤嗤化作水汽，剩余的鸩族侍卫和无名帮手们猝不及防，在上神九霄的恐怖绿焰中化作灰烬。

海面蔓延开一片绿火。火海之中，唯有九霄和她手中抱着的余音没有被绿火殃及。

她的神智已然迷失，全然不知这片绿色毒火的边缘处有一个人在挣扎。

火海之外，一个男孩哭着叫道："尊上、尊上、尊上，再努力一点就能出来了……"男孩是三青，凰羽的侍从。

那个在绿火中挣扎的人正是凰羽。三青看着凰羽在绿火中烧得乱滚，虽急得要死，却不敢上前拉。三青只是个精灵，修为浅，鸩神的毒焰火海别说闯进去救人，离得近了也会化为灰烬。

幸好凰羽终于逃了出来，浮在海上几乎失去意识。他的皮肤头发完好无损，五脏六腑内仍有绿焰在燃烧，不一会儿，他身边的海水都被烫热了。鸩神焰毒不同于一般的火，修为浅的中了瞬间化灰，修为高的中了，是从里向外慢慢烧，看着不动声色，其实五脏俱焚。

三青哆嗦着，抱着他滚烫的身子抽噎道："尊上别急，我这就带尊上去求医。我们去炎帝那里，尊上一定会没事的……"

凰羽却推了三青一把，张嘴，嘴角冒出绿色焰苗，嘶哑着声音道："去请青帝。"

三青道："请青帝做什么！他又不会医！"

凰羽痛苦得说不出话来，拿手指了一下绿色火海中九霄的方向。

三青怒道："尊上又是为了她！您一路悄悄护送，又被连累受这重伤，已是仁至义尽了。这次是连命都不要了吗！"

凰羽眼神一厉，嘶声道："快去。"

他被毒焰焚身，每说一个字都痛苦非常。三青又疼又气，含着泪道："不救她您便要跟着死吗？！好，我去叫青帝，您一定要撑住，等我回来。"现出三头鸟原形，疾速飞向广生神殿。

半浮在海面的凰羽，转眼望向绿焰火海中那个隐隐的身影。她的背部被血浸湿，跪地抱着那个男宠一动不动。他知道，九霄现在身有重伤，神智近疯，以自身灵力幻化出一片火海，若是没有人来救，她可能会让火这样一直燃下去，直至灵力耗尽而亡。

离得最近的、能够救她的，唯有青帝。

这场水上的大火烧了一日一夜也没有熄灭。

青帝得到三青的消息急忙赶来，把报信的三青甩得远远的，先一步到达海上。他撑着一个护身结界，坚持靠近火海中央的两个人时，已是发梢焦枯、唇色发青。

"上神……"青帝用虚浮的声音唤道，"九霄，你清醒一下。"

九霄跪在地上，一只手托着余音的头，另一只手扶在他胸口露出的半截冰锥上，半晌才茫然抬头望过来。

尽管有结界护身，青帝还是被毒焰侵得有些撑不住，抖着声音道："九霄，你别这样，把毒焰熄了好吗？"

九霄的眼神是散的，嘴角沁着血，用微弱的声音答道："我不敢熄。一旦熄了，敌人就会袭来。"

"我来了，你不必担心了。"

她仰脸望着青帝，眼中闪起一点光彩，忽然惊道："伏羲？你来了？"

他的眼中闪过怜惜："你才认出我来么？没事了，冷静下来好吗？"

她的眼中滑下两道泪来："伏羲，救救余音好吗？"

随着泪滴滑落，绿焰火海终于渐渐熄了下去。青帝散去结界，踏着水面走到他们身边，伏身察看余音的情况。冰锥从他的心脏处洞穿而过，可想而知，他的心脏已然是破碎了，已经没有了气息。

"九霄，他死了。"青帝轻声道。

"没有。"九霄摇了摇头，眼中闪着点灼热的疯狂，"你看，从一开始，我就用左手抵着他的颈后给他输入灵力续命，右手扶着这根冰锥，以灵力维持它不融化掉，伤口都冰封住了，他的体温也随之降到冰冷。所以现在他没有死，你想想办法，一定能救他活来。"

青帝的手轻轻抚上她的肩："没用的……就算是冰封着将他送去就医，心脏破碎了，融开的一瞬间就会真的死去，哪有时间救他？"

"不行、不行。"九霄摇着头，泪如雨下，"必须要救活他。伏羲，我告诉你，我曾经疑心于他，一直疑心于他。他其实很聪明，肯定看出来了。我不能让他带着冤屈死掉，我必须要救活他。你帮帮我、帮帮我。"

青帝看着她，有疼痛从心底泛上来。

"好。"他说，"你松手，让我以灵力冰封这冰锥。你也伤得很重，把灵力收起来，休息一下好吗？"

看着青帝的手扶在了冰锥上，随后余音的全身都结了一层白霜，她放心了些，终于抽回了自己的手。灵力瞬间涣散，眼前一黑，她向前跌去，跌入青帝的怀中。

三个时辰之后，被青帝远远甩在后面的三青才扑棱着翅膀来到事发之地。火海已熄去，唯有海面上漂浮的大量死鱼证明着这里发生过灾难。他四处张望，顿时慌了。

他没有看到凰羽的踪影。这时他想起到广生殿通知青帝时，青帝只听了"上神九霄"四个字便箭一般冲得没了影，大概是压根不知道凰羽也重伤遇险。

那么凰羽带着未熄的鸩毒绿焰，去了哪里呢？

海面上回荡着三青带着哭腔的呼喊，弦月清冷浮升，又寂寂落下。

第十九章

失明

　　九霄仿佛被钉住了。她清清楚楚看到一根冰锥贯穿自己的胸口，心脏被碾为碎片。

　　心口传来灵魂被绞碎般的痛苦——那不是疼。

　　这种痛苦叫作悔。

　　从一开始，她就是不信任余音的。他再温存、再顺从，她也感觉他的眼中藏着一星半点看不透的东西。她知道他是个柔弱的凡人，曾暗暗试过，他真的没有一丝一毫的灵力，只是脆弱的肉体凡胎。

　　可是她还是存着一丝放不开的疑心。她总感觉他是一条细弱的线，线的那一头系着不明不白的东西。所以，她没有果断地清除他，并不是不疑心他，而是想看看这条线究竟能扯出什么。甚至她还疑心过鸩令在他那里。

　　这条线却断然掐断了他自己。

　　他用他脆弱的凡人的躯体挡住了她身后的凶器。

　　冰凉的眼泪滑下，落在胸前露出的冰锥上。她低下头，看到冰锥的表面光滑如镜，映出她的脸。她忽然看到那不是她的脸。

那是凰羽的面容。

为什么会这样？

然而，片刻之后她就心领神会了。此时她在梦境中感觉到的，是凰羽的心情。是她因为余音的死，联想到无烟死去后凰羽的感受。

这是一种宁愿死去，却是死也不能赎的罪。

这一瞬间她知道自己是在做梦了。梦中的她静静地俯视着冰面上凰羽的面容。

但愿不要像凰羽那样走到无可挽回的地步。

但愿余音能活过来，不要死。

有微凉的手指抚过她的眼角，替她拭去泪水。她慢慢地睁开了眼睛。手向上一抓，她握住了一只手，问道："余音？"

那人没有作声。

她急切地问："余音，是你吗？"

那个人还是沉默着，半晌才用努力压抑着的震惊的语气问道："九霄……你，看不见我吗？"

她这才听出是青帝的声音。

"余音呢？余音呢？"她完全没有在意他的话，只急切地追问着，身体往上一抬，却被背部传来的疼痛扯得又卧了回去。

"炎帝在救他。炎帝说有三分生还希望。"青帝安抚地按住她的肩，手悄没声息地在她的眼前晃了晃。

她的一对眸子睁着，眼神却是涣散的。他心中暗惊，对旁边的药童吩咐道："去请炎帝来，就说上神九霄醒了。"

药童领命而去。

炎帝很快来了。他踏进屋内的时候，青帝一手握着九霄的手，另一手朝炎帝做了个手势，比了比自己的眼睛。

炎帝脸上闪过一丝诧异，走近榻前，道："九霄，你醒了。"

那是略显苍老的声音，语气并不十分陌生客套，可见原来的九霄与他也是有来往的。

九霄急忙问道："是炎帝吗？余音怎么样了？"

炎帝道："他本是凡人，受这样重的伤，原是命数该绝。不过你既然把他送到我这里来，也是机缘给他的一线活路。他的心脏已是碎了，我用一颗千年妖丹暂时顶替了。就是不知他肉体凡胎，能不能受得起这颗妖丹。此时他正泡在药水之中，十日之后能不能醒来，就看他的造化了。"

九霄听说余音还有救活的希望，紧揪着的心才放松了一点。

而炎帝不动声色地把手指搭在她的脉上，然后又俯身仔细看了看她的眼睛。她的眼睛仍是目光涣散地睁着，视线没有焦点。

炎帝蹙眉问道："九霄，你的眼睛什么时候受过伤？"

她一怔，这才意识到自己的眼睛是睁着的，而眼前一片漆黑。刚刚只急着挂心余音，她竟没有留意到。她把手指抬到眼前虚晃了几下，确定是看不见了。

她又失明了吗？

之前中埋伏的时候，不记得眼睛受过伤啊。

却听炎帝道："我看你的眼睛像是曾受过很重的伤，留下了隐疾，此次灵力损耗过度，又引得旧伤复发了。你上次受眼伤为什么不来找我？若当时给你完全治愈了，今日就不会发生这种事。"

青帝疑惑道："上神若受严重眼伤，怎么会被耽搁？鸩族中的长老们都是做什么吃的？"

九霄茫然听着，不敢多说。原来的上神九霄有没有受过眼伤，她并不清楚。

她心中忽然冒出一个疑问：难道"上次的眼伤"，竟是被剜目的无烟留下的吗？

她再次陷入了无烟与九霄究竟是不是同一人的纠结之中。

炎帝和青帝见她神色木木的，以为她有隐情不愿透露，遂也不再追问。青帝忧心忡忡地问炎帝："那炎帝能否将她的眼睛医好？"

炎帝道："可以医。就是慢一些。"

青帝松一口气："能医就好。"手一直握着她的手，忘记松开。

"伏羲，我想去看看余音。"九霄道。

青帝温声安抚："你自己伤得也不轻呢，现在不能起床。再说你眼睛现在还不方便，去了也看不见他。不如我先替你去看看。"

她犹豫一下，道："好。你替我带话给他，要他一定醒过来。"

"好。"

听到门被轻轻合上，她一直紧绷着的精神放松下来，忽然感觉非常疲惫，四肢百骸如被碾压一般。她心想：这上神的体质也不过如此嘛，受这点小伤就这般不济。片刻便昏昏沉沉，人事不省。

青帝与炎帝并肩走出很远，不约而同地站住了脚，对视一眼。

炎帝看上去是六七十岁老人的模样，头发胡须花白。而青帝知道，虽然炎帝已有十五万岁高龄，却也像其他神族一样，以灵力维持着年轻的外貌。不过几年之间，竟老态龙钟。

之所以会这样，并非因为炎帝天命已近，而是几年前遭遇暗算，受了很重的伤，灵力损得只剩一成。这也是这几年他闭门不见客的原因。而这件事外界少有人知道，青帝也是此次登门才知晓的。

青帝看他的脸色凝重，心跟着一沉，道："炎帝，您方才给她诊过脉，就没有什么转机吗？"

炎帝长叹一口气，道："她上次心头血逆流毒发，已是给心脉留下损伤。这一次那冰锥的尖角又刺破了心脏，幸好附了邪力的冰温度极低，使得毒性没有很快扩散。之后她又以灵力燃了一日一夜的毒焰，心脉可以用千疮百孔来形容，心头毒血随时会蔓延开要了她的命。现在虽是以灵药压着，稍微活动，或是激动些，都可能毒发。"

青帝急道："您医术那般高超，余音的心脏没了，您都能给他找东西替换，难道就没有办法救九霄吗？"

炎帝道："鸩神的体质，岂是凡人能相提并论的？一颗妖丹可以救余音，对于鸩神却如星火入海，无济于事。若放在我受伤以前，我可以以自身一半的灵力辅以灵药，将药力输入她的血脉中，或可有救。可是现在的我……"

他苦笑着摇了摇头。

青帝忙道："我的灵力在啊，用我的啊。"

炎帝作了一揖："你为救他人生命，竟甘愿付出自己数万年修来的灵力，值得佩服。但是施灵力者必须精通这种医术，你从未习医，三百年也未必学得会。"

青帝一颗心若沉入深渊。他清楚，普天之下，恐怕没人能医好九霄了。

忽有一个青黑大翼的鸩族女子落于二人面前，行礼道："鸩族问扇，见过炎帝殿下、青帝殿下。"

问扇是鸩族第二长老，为人有些刻板，却十分精悍。她将一个小瓶和一枚玉简呈与炎帝。

炎帝接过这两样东西，问道："问扇长老带了多少人来？

问扇道："五百人。"

炎帝点头："你们尽管布置防卫，我这边也会增派卫兵。必会护上神周全。"

问扇领命而去。

炎帝将玉简收起，把小瓶递与青帝："劳烦你给他送过去吧，口服即可。"

这里叫作百草谷，距离炎帝的炽阳神殿很近，是炎帝用来专门收治病人的地方。山谷中遍地珍奇药草，坐落着一处处舒适小院，远看倒像一个祥和山村。

青帝带着小瓶走回九霄住处，却没有进九霄的房间，而是折向东厢房。

他推门进去，看到一张寒玉榻上的人蜷着身子卧着，口鼻乌青，面容憔悴，指甲已变黑了，身下的寒玉床面竟被烫得裂开，出现裂纹。这正是被鸩毒之火灼得奄奄一息的凰羽。

三青在海上哭着找了两日两夜才遇到了这片海域中的龙王，身后拖着晕迷的凰羽，正哭丧着脸想把他送往炎帝那里去医治。一路拖，一路有被烫死烫晕的鱼虾翻着肚子浮上水面。原来是凰羽昏迷沉入水中，身体高温煮熟了水中的鱼儿，巡海的虾将这才喊来了龙王。

前几日海面上莫名展开一场神族斗殴，殃及海族子民无数。好不容易等到这水面上的毒火熄了，龙王刚松一口气，又发现还有这么个火炭般的大麻烦，心中好生恼火。但他走近了一看，认出此人竟是羽族族长，身份了得，不能不救。

龙王想将他冰封住，那冰却瞬间被热力融化，只好送去求医。三青和龙王将凰羽带到炎帝神农的百草谷时遇到青帝，青帝这才晓得凰羽在事发地。

炎帝赶来，一看就知道他是中了九霄的鸩毒。鸩毒除了鸩族的独门解药，天下无药可解，就是他炎帝也没有办法。他原指望在九霄身上能找到解药，不料她随身带的解药在那场战斗中掉落了，只好以玉简传信去鸩族求解药。及至解药送来，已是又过去了两个日夜，凰羽勉强以灵力压着毒火，却已是吃足了苦头。

青帝拿着小瓶，递给泪汪汪守在旁边的三青。三青急忙将这解药给凰羽喂了下去。

药水一入口，凰羽整个人从里到外结了一层冰霜，从火的地狱瞬间跌入冰的地狱，晕死过去。三青哪见过这么霸道的解药，还以为主子又中了另一种毒，吓得哭起来。

青帝安慰道："莫哭，鸩神的解药就是这样的，过一阵就好了。"

他说罢叫了人来，将凰羽的床榻换成木床。三青又抱了几床被子来将凰羽裹住。青帝就坐在了离床边不远的椅上，静静地等他醒来。

两个时辰以后，凰羽的眼睛微微睁开，尚不能聚焦，视线内只隐约有个模糊的人影。

他发青的唇微微动了一下，无声地念道："无烟……"

青帝道："你醒了。"

凰羽渐渐清醒，视线也渐渐清晰，看清了对面的青帝。

青帝支着下巴看着他，道："为什么你会在那里呢？"

凰羽的嗓子干，说不出话来。

青帝道："上次天帝寿筵那一次，我们在渊河遇妖，你恰巧出现。这次九霄遇险，你又恰巧在场。你是在暗中护送她吗？为什么？"

他知道凰羽此时发不出声来，就接着道："听说你去世的那位夫人是个红鸩精灵，是这个缘故，你才有意接近她的吗？"

这时三青端着碗给凰羽喂了一点水，他才能出声。

他用沙哑的嗓音道："不要告诉她我在那里。"

"为什么？"

"她不会愿意知道。"因为嗓音喑哑，语调显得分外苍凉。

青帝静静看着他，眸底暗沉。他忽然道："你是将她当成了你原来的女人了吗？"

凰羽没有回答，只问道："她如何了？伤得重不重？"

青帝只觉心口郁堵，站起来向门外走去，走到门边时又站住了，道："我很后悔顾及太多，没有像你这样随行护她。"

凰羽听得心中一沉，拼命撑了半个身子起来，追问道："她伤得很重吗？"

青帝道："炎帝自会想尽办法。你好好歇着，自己先好起来再说。"

凰羽的身子向前扑了一下，挣扎着想要下地，手脚依然僵硬着，若不是三青接着，险些一头栽到床下。三青硬将他按了回去。

青帝回身看了一眼，无奈地摇摇头，走出门去。

另一处院内，炎帝下了禁制，将鸩族传回的玉简以灵力开启。之前以玉简给鸩族问帛长老报信时，他并没有隐瞒九霄的危急情况，已将她命在旦夕的严重性悉数告知，以让鸩族有所准备，并表明自己会尽全力医治。

玉简带回了问帛长老的回复。问帛郑重地将九霄暂时托付给了炎帝，并说九霄的生命决定着鸩族命运、天界太平，请炎帝一定要医好她。她还提及了有人曾在瑶碧山内布杀阵，出自修火系灵力者之手。最后，问帛长老似乎是犹豫了一阵才加了四个字：鸩令遗失。

古书中记载"创世之初，炎帝神农尝百草之滋味、水泉之甘苦，令民所避就。当此之时，一日而遇七十毒"，他"不望其报，不贪天下之财，而天下共富之。智贵于人，天下共尊之"。在这生死关头，问帛选择了相信炎帝，把这个惊天隐情透露给了他——鸩令遗失。

炎帝读完，将玉简握在手心，轻轻一捏，化为齑粉。鸩令遗失，九霄一旦出事，就要引发巨变。

数百年来天界之中隐而不发的异动，难道会以九霄的安危为契机爆发出来吗？

问帛说瑶碧山内布的是火系灵力阵，而九霄此次遇险，行凶者用的似乎又是水系灵力，敌人的面目和派系越发混乱模糊。

尽管尚且猜不透前因后果，他却意识到，九霄，必须安好。

可是他无能为力，心中阴云笼罩。

两日过去了，九霄虽然还是觉得浑身无力，却总想要起来走动一下。炎帝亲临再严厉地下了一遍医嘱，她才老实一些。

炎帝一走，她又蠢蠢欲动。问扇扶着她坐起来，背后垫上一个软垫子让她靠着。九霄央告道："问扇，带我去看看余音。"

问扇答道："炎帝说过您不能移动。"

"你背我啊。"

"背也不行。"她冷冷地拒绝。问扇是个瘦削到带几分凌厉的女子，表神也冷冰冰的。九霄虽然看不到，但从她说话的语气中也想象得出这货的可恨表情。

她恼道："我命令你……"

"属下是为了您好。"问扇一对描绘得跟问帛一样乌青的眼中，目光冰冷而坚定。

九霄哀叹道："我手下这都是些什么属下啊，一个个的不听话。问帛就够不听话了，你比她更不听话。"

问扇蹙眉道："属下只知道忠心，不知道听话。"说完冷冷地又补一句，"您又看不见，去了也白搭。"

这什么属下啊，说话这么直来直去的，好伤人！九霄挥去一把委屈泪，朝着眼前的黑暗伸出手去："问扇啊，我很想他啊，看不见没关系，我摸一下他的手就好……"

问扇看上神的一双手在身前虚虚地划拉，眼神空洞，心中也不由得暗暗一酸，万年不动的冷黑脸也有些动容。但上神现在身体太弱，炎帝已在背后暗暗说过她的状况实在是不容乐观，尤其近几日是下不得床的。她心一软，伸了自己的一只手过去。

九霄捉住这只手揉捏着，捏了几下，感觉实在是干瘦硌手，更怀念余音修长柔软的手指，心中更悲伤了。

青帝的嘴角不由得弯起一抹笑意。他走近几步，有意放重了脚步。九霄转脸向门口，门边透入的光半点也映不进她的瞳中，问道："是谁？"

他忙答道："是我，伏羲。"

她失明后的样子让他每看一眼就心中疼痛得紧揪起来。幸好他能把说话的声音很好地掩饰住，语气轻松温暖。

他走到床边，极自然地接替了问扇的手，握住她的手指，温声道："你不要心焦，炎帝说过你的眼睛一定能好。"

"哦。"她不在意地道，"这个我不担心。"

她对失明这件事如此漫不经心的态度，让他有些诧异。鹓神一直是强大无畏的角色。越是强大的人物，骤然失明，理应历经愤怒、悲伤、烦躁的过程，她却平静得让人吃惊，摸索试探的动作没给她带来明显的挫败感，她的神态十分静，倒像是曾经在黑暗中生活过一般……

只听她说："伏羲？"

"是。"

"在海上遇袭时，有人帮我们，是你派人护送的吗？"

青帝答道："是我。"

"多亏了那些侍卫。不知是他们中的哪一个以火系的灵力与海上那股邪风厮打，破去大半杀阵，否则的话我可能早就命丧在阵法之中了。惭愧的是我控制不了灵力，看到余音受伤，一急竟放出绿火，不分敌我，将侍卫们全害死了。"

青帝默然不语，转头望了一眼开着的门。门边静静地站着凰羽。他看到凰羽轻轻地摇了摇头。他无奈，只好不否认，把这个功先领了，道："你也是无意的。他们的家人我会好好抚慰，你放心好了。"

"替我跟他们的家人说抱歉。"

"好。"

"你好好休息，不要任性。余音那边我去看看，回来告诉你情况。"

青帝的话音有莫名的让人安心的魔力，她心中的焦躁平息了许多，乖乖地点了点头。

青帝细心地帮她把手放进被子中，把被角掖了掖才朝门外走去。他经过凰羽的面前时脚步顿了一下。凰羽的目光落在九霄的脸上，片刻也不曾离开，仿佛全世界都消失了，眼中只有九霄一人。他虽然安静，却分明在平静之下有悲伤如冰层在深处暗暗断裂。

青帝一语不发离开了。

所有人，包括问扇都被告知不要让九霄知道凰羽在这里。之前在鸠族时，问扇只知道这个凰羽没事滞留在瑶碧山，多半是迷恋上神貌美，想要追求上神，而上神一直对他很反感的样子。不用别人说，本着"不要给上神心里添堵"的目的，她也不会跟九霄提这个动不动就站在门边发呆的痴人，只管拿乌青青的眼瞪他，希望他识相些滚远点，但她眼珠子都瞪得生疼了，他却完全没有看到。

青帝一走，九霄很快就觉得累了，伏在枕上睡去，全然不知门外有一人伫立不去。

青帝在书阁中找到炎帝。炎帝的书阁中收藏有天上凡间、古往今来的一切医书。炎帝负手立在书架前，眼中满是茫然。

青帝轻咳了一声："炎帝。"

"伏羲，你来了。"他顿了一下，叹道，"我想不出治愈九霄的法子。如何是好？"

青帝默然半晌，问道："冒昧问一句，您以前与上神九霄很熟悉吗？"

炎帝眼中暗光微闪，沉吟道："从混沌初始的那场大战开始，我与她就认识了，十五万年了，虽然交集不多，但若说我与她不熟，这世上就恐怕没有人敢说熟悉她了。"

青帝看着炎帝的眼睛，一字一句道："既然如此熟悉，您告诉我，她，是她吗？"

炎帝脸上不动声色，反问道："伏羲此话怎讲？"

青帝犹豫道："或许是我多心了。"

炎帝问道："那么，你到底为什么多心呢？"

青帝道："因为凰羽。凰羽有位故去的夫人，也是位红鸩精灵。现在凰羽忽然像个疯子一般为了九霄不顾生死，所以我怀疑……"

"怀疑九霄其实不是九霄，其实是凰羽那位夫人吗？"

"我不知道，只是猜疑，也没有依据，毕竟想冒充一位上神，是不太可能的。我以前并未见过九霄，只是听他人说上神九霄性情古怪孤僻、冷酷残暴。可是这几次接触之后，感觉她并不像传说中那般可怕，反而有些……"

炎帝接道："有些……可爱？"

青帝不禁红了脸，道："我就是感觉不太对劲。"

炎帝笑了："九霄性格怪异的传说，并非是假，她确实曾经变成了那种可怕的模样。"

青帝一怔："曾经？"

"原来的九霄不是那样的。"炎帝的眼睛微微眯起，含了一丝笑意，"是十五万年的时光和经历，让她的性格变得孤傲暴戾。混沌之战后，我与她的接触就不多，十五万年那般漫长，不知道后来她遭遇了什么……但是话说回来，有谁不会变呢？时光可以完全改变一个人。最初的九霄不是那样的。最初的九霄，像我们每一人刚来到世上时一样，虽然有着天生的剧毒、无边的灵力，却也有天生的良善和单纯。"

他停了一下，又道："伏羲，你很幸运，你现在看到的九霄，就是她最初的模样。我想，或许是前不久她历了一次死劫，万事想开了，所以才会回归本我。"

青帝眼中闪过光亮，如柳梢划过水面，涟漪丝丝荡漾开。

炎帝瞥他一眼，道："伏羲，我知道你挂心九霄，可是你不能在此久留，留下也帮不上忙。你还是要回去镇守好你的东方天界。九霄不在瑶碧山，我怕有人会趁机打鸠军的主意。你尤其要帮她看好家门。"

青帝眼中一黯，却也知道炎帝的话有道理。他张了张口，想要再说几句拜托他尽力的话，又咽了回去。炎帝自然会尽力，多说无益。

炎帝又道："我建议你调军队埋伏在瑶碧山附近，以防万一。"

青帝回到九霄的住处想道一声别，九霄却正在沉睡。她伤后尤其贪睡，一天里的大多数时间是睡着的，这一觉还不知要睡到什么时候。

他只能站在床前，轻声道："你要快些好起来。"顿了一下，又道，"炎帝说，现在的你是最初模样的。"伸出手去，手指轻轻抚过熟睡中的她的光洁的额。

"我很喜欢你最初的模样。"他说。

第
二
十
章
补心

　　青帝离开后很久，一直靠在窗外青藤下的凰羽才缓缓地睁开眼睛，仿佛是刚从梦中醒来，眼中却掩着无措的迷惘、溺水般悲伤。

　　那天海面之上，绿火之外，他奄奄一息半浮在水上一日一夜，死撑着一线清明。最后，他终于等来青帝以结界踏入火海，去到九霄身边。

　　那时他却连一根手指也动弹不了。他眼睁睁地看着九霄倒在青帝怀中，青帝抱着她消失在水天相接的地方，他自己却只能慢慢沉入海中，什么也做不了。

　　那是一种像是要化为沙尘般的卑微和绝望。

　　他站起身来，走向炎帝的制药间。炎帝正在守着一堆稀世灵药调配药剂。两天不见，他的鬓角又染了许多霜色。见凰羽进来，他问道："你恢复得怎么样了？"

　　凰羽答道："已经好了。"他嗓子哑得厉害，是之前毒火燎伤了咽喉。

　　炎帝道："我给你点药，把嗓子治一治。"

"不必，慢慢就好了。"凰羽道。

炎帝点点头，又埋头到一堆药方里去，发出长长的叹息。

凰羽问道："是在给九霄配药吗？"

"是。"炎帝道，"可是再好的药，也敌不过鸩神的心头血。她自己的毒，无药可解。"

凰羽沉默一阵，忽然抬眼看着炎帝道："炎帝神农的手底下，唯有魂飞魄散的死人不能救。哪怕只有一丝游魂尚未离体，您也有办法将他拉回生天。您说没有办法救九霄，我不信。"

炎帝的动作顿住。一层禁制无声弹开，将二人的谈话声隔绝在内。他看着凰羽的眼睛，微笑道："你一个后生小子，与鸩神哪来的交情？先是在海上舍命救她，现在又为了医治的事来折磨老夫。"

凰羽低下头，尽力藏起眼中抑着的情绪，顿了一下才道："我被九霄的美貌倾倒，喜欢上她了，所以如此。"

炎帝捋捋白须："哦，这样。九霄的确长得美。不过不久之前，青帝过来问我九霄是不是九霄。"

凰羽眸中有寒光闪过，默然盯住炎帝不语。

炎帝坦然地看着他："我告诉他，九霄确实是九霄。"

凰羽目中的寒意缓了下去，却暗含几分戒备。

炎帝无奈地笑笑，道："我若想点破，早就点破了。你不用那样瞪着我。我是看着你长大的，你尾巴一撅我就知道你要拉什么屎。"

凰羽的嘴角抽了一下。

炎帝闲闲地拿起药杵，慢慢地碾着石臼中的药草："九霄醒来后，从她说的第一句话、脸上露出的第一个表情起，我就察觉了不对劲。"

凰羽的声音微微发颤，面露戒备之色："什么不对劲？"

炎帝抬眼看着他，一字一句道："她不是原来的九霄了。"

"您这话是什么意思？"

"她一醒来就问那个余音是否安好。上神九霄的心，比那寒冰地狱里的冰块还要冷硬，何曾挂心过谁的安好？更何况是个小小男宠。"

凰羽声音干涩地道："那是因为余音为救她而伤，恩情深厚。"

炎帝道："凰羽啊，我认识她十五万年了。不过，时间长说明不了什么。你认识你那位夫人，不也仅仅数百年吗？对了，还有重要的一条。九霄这次莫名失明，似是眼睛曾受过重伤。我听说你夫人临去世时，失去了双目。"

凰羽身周突然泛起凛然杀意，凤眸中寒光湛湛，沉声道："您究竟知道些什么？"

炎帝放下手中石杵，对凰羽的敌意视而不见，走上前去，拍了拍他的肩："莫炸毛，先听我说。"

凰羽炸起的毛下意识收了起来。

在炎帝面前，他果真还是个愚小子，一个身都翻不过来。

炎帝直起身来，负手道："其实我并不在意她本来是谁。我只知道天界需要有一个鹍神。现在，她有鹍神的外貌和十五万年的灵力，具备号令鹍军的能力，那我就认她为九霄。今后，她若不起反心，心怀三界安稳之心，我方允她为九霄。"说这番话时，炎帝身上散发出帝王的凛然威严，令凰羽深感震撼。

他看了凰羽一眼，忽又笑了："我态度都表明了，你还有什么顾忌的？告诉我，她到底是谁？虽然我不介意，但还是有些好奇。"

凰羽脸上忽喜忽悲，泪水顺颊而下。

炎帝啧啧一声，伸手抄住凰羽脸颊落下的泪滴，手心展开，泪滴已化作剔透珠子："凤凰的眼泪，有起死回生之药效。"又伸掌到凰羽脸下，"再来一点。"

凰羽哭笑不得："炎帝！"

"好，不闹了。"炎帝小心地把珠子收到药瓶里去。

凰羽的声音带了哽咽："我一开始就感觉那是她。她的一颦一笑，每个神情和动作，都毫无二致。可是又没有证据，一直不敢确信。现在看来，既然您都认出她不是原来的九霄了，那么，果真是她了。"

他的手捂在心口上，压住几乎要冲破心脏决堤而出的狂喜："我没有认错，那真的是她。"

今日有炎帝的确认，终于印证了现在的九霄真的是无烟，他心中情绪翻涌难抑。

炎帝感兴趣地追问道："果真是你那位过世的夫人借了上神九霄的躯壳，取而代之了吗？你那位夫人是什么来历？如何取代了九霄？真正的九霄又去哪里了？"

凰羽道："我不知道。"

"哼。"炎帝不屑地挥了一下手，"自家老婆，什么都不知道。"

"我只确切知道她是她便够了。"他嘴角抿起一抹笑来，凤眸流光溢彩。

炎帝鄙视了他一眼，道："满肚子只装些儿女心思，没出息。虽然我也不尽知原委，却可猜出一二。"

炎帝拿起一根药草棍，在落了一层药屑的地上画了一只长尾鸟，道："这是你。"又画了一只鸟，"这是上神九霄。"又画了一只小鸟儿，"这是你夫人。"

药草棍在长尾鸟身上打了个叉："你夫人杀了你。"

凰羽出声道："不是那样的。"

炎帝蹙眉道："我不管她是不是有意，反正她杀了你。"接着在长尾鸟下方又打了个对勾，"后来听说你夫人又救了你。"

凰羽眼中一黯，低声道："是。"

炎帝又在小鸟儿身上打了个叉。

凰羽不悦道："您干吗？"

炎帝斥道："闭嘴。"

凰羽只好抿嘴听着。炎帝接着道："你夫人死了。"

他又在"九霄"的图案上打了个叉:"上神九霄上次出事,差点死了。确切地说已经死了。我相信那是谋杀。"

他从小鸟儿身上画了个箭头指向"九霄":"你夫人取代了九霄。"在九霄图形下打了个对勾,伸指抹去了小鸟儿的图形,"九霄又活了过来。你夫人竟像是个不死之魂!"

炎帝用药草棍指着小鸟儿道:"杀你、杀九霄,这是两步棋。你夫人只是那未知敌人的杀招棋子,他应该没有料到,这枚棋子脱离了掌控,反过头来救活你,又令鸩神复生。在这局棋中,你夫人是个意外。这个人也许不知道现在的九霄其实是他的'棋子',如果知道,早该气疯了。你的那位夫人叫什么名字来着?"

"无烟。"

"无烟。真是个了不起的家伙。"炎帝一扬手,地上药屑飘浮,将一片涂鸦抹去,"不过,有件事很是奇妙。之前伏羲过来探我话时,我告诉他,现在的九霄是她最初的模样。我其实没有骗他,十五万年前的九霄,确实是这样的性情。而无烟的眼伤居然能带到九霄的身上,这不合常理,也不知是巧合还是另有渊源。"

凰羽自无烟死去那一日,其实头脑就没有真正清醒过。一开始是陷在濒死般的自责中不能自拔,后来遇到九霄,极为契合的相似让他几乎失了心智,心神被悲喜占领,不管她是不是无烟,不管她的来历,他只管把她认作无烟,疯了痴了一般跟着她。

他哪曾冷静下来想一想前因后果。经炎帝这样一指点,他也注意到了一件事,恍然大悟道:"您遭遇的那次暗算,是不是在我涅槃遇劫、尚未复生的那段时间?"

炎帝伸手在他的额上敲了一下:"小子,看你昏了这好几年,终于醒了。我这次见你,就觉得你像是丢了魂儿废了一般,现在看来总算有活过来的兆头。没错,正是那段时间。你涅槃遇劫,羽族大军形同虚设,我们南方边界危机四伏，妖魔族类频频进犯。我是在巡视边界时遇袭，当时的情况表面貌似妖魔族设的埋伏，我始终觉得没那么简单。"

凰羽心中掠过森然冷意："那么，那幕后的谋划者，是觊觎南方天界吗？"

炎帝沉吟道："野心有多大，要看这个人是谁。现在下结论还为时过早。当务之急是医好九霄。九霄是否安好，意味着鸩军为谁所用。你没有经历过十五万年前的混沌大战，不知道鸩军的厉害，那支剧毒的军队几乎是制胜的关键。所以，九霄不能死。"

炎帝没有提鸩令的事，越少人知道越好。

况且凰羽的心思其实也压根不在鸩军的事上，他在意的只有九霄的安好。所以他听炎帝的这句话时，唯独听进去了"九霄不能死"。

他眸中一亮："炎帝有办法，是不是？"

看着他急切的模样，炎帝的脸色变得凝重。有一味灵药唾手可得，他却不知当用不当用。

炎帝转过脸去，道："让我再想想。"

凰羽还想追问，炎帝已摆了摆手，陷入沉思。

他不敢打扰，默然退出。炎帝看着他的背影，目光复杂。

凰羽去往九霄房中，她还在睡着。旁边只守了两名药童，问扇不在。问扇不擅长照顾他人，主要的任务还是做好保卫，此时必是巡视去了。他径直走到床前，跪倒，小心翼翼地捧起她露在被子外面的手，放在额上，闭眼默默地念着：无烟，果然是你，真的是你。

忽有一只手探到他脸下。他吓了一跳，睁眼一看，一只枯瘦的老手张在他的下巴下面，将一滴眼泪接在手心。他抬头望去，鸩族医师臻邑的一张老脸近在眼前。

"好药材！"臻邑的目光发出绿光，"此物有起死回生之效。"看凰羽盯着他，警惕地把手一收，道，"尊上，是我捡到的，归我。"

凰羽听到他这一声称呼，忙转头看一眼九霄，幸好她并没有醒。他忙起身拉着臻邑到屋外走出好远，这才问道："你怎么在这里？"

臻邑道："问帛长老不放心，让我来看看上神的情况。"

"那你看过了吗？"

"看过了。"臻邑忧心忡忡，"上神的状况确是危在旦夕。我刚要去求炎帝务必救我们上神。"

凰羽黯然道："求也无益，炎帝自会尽力。我方才问过了，他尚想不出办法。"

"想不出办法？"臻邑一对犀利的眼睛上下打量着凰羽。

凰羽被他看得很不自在，犹疑道："他是那样说的。"

臻邑冷笑了一声。

看着臻邑怪异的表情，凰羽心中突然燃起一簇明焰。他一把揪住了臻邑，急切之下声音更嘶哑了："你难道有办法治好她？"

臻邑道："我有办法。"

凰羽喜出望外："什么办法？"

"随我来。"臻邑阴沉沉地看他一眼，转身就走。凰羽急忙跟上。

臻邑径直走向百草谷谷口，凰羽紧随其后，头脑因为急切而一阵发昏。

接近谷口时，臻邑嘴中突然发出怪异的声音。如一片乌云突然掠来，数十名青黑大翼的鸩卫现身，将二人团团围住，领头者正是问扇。

问扇疑问的目光看向臻邑。臻邑沉声道："制住他！"

问扇会意，且不问所为何事，手中毒刺就朝着凰羽的咽喉刺去。凰羽大惊躲闪，数十名鸩卫迅速布阵，将凰羽困在阵内。

鸩卫虽厉害，凰羽的身手又岂是弱的，避开问扇的一连串攻击，手中祭出法器赤焰神剑，很快便突破了阵法，却没有遁逃，与鸩卫们僵持对垒，质问道："你们为何如此！"

臻邑阴森森的声音传来："尊上莫怪，只求一味能救治我上神的灵药。"

凰羽大惑不解："灵药在何处？"

"在你的身上。"

"我的身上……"凰羽一怔，下意识地低头看自己。一分神的工夫，问扇若鬼魅般欺到面前，毒刺抵在了他的颈上。

他却浑然没有在意，全然忘记了那刺尖稍稍一送就可以伤他性命，急切追问道："话说清楚些……"

他身后突然传来苍老威严的话音："问扇长老，你当我百草谷是什么地方？岂能任人如此肆意妄为！"

是炎帝神农闻讯赶来了。问扇抵在凰羽颈上的毒刺却没有移开分毫。她已从臻邑的话中察觉到事关上神安危，别说炎帝驾临，就是天塌下来也休想动摇她的意志。

就听臻邑用他特有的怪异嗓音冷笑一声，道："炎帝见死不救，我鸩族只能自己动手了。"

炎帝听到这话，默然良久。凰羽从他的沉默中意识到了什么，眼中渐渐燃起狂喜，颤声道："难道真的……"

"住嘴。"炎帝厉声斥道，严厉的目光扫了几人一眼，指了指凰羽和臻邑，"你们两个随我来。"

问扇与臻邑的目光犹豫着交换一下，尖刺还僵在半空，凰羽已抽身跟着炎帝走了。臻邑只得尴尬地跟上。

炎帝领他们进了僻静的炼药房中，一层禁制无声弹开。

一个时辰之后，臻邑从炼药房中踹门而出，气急败坏地径直回去鸩族，带去了九霄危在旦夕、无药可救的消息。鸩族上下一片哀戚恐慌。

直到深夜，炎帝才与凰羽从炼药房中出来，凰羽手中捧着一个巴掌大的小瓦罐。两人来到九霄的住处。屋内有两名女药童在床边伺候着。九霄白天已睡了个饱，晚上倒清醒了。听到有人进来，转过头来，灯火映在她的眼中，倒给无神的眸子添了一分生气。

炎帝挥手示意两名药童退下，招呼道："九霄觉得怎样？"

"是炎帝来了。"九霄道，"好些了，就是没有力气。"

"没事，慢慢来，定当治好你。"

"我相信您。"九霄微笑道。

炎帝道："虽然能治好你，但我们要对外宣称你伤重不治，连你的族人也要瞒住。"

九霄面露思索之色："这样有什么道理吗？"

"或可把背后伤你之人钓出来。"

九霄点头："好，我明白了。"

炎帝回头看了一眼凰羽，道："伺候上神把今日的药服下吧。"

凰羽默默上前，端着小瓦罐坐在了床边。灯光映在他的脸上，他的脸色显得分外苍白，几乎没有血色的唇线却抿着温暖的弧度，深深地看一眼九霄，把瓦罐的盖子揭开。罐口冒出莹红的光，像是有一团火焰在罐中燃烧。红光染上凰羽的脸颊，原本苍白的脸色变得暖意融融，眼眸中含着星光般璀璨。可惜九霄看不见。

他一手扶着九霄，一手拿着瓦罐，将药喂进她的口中。她也抬起一只手扶着罐子，指尖正好搭在了他的手指上。

他的手抖了一下，险些把药水溅出来。

九霄喝一半停下，蹙眉对着眼前的黑暗问道："抖什么呢？"

他看着她的脸，已然是失神的状态。

炎帝忙接话："这个药童是我的心腹，特意指派他来照料你的。第一次见上神，难免紧张。"一边暗暗戳了一把凰羽，让他回神。

九霄憋不住一笑："是怕我毒到他吧。"

这近在眼前的笑容耀花了他的眼，心中百般滋味化成绞痛。这一点轻轻的接触他不知已神往了多久。不知多少次在梦境里看到她笑着对他伸出手来。

然而现在她的指尖触到他的时候，她却根本不知道这是他。如果知道，她不知会带着多么嫌恶的表情甩开。

炎帝瞥了凤羽发红的眼眶一眼，替他道："前些日子他伤了嗓子，不便说话，九霄莫怪。"

"没事没事。他叫什么名字？"

炎帝顿了一下，道："他叫毛球。"

听到这个名字，凤羽瞪了炎帝一眼。炎帝朝他挑衅地扬了扬眉。

这个名字可不是炎帝临时乱起的。两万多年前，凤羽刚从蛋壳钻出来时，各路天神前去庆贺，看到的就是一只黄茸茸的毛球状小崽子。当时炎帝看了一眼，就笑道："呵呵，一个毛球！"

当时在场的神仙们数他年龄大，辈分高，"毛球"二字就变成了初生小凤凰的乳名。说起来，这个名字大概有两万年没人敢喊出来了，乍然重新启用，凤羽感觉十分别扭。

却听九霄笑道："毛球，你不必怕，我不会伤你的。"

他撇了下嘴，重新接受了这个称呼。

因为"毛球"这个名字，九霄随意在脑海中勾勒了这名药童的模样。大概是小小的个子，圆圆的脸，青涩害羞的一个毛头小子吧。

九霄又伸出手去，扶上那只托着瓦罐的手，把药汁一饮而尽。药汁沿喉滑下，就像一道炙热的火焰直灌进胸口，滚烫的程度虽不至于灼痛，也令她感觉心浮气躁，一手捂着胸口急促呼吸，身体几乎坐不住。

有手伸过来扶着她的肩让她靠在枕上，很自然地将她的长发抄到一旁，让她枕得更舒服些。药力让她的身体温度滚烫若燃，扶在肩上的手心更显得沁凉。有那么一刹那，一丝熟悉感冒出脑际，意识却瞬间就被若愈演愈烈的野火过境般的烧灼感席卷五脏，把那一点点迷惑烧为灰烬。

她整个人被烧得昏昏沉沉，直到天亮时体温才慢慢恢复正常，醒来时，感觉到了久违的清爽轻松。她明显感觉自己好多了。炎帝的灵药果然神效！只是眼前还是黑暗。她欠身慢慢地坐起来，手一移，触到了伏在床边睡着的一个人的脸颊，手指间滑过些柔滑的发丝。那个人像是猛然惊醒，向后一躲，摔倒在地上。

她忙道："是毛球吗？吓到你啦？"

地上的人没有回答，闷声爬了起来，找了件衣服替她披在肩上。于是她就知道这的确是伤了嗓子，不能讲话的药童毛球了。他昨晚一整夜都在这里吗？毕竟男女有别，她稍稍感到不自在。但想到既然是药童，应该是个小孩子，也就不甚在意。

毛球闷闷地走出门去，不一会儿，进来两名侍女，服侍她梳洗换衣。

从这一天起，在炎帝的刻意安排下，照料九霄的人就仅有两名侍女和毛球。毛球一整天都守在她的身边，却又总是怯怯地拉开几步远距离，在她需要帮助的时候，又总会及时地递过她想要的东西，或是适时地搀扶她一下，比那两名侍女还要细致。这让她知道他虽然不太肯靠前，目光却总是锁在她身上的，否则怎能精准地察觉她的需求。

炎帝的这位心腹还真不错啊。

几天下来，她察觉到毛球每天傍晚时分会离开，直到深夜带回一罐药来。她渐渐地适应了这药，喝下去后胸腹间的滚烫感不至于再烧得她神智昏沉。倒是毛球每每给她喂完了药，都会坐在小凳子上伏到床尾处，就那样靠在她脚边的位置睡一阵子。

她于心不忍，喊他去自己住处睡，他不吭声也不动。她听他睡得沉了，呼吸却有些浅短急促，于是爬了起来，伸手过去想摸摸这孩子是不是发烧了，凭着曾在黑暗中生活过一年的经验，手准确地伸到了他的额上，触手一片湿冷。

这孩子竟是满头冷汗。

她一怔，还想再试，他已是惊醒，吓到了一般仓皇向后躲去，身下的小凳子都被带翻了。九霄忙道："不要怕。我看你是病了，快去找炎帝要些药吃，然后回去好好睡一觉。这边有那两个丫头伺候就好了。"

对面的黑暗寂静了半晌，她听见一声喑哑的"不用"。然后窸窸窣窣的，他好像又蜷到了一把椅子中。

这孩子这般倔强，她也没有办法，只好不去管他。

服药的第五日的早晨，她醒来后就感觉身上有了些力气，试探着下了床。她好久没有自己站立了，站起的时候头一晕，身子一晃眼看要摔倒，就听门"咣"的一声，有人丢了手中的盆子冲了过来，及时扶住了摇摇欲倒的她。

她稳住了，感觉到身边的人是毛球，笑道："谢谢你毛球。我觉得好多了，能起来了，带我去看看余音吧。"

毛球沉默了一会儿，没有动作。她脸朝着他的方向做了个乞求的表情："带我去吧，我想死他了。"

毛球终于有所动作，拿了一件厚氅来替她裹上，扶着她慢慢走出门去。她感觉到阳光照在脸上的温暖，眼前仍是没有一丝光明，忧愁地叹了一声："要问问炎帝我的眼睛什么时候才能好啊。"

脚下忽然变得轻软，将她轻轻托得离地。这感觉……是驾云啊。九霄惊喜道："毛球，这云朵儿是你搞出来的吗？你居然会使驭云术！你好棒啊！"驭云术虽不算高深，一般却只有神族才修习，一个小小药童居然会用，炎帝手下果然藏龙卧虎。

毛球没有吭声，算是默认。他一只手扶在她的肘上，催着云儿缓缓飘向余音的住处。

他带着她进到一处石室中，一进去就觉得暖湿扑面。

他引着她的手，搭到了一道潮湿温暖的池沿上。这个水池位于石室中间，天然的热旦使池中水保持温暖。水汽中飘着略带辛甘的药香。

她的手指小心地往前探，探进温水中，触到了覆着薄薄一层衣料的手臂。手指摸索下去，握住了余音的手指。

他的手指依然修长柔软，却是一动不动。

她握着这只手，声音微微哽咽，喃喃道："余音，对不起。"她咕咕哝哝地说一些要他快些醒来、一定要醒来的话，眼泪落在水中，发出轻微的响声。身边的毛球寂寂的，悄悄地松开扶着的她的手，退开几步远去。

直到九霄感觉可以离开了，才恋恋不舍放开余音的手，回头去找毛球："毛球？"

他急忙过来，搀着她离开。负责照料余音的药童告诉她，余音能不能醒来，就看这四五日了。希望与担忧都明明白白写在了她的脸上。

这之后她每天都要去看余音，手伸到温水里，握着他的手说一会儿话。第五日，突然感觉他的手指微微动了一下，她惊喜地大叫起来，药童赶忙去叫了炎帝来。

炎帝赶来看了看，然后告诉她，余音正在慢慢苏醒，半个月内就可以离开温水池了。

由毛球陪着回到自己院子里，她嘴角都是嗑着笑的，连失明的眸子都含了光彩，周身景物与之对比都失了色。走到院中，她感觉阳光甚暖，就对毛球说想在院子里晒晒太阳。

这几天来她的身体又硬朗了不少，也没必要老是在床上窝着。毛球也没反对，拉着她的手，让她扶了一棵树的树干站着，他自己回屋中想去搬张软椅。

九霄依着树站着，心中因为余音的事满是喜悦，身心都觉得暖暖的。

突然，有异样的感觉从身后暗暗侵来。如一片阴云罩过，温度悄然降了。然后，她听见了轻轻的脚步声。有人走到了她的身后。

这种熟悉的感觉，让她瞬间感觉身周的事物都像是跟着变了。她眼睛仍然看不到，却用感觉勾勒了景物。树木、小院、房屋、百草谷，统统消失不见，取而代之的是大片妖娆阴郁的彼岸花、翻滚着蓝色滚浪的销影池。

或许是因为同样失明的状态，让她的感觉变得尤其敏锐。

这个时候不需要眼睛，除视力之外的一切感官都变得像生了触手一般敏锐。她几乎是在没有做任何思考的情形下猛然转身，探出手去，就那样精准地握住了来人的手指。

对方发出一声尖叫，猛地把自己的手指从她的手中抽出，向后退了几步，跌坐在地。是孔雀的声音。

九霄听得出，这是个女子的声音。而且这嗓音她记得——无比刻骨铭心地记得。除此之外，她还记得这肌肤柔滑的手指从手里滑脱的触感。

死了也忘不掉——

就是她被推落销影池时握住的凶手的手指。

九霄站立着，"俯视"着跌坐在地上的女人，失明的眼中透着瘆人的寒意。地上的人失声道："是你？！"

九霄不语，嘴角却慢慢勾起一抹冷笑。

地上的人拼了命爬起来，跌跌撞撞地向外跑去，跑至院外后，传来仓皇扑翅的声音。

九霄现在还虚弱得很，没有能力追击。身边却疾掠过一阵风去。有人朝着那个方向追去了。

九霄想了一会儿才后知后觉地唤道："毛球？"毛球没有像往常一样应声而来。毛球追上去了。九霄隐隐有些担心。孔雀身为羽族长老，灵力高强，不知毛球会不会有危险。还未等她喊人，一直暗伏在院子四周的侍卫已将情况通报了炎帝。

炎帝很快赶来了，问道："九霄，发生了什么事？"

九霄心中再急躁也不愿说出自己曾是无烟，于是也就无法交代被孔雀推下销影池的事。她只得说："刚刚是羽族长老孔雀过来，形迹很可疑。毛球好像追去了，您还是安排人跟去看看吧。"

炎帝点头道："放心，毛球本事还好。"顿了一下，道，"九霄，你与孔雀有过节儿吗？"

九霄飞快地回道："素不相识。"

见她不愿意认，炎帝也不揭破，道："孔雀的事我会追查，你好生歇着。"

九霄问道："我的眼睛什么时候才能好？怎么一点不见好转？"

炎帝道："慢是慢些，保证一定治好你。"

答复如此明确，她放心了。

凰羽将自己隐成一道烟雾，跟在逃命般飞行的孔雀身后。跟了一个时辰之后，他悄无声息地赶在她的前面，脚下踩了一朵祥云，现身在半空。孔雀正慌忙疾飞，猛一下子看到前面有人，险些撞上，凌空翻滚，险险稳住身子，定睛看去，竟是族长凰羽，吓得变了脸色。

凰羽站在云上，凤眸波澜不惊，目光隐着冰屑般的寒意，问道："你这样慌慌张张的，是要去哪里？"

孔雀反应极快，迅速冷静下来，答道："属下去了一趟百草谷。"

"去做什么？"

"三青带回消息说您要在炎帝那里小住几天，顾崖长老派我把族中公文送过去。没想到去了以后，谷中人说尊上已离开了，我料想是在路上错过了，才急忙追来。"这一番话居然让她把谎圆了个滴水不漏。

顾崖原是羽族第二长老，无烟事件之后，顾崖便顶替了孔雀的位置，将她权力完全架空了。

"哦，这样。"凰羽点头，"那你在百草谷，可遇到什么人？"

孔雀的瞳仁忽地收缩一下，面色惊惶，下意识地提高了声音："没有遇到！"旋即意识到自己失态，又补上一句，"只在谷口遇到两名药童。"

凰羽漫不经心地点头："那一起回吧。"孔雀额上渗出密密一层冷汗，强抑着嗓音的抖颤应道："是。"落在凰羽的云上，垂首立在他身后，胆战心惊地窥着他的后背。凰羽一路上神态十分平静。

回到梧宫，他便让她退下了。凰羽进到殿中时，三青望见了他，惊唤了一声："尊上！您回来了？"

之前为了九霄治疗保密的事，凰羽托词说要留在百草谷休养一段时间，叮嘱了三青封好嘴，然后就把他打发回来了。

凰羽盯他一眼，道："你那三张嘴可有多嘴多舌？"

三青做了个勒自己脖子的动作："哪个头多嘴了，就请尊上把哪个头拧下来。"

"那孔雀为何突然去了百草谷？"

"我回来后只对长老们说您在炎帝那里做客。孔雀应该是为了族中事务需要请示而去的。"

凰羽忆起孔雀看到九霄的脸时那震惊的模样，不像是事前有心理准备的，也就放过了三青。

天黑透之后，一阵夜风平平淡淡刮过，卷着一片白色羽毛从梧宫飞了出去。一直在殿中闭目静坐的凰羽忽然睁眼，摊开手，一只蜜蜂大小的黑色鸟儿从他的手心起飞，准确地朝着白羽的方向追去。

这是一只"巧语"，擅长隐蔽追踪，并把看到的一切回来告诉主人。

之前与孔雀分开后不久，他便在梧宫周围布下结界，一只虫儿飞过都逃不过他的监听。他一直在等着孔雀有所行动。孔雀知道他在宫中，就没有胆量、也没有能力逃走。

如果她身后还有操纵者，她很可能与其联络。果然让他等到了机会。

可惜的是他不能亲自追踪，也不能留下监视。他叫来了顾崖长老，悄悄地安排了一些事情。顾崖神色凝重，领命而去。

凰羽看了看时辰，已快到亥时，必须立刻赶回百草谷"取药"，一刻也不能耽搁了。而从梧宫到百草谷，驾云速度再快也得半天工夫，所以得取个捷径。他的指尖在空中轻轻捻了一下，默念仙诀，指尖泛起淡蓝色光，像手指被蓝色的火点燃，火星蔓延过的手指变得透明，光愈演愈烈，片刻之后，随着"嘭"的一声微响，像烟花逝去般，他整个人消失在空气中。

炎帝正在制药房中急得来回踱步，忽听咣咣一片响，身后的药架子倒了一片。一愣之后，他上前掀开药架，看到底下有一个人。

"毛球？"炎帝诧异地唤道。

听到这称呼，凰羽半坐着靠在架子上，白了炎帝一眼。他幼年时就对这个乳名颇是不满，好不容易成年后摆脱了它，万万没想到还能被翻出来用。

炎帝表情有些严肃，伸手拉他起来。他站起后脚步有些不稳，又撞在了一个架子上，"啪"的一声，一瓶贵重好药就此砸碎。

炎帝的脸色更黑了。

"不就砸几瓶药，看把您心疼的。"凰羽轻松地道，"险些赶不回来。时辰到了，开始吧。"

炎帝却没有动作，沉着脸道："你是怎么进来的？"

凰羽一脸无所谓的神气："时间赶不及了，所以就用了点术法。"

"瞬息遁？"炎帝道。

"唔……是的。"

炎帝黑着脸色，半晌没有吭声。

凰羽催促道："快些动手，误了时辰前功尽弃。我可只有一颗心魄。"

炎帝转身向外走去，冷声道："今日不能取了。"

凰羽身形飞快地移到门口挡住："炎帝。"恳求的语气，执拗的神情。

炎帝突然按捺不住怒气："你的状态本来就弱，今日又运用了瞬息遁术，灵力大耗，短时内再取心魄，十分凶险。"

"我自己的身子骨，我心里有数。"凰羽轻松地道。

"你有什么数。"炎帝斥道，"小子，我猜得出你是欠了九霄许多，为了还债不顾性命。可你亦是羽族之王，也是我南方天界大军的第一将帅。

你不能把性命全赔给她。"

凰羽的脸色沉静下来，一字一句道："您错了。我不是在还她的债。那是还不清的。我是在救我自己。我也知道必须为了羽族和南方天界活下去，所以她必须好。她若再离开，我如何活？"

他转身仰卧到一个木台上，声音变为乞求的语气："求您了。"

他把衣襟解开一些，赫然露出左胸一道五寸长的狰狞伤口，伤处以黑线缝合，伤口边沿血肉鲜红，没有完全愈合。

炎帝默然许久。在凰羽急得眼冒火星的时候，他终于结起结界，手中幻出一道白色光，向凰羽胸口的伤处剖去，黑线发出轻微的一串断裂声，愈合了一半的伤口再度割裂，鲜血沿光刀的刀锋涌出。

这世上唯一能治九霄之伤的，是凤凰的心魄。

那天，凰羽与臻邑莫名起了冲突，被炎帝喝止住，然后领着他们两个进了房间内密谈。一进门，凰羽就急不可耐在追着炎帝问。炎帝扫他一眼，没有理他。

臻邑掂着手中那枚剔透珠子对着光照了照，怪声怪腔道："凤凰的眼泪有起死回生的神效……"

凰羽一愣，转头看他："这个我知道，可是这种效力仅对凡人有用，对于九霄的伤病没有什么用处。"

臻邑一对暗红眼睛看过来："尊上身上，可并非这一件宝物。"

凰羽一怔："还有什么？"

臻邑盯着炎帝道："炎帝应该十分清楚。"

炎帝叹一声道："我是清楚。我也清楚只要说出来，这个傻小子就是义无反顾地交出来。可是你家鸩神的命是命，他人的命就不是命了吗？你也是医者，一命换一命的疗法，岂是医者应做的？"

凰羽却已听出了端倪，凤眸闪着灼灼华彩，拉着炎帝道："是什么办法，您就直说吧。"

炎帝无奈道："事到如今，我不说，他也会说的。"伸手点了一下臻邑。

臻邑点头，扬着下巴上的山羊胡须道："非但要说出来，还要势在必得。只要能救上神，鸺族不惜与您为敌，甚至不惜与天界为敌。"

炎帝知道鸺族做得出来。

他的目光转到凰羽身上，眼中积着沉重阴郁。终是在凰羽殷切的注视下开口："凤凰可以涅槃重生，全倚仗体内那颗不死的凤凰心魄。凤凰的一滴眼泪就可以令凡人死而复生，凤凰的心魄，对于神族有同样的效力。"

凰羽的脸上露出狂喜的神情："您是说，我的心魄可以治好她吗？"

炎帝看着他，神色痛惜："小子，你难道就没有想到自己会死吗？"

"那不重要。"他的笑容若明星，华彩流转，眼中含着闪闪水光，耀得人眼花。

臻邑道："尊上都同意了，炎帝您的意思呢？"

"我想拦，但拦得住吗？"炎帝摇头叹息，"其实这件事我隐瞒不提，是试图另找出办法来。"茫然摇摇头，"但没有别的办法。没有。"

凤凰的心魄若被取走，并不代表它会即刻死去，而是从此失去了重生的能力。凰羽弄清楚这一点后更加喜悦，迫不及待地催着炎帝动手。

炎帝告诉他，九霄的心脉损伤严重，不能一次治愈，要把凰羽的心魄一点点取出，辅以灵药，用来慢慢修补九霄的伤处。

"零星取心魄的痛苦，相当于把心脏片片凌迟。"炎帝说。

"我不在意。"

"我知道你不在意。"炎帝拍了拍凰羽的肩。凰羽不在意，他可心疼呢。凰羽是他南方天界的得力干将，亦是他看着长大的，心中难免疼惜。他痛心地说，"你献出心魄，这一世将是你的最后一世，不会再有涅槃重生。"

（鸺心．上　完）

红摇短篇——声声问

《五步伤》

五步伤，五段音。一伤咽，二伤肺，三伤经，四伤脉，五伤心。五段音奏完，奏曲者心脉断绝而亡。

1.

南疆城镇，疏林山庄。

夜色掩映下的深门大户，佳木葱茏间，露出座座琉璃瓦顶，清光如洗，银河泄踪。

朦胧月华中，一名淡紫衣衫女子无声无息地飘然而至，足尖在树梢屋檐无声轻点，轻盈地落在一座琉璃屋顶上，像从天宫中趁夜飘落人间的一片紫鸢花瓣。

女子手中现出一支碧绿玉笛横在唇上，轻柔的笛声响起，婉转柔软。那笛声具有特异的魅力，似能抚慰这世上一切躁动不安，让睡梦中的人们沉向更深的睡眠。一曲罢，周遭变得格外静谧，连虫鸟都沉默了。

笛声停顿了一下，女子侧耳听了听，脸上浮起一丝满意的微笑。她微微侧了身子，面朝不远处的一处屋子再度吹响了玉笛。

这次的笛声变得柔媚无比，若夜间花妖在低吟浅唱，勾魂摄魄。

这首曲子叫作《踏花追梦》，很雅致的曲名，却是首杀人的曲子。以笛声杀人，是青声的拿手绝技。青声是青翼楼门下弟子。青翼楼，是皇家培植的暗杀组织。

疏林山庄勾结兵部重臣，蓄谋造反。幸好朝廷得到线报，先一步派出了青翼楼的杀手。今夜的暗杀目标，便是这疏林山庄的少庄主，名叫林润城。

前一首曲子有催眠安魂的效力，使得山庄中的人们沉入近似昏迷的深睡。第二首《踏花追梦》，则是正对着林润城的居处吹奏的。十几年的修行，使得青声已能自如地控制笛声效力范围，目标、距离、分寸，丝毫不差。

不一会儿，就听"吱呀"一声门响，那屋内走出了一个男子，正是她的暗杀目标林润城。

青声眸光一闪，笛声不停，更添了让人心智飘忽的魔力。这曲《踏花追梦》能控制人的梦境，让人在睡梦中看到最挂心、最渴望的人或物，不知不觉进入梦游的状态，朝着梦中的幻影走去，直至走进绝境而不自知。

月色下，只见林润城穿了一身雪白中衣，万缕乌丝散在身后，身材修长，五官笼在暗影中看不清楚。

青声笛不离唇，身子却轻轻跃起，掠过树梢墙头，以笛声引着那人行至山庄的花园，最后她落在一处高高假山顶的亭子飞檐上，将笛子吹得越发充满媚惑感。

梦游中的林润城被笛声引导着，乖乖地沿着石阶走了上来。假山下，一道细细飞瀑落入水潭。那泓潭水足有一丈深，这是青声早就踩好的绝佳地点。

此时，她坐在离他不远处的亭顶上，可以清晰地看到他的脸。他的五官十分俊美，傲然如一抹清冷月华，瞳若墨色琉璃，目光却因为尚在梦中恍惚而迷离。

如此绝色清雅的男子。她心中暗暗赞叹了一声。她可以在杀人名册上加一个"最俊美猎物"了。

此时，林润城已站在了假山的最边缘。她只需吹出最后一个高亢音调，他便会坠入深潭，在无知无觉中死去。而次日，人们只会发现一具无伤痕的尸体，除了投水自杀，没有任何其他解释。

林润城摇摇晃晃地站在边缘，嘴唇微微翕动，似在低声念着什么。《踏花追梦》的作用在于让人看到最渴望之物，此时他念的，必然是心中至宝了。

青声对他的至宝毫无兴趣，只暗暗提起内力，准备吹响最后的死亡之音。那一声正要奏出时，忽听林润城微微提高了嗓音，一声呼唤飘了过来。

"阿问。"

青声猛然一惊，提到胸口的内力硬生生憋了回去，如一把尖刀搅入心口，一口血喷出，眼前一黑，整个人坠落下去。

2.

青声悠悠醒转时，已是躺在一张雕花床上，身上覆着丝被，布置雅致的屋子里飘着淡淡药香。她费力地欠起身，胸口传来一阵闷痛，显然是发功时气血逆行导致的内伤。她捂着胸口，忍不住哼了一声。

立刻有个小丫鬟从半掩的帐后绕出来嘘寒问暖，还未等她应答，就飞快地跑去外面传话了，她一边跑一边喊："少庄主，美人姐姐醒了。"

少庄主？！她果真是身陷疏林山庄了！任务失败！落入敌手！在青翼楼，这是死罪啊！不过她现在或许还有机会动手，慌忙伸手在床边铺沿乱摸起来。

她正找得一头冷汗，忽听身边传来一声问："是在找这个吗？"

她缓缓地抬头，先是看到那支剔透碧玉笛，目光上移，落在执笛人的脸上。那悠悠明眸隐隐带笑，若潭深邃，让人看一眼就险些要坠落进去。

这是她的捕杀猎物，林润城。

她伸手，小心翼翼地握住笛子，一把抽了回去，冷冷地瞥他一眼，道："没错。"

他见她神色戒备，歉意地道："我看这碧笛玉质通透，十分喜人，因姑娘昏迷未醒，便私自拿去观赏，还望姑娘见谅。不过，这笛子虽好看，却难吹得很，我腮帮子都快吹炸了，硬是吹不出声来。不知姑娘可能吹响？"

她听说笛子被他吹过了，顿时十分恼火，举起袖子来把吹孔一顿猛擦。这玉笛跟了她十几年，别说是吹，便是摸也没让人摸一下呢，这混蛋居然把嘴凑上去了！

林润城见她如此介意，颇有些过意不去，道："在下略通医术，姑娘睡着时，在下已替姑娘把过脉，像是有内伤，我已让人煎药去了。"

青声瞥他一眼，总算是憋出一句："多谢。"

"我去看看药好了没有。"他转身欲走。

"等一下。"

他停住脚步，回身望着她。

"你不问我是什么人？"

他微微一笑，道："姑娘身有内伤，像是江湖中人，行走江湖遇到难处，难免有难言之隐，姑娘不说，我便不会问，还请姑娘安心养伤，不必在意。"他温润一笑，如细雨春风。

她的神情却没有因为他的大度宽慰而缓和，又问道："你连我的名字都不问么？"

"只要姑娘愿说，在下自然愿闻芳名。"

她盯着他的眼睛，一字一句说："阿问。我叫阿问。"

"阿问。"他微微扬眉点了点头，神情淡然，"好名字。多谢姑娘告知。"说完转身离开。

她紧绷的身子一松，倚回枕上。

阿问，那是她的乳名。六岁那年，父母在饥荒中死去，青翼楼主偶然间收留了她，赐名青声。青翼楼中，没有人知道她的乳名。

在她以笛声控着林润城迈向死亡的最后一步之前，他却突然唤出了"阿问"二字，致使她气血逆流，身受重伤。而这时再试探，他的反应如此平淡，似乎从不知道"阿问"这个名字。

也是，知道她乳名的亲人、朋友都已不在人世，怎么会有人知道"阿问"这个名字？这距离京城千里之远的疏林山庄少庄主，自然不会与她一个小杀手有任何瓜葛。她一定是听错了。

她的脸上浮起苦笑。因为听错了两个字而导致任务失败，真真不值得。楼主给了她十日之期，之前踩点准备已耗去三日，算来只剩下七日了。到那时，如果还不能杀掉林润城，还不如干脆自尽，因为那也比回到青翼楼，被酷刑活活折磨至死强。

不，她还有机会。她眼中寒光一闪，执起玉笛。除了《踏花追梦》，她还会更多杀人曲调。最凶狠的甚至能瞬间穿破目标的耳膜，震伤经脉，使其七窍流血而死！只要玉笛在手，她有的是机会。

3.

她将笛子凑到唇边，尝试着吹吹看，不料刚刚提气，胸口便痛得眼前发黑，捂着心口蜷成一团。耳边传来急切的问候声，有人将她扶起来，托着她后背，嘴边有碗沿挨过来，苦苦的液体顺着喉咙吞入肚。

她好半天才缓过气来，睁开眼睛，看到林润城正扶着她，让她倚在他的肩上，用帕子替她揩抹去唇边的残药。

她一阵尴尬。自小在冷冰冰没有人情味的青翼楼长大，她从未与人如此亲近过，更别说被一男子揽在怀中了。她不由得挣扎了一下，他便识相地扶着她躺回枕上，一边连连道歉："看阿问姑娘痛得厉害，急着喂药，唐突了。"

她知道他并非有意，只是苍白的脸上泛起潮红，掩也掩不住。

"阿问，现在可好些了？"他问道。

"好些了。"

"那好，阿问好生静养，待好一点再起来吧。阿问想吃些什么？我差人去做。"

阿问、阿问。十几年没人唤过的乳名被他以这样柔和的语调念着，让她恍然失神，仿佛变回了有爹娘宠爱的小女孩。

青声在床上躺了两天。第三天的晌午，她正躺在床上苦苦地思索着如何干掉林润城，他忽然走进屋内，招呼也不打一声便弯腰将她横抱了起来。她吃了一惊，用手抵着他的胸口道："你做什么？"

"成日闷在屋子里不好。你伤势好些了，外面日头正好，带你出去晒晒。"

"我我……我自己能走。"她脸上发热，想要挣脱下地。

"听话。"

他轻声的一句，她便不由得乖顺下来，任他抱了出去，放在院中椅上，再在膝上遮上一层薄毯。几日来，他时不时地来看她，一来便这般无微不至地照顾她。而她，一双眼总是粘在他的身上移不开。

在旁观者看来，这是一副倾心于他的模样，可是天知道，她之所以这般眼巴巴地盯着，其实打的是如何要他命的主意。在她的想象中，林润城已被杀死一百多遍了。只可惜她有伤在身，哪个杀招也使不出。

林润城大概也误会了她的注视，脉脉地回望了过来，面容温和，目光如水，竟似深情至斯，让她心生动摇。她急忙闭了眼，抑住莫名的心动。

他不过是她的猎杀对象而已，若动私情，必招大祸。

"阿问，该喝药了。"林润城从丫鬟手中接过药碗，亲自端给她喝。

药入口极苦，青声还是毫不犹豫地一饮而尽。吃药才能好，好了才能恢复功力，恢复功力才能……干掉林润城。

4.

门口忽然转出一名五十多岁的锦袍男子，面色阴郁，目光威严。

小丫鬟行礼道："庄主。"

原来这便是疏林山庄的林庄主了。

林润城没有急着站起来行礼，而是耐心地等青声将药喝完，然后又将一块枫糖填到她的口中让她含着，这才站了起来，闲闲地施了一礼："父亲。"

神态十分随意。

林庄主沉着脸打量了一眼青声："她是谁？"

林润城安抚地拍拍青声的肩，与林庄主一起走远了些，道："是我的客人。"

林庄主压低声音道："如此节骨眼上，怎能容来路不明的陌生人在此？"

"我心中有数。"

"她是什么身份，你可清楚？"

"是我心仪的女子。"

他们对话的声音压得极低，但青声习的内功与音律有关，耳力极强，竟一字不落地偷听到了。听到林润城说出这样一句，胸口不由忽地一跳。

林庄主大概也被这句话惊了一下，沉默半晌才道："大计当前，你怎么能被儿女私情绊住？再者说，此女来路不明，十分可疑。"

"您不必说了，我自有计较。"

林润城回到青声身边时，她实在不知该如何面对他，只能假装睡着。安静了片刻，只觉得有微凉的手指轻轻落在她的面颊。她心乱如麻，却连眼睫也不敢颤一下。

又过了两日，在林润城的精心照料下，青声的内伤已基本好了。她站在院中花树下，手中抚着玉笛，愣怔发呆。此时若要以笛声取他的性命，应该不是难事，可是……

林润城从身后走来，将一件披风披在她的肩上，顺势将她轻拥了一下："你的伤才好些，不要冻到了。"

几日来他在病榻前伺候着，肢体的接触不知不觉间变得十分自然，她也懒得像刚开始时那般抗拒了。

只是这温柔一分一寸地浸过来，让她的心中反而越发沉重。若是他知道她受伤的起因是因为要杀他，好起来之后也还是要杀他，会作何感想呢？

她向旁侧移开一步，也不看他，只抬头望向一树的花，神色疏离："我已好了，不必劳烦少庄主照料了。"

"润城心甘情愿。"他眉眼含笑，水光柔和。

她的语气中带了叹息："萍水相逢，少庄主不必如此。"

"我却总觉得像是已与阿问相识多年。"

她不知该说什么好，心中越发烦躁。

林润城看了一眼她手中的玉笛，忽然道："阿问可否为我吹奏一曲？"

她愣怔了一下，道："好。"

她就站在花树下，笛横唇畔。悠悠笛音缓缓响起，婉转悠扬。悦耳的音调中，又隐隐透出一丝伤感。

他的目光始终落在她的脸上，她也回望过去，目光交织时，陷入彼此的深渊。

突然"嘭"的一声，有利刃破空而来！

林润城拉住她的手臂一扯，一柄长剑贴着她的面颊掠过，深深刺入树身，震得树上花叶纷纷落下。

二人抬眼看去，来袭者竟是林庄主。

林庄主目光阴鸷，沉声道："引魂玉笛！我就知道你这女子居心不良！"说着，他反手将剑抽出，再度袭向青声。

"住手！"林润城上前一步，将青声挡在身后。

林庄主停住动作，怒道："润城，你可知道她是青翼楼的人，此行定然是来杀你的！"

"我自然知道。"林润城平静地道。

连躲在他身后的青声都吃了一惊。他早就知道？那为何还如此待她？

他回头看了一眼身后呆怔的人儿，柔声道："可是方才阿问明明有机会用笛声杀我，却并未起杀心，她只是吹奏一首好听的曲子给我听。"

林庄主暴跳如雷："润城！你是被鬼迷了心窍吗！我们大事将成……"

青声心道，他所说的"大事"，必是谋反了。

林润城道："您不必担心阿问会威胁到我们。我之前在阿问的药中加了一味药，她暂时不能动用内力，所以无法用笛声杀人。"

青声心中一惊，旋即恼怒。怪不得这小子那么殷勤地给她喂药，原来是下毒呢！

庄主这才息怒，可是仍耿耿于怀："即便如此，她也是敌方的人，留下她必成祸患。"

5.

庄主离开后，林润回身看了她一眼，她戒备地后退了一步。看到她脸色发白，他神情一软，道："阿问不必怕，刚才那话是应付庄主的，我并未给你喂毒。"说着向前走近了一步。她紧张得再退一步，紧握着手中笛子，心中疑虑丛生。

除了用笛声杀人，她不会其他杀招。就算是没有中毒，此时他已有防范，用笛声难以得手。

她狠狠地盯着他道："反贼，你明知我是来杀你的，却为何又留下我的性命？我只是一个小小杀手，没人在意我的命，扣押我做人质是毫无意义的。"

他站住脚步，目光澄澈如水。他没有回答她的问题，只轻轻吐出一句："阿问，可否再给我吹那首《踏雪问梅》？"

《踏雪问梅》。

青声的脑海中似有一道光闪过，一瞬间，仿佛回到了八年前那个雪夜。

十四岁那年的冬天，她曾不堪忍受青翼楼血腥的杀人训练，雪夜出逃。她没命地在雪地里奔跑。叛逃弟子一旦被抓住，死路一条，还会死得很惨。

在雪夜荒野中孤独跋涉的时候，她遇到了一名跌进山沟里的微弱呼救的少年。他自称狩猎迷路，又摔断了腿。看他快要冻死了，她心中一软，将他拖到一个避风的山洼替他接骨、上夹板，少年痛得晕死过去。

没有食物，没有火，少年的状况很差，如果丢下不管，他必会很快在昏迷中死去。

看着他清俊的面庞，青声忽然记起了饥荒中将最后的一把青稞面留给她而活活饿死的哥哥。逃亡的激情慢慢地冷却下来，她知道自己是逃不掉的。青翼楼眼线遍布各地，怎么会容她漏网？她迟早会死，不过是早些晚些。

若能用这残存的生命救活这个少年，或许可以稍微清洗手上染的血，为自己可悲的命运讨一丝慰藉。

她眼中含着冰凉的泪，笛横唇畔，乐声响起。她吹奏时加了内力，使这首乐曲具备了护人心脉、唤人清醒的特效。

不久，少年便在笛声中缓缓苏醒。他轻声问："这是首什么曲子？"

"《踏雪问梅》。"

"真好听。"少年的嘴角弯起一个笑，身上却是冷得颤抖不止。

她移过身去让他靠在自己身上，尽可能地抱住他，两人相偎取暖。

"你叫什么名字？"他问。

"阿泗。"她淡淡答道，心中已是走了神。她的笛声必然会招来追兵，死期将至。

天亮时，青翼楼主果然出现在他们面前，一袭黑袍，青色面具覆面。

与他同来的，居然还有一群皇家侍卫。青声心如死灰，毫不惊慌，可是不免奇怪。青翼楼原是皇族培植的组织没错，可是抓她一个小杀手，犯得着动用皇家侍卫吗？

却见那群侍卫涕泪交流地扑到少年跟前，七嘴八舌地哭道："三皇子殿下，小人找您找得好苦……"

三皇子殿下？青声不由再看了少年一眼。原来他竟是当今皇上的三皇子。世人均知三皇子虽然年少，其才华韬略已崭露头角，颇得皇帝青眼，

鸩心

在六个皇子当中，是继承大统呼声最高的人选。

那边乱作一团，她只缓缓地站起来，抬起空洞疲惫的双眼，与楼主面具后冷如冰霜的目光对视，准备接受即将到来的酷刑和死亡。

忽听旁边传来话声："青翼楼主。"是三皇子，他伤重劳累，此时已是撑不住，几欲晕去，却强撑着要说话。

楼主行礼道："参见三皇子殿下。"

"这女子可是楼中门徒？"

"正是叛逃的逆徒。"

"她救了我一命，将功抵罪吧。"

楼主顿了一下，终是应道："遵命。"

三皇子神情一松，晕倒在侍卫臂上。

青声随着楼主离开时，回头看了一眼三皇子，只瞥见他昏迷中的苍白容颜。

回到青翼楼，虽有三皇子的求情免了她的死罪，活罪却是难逃。她经历了不堪回首的酷刑，从此再不敢生出逃跑的念头。她死心塌地在青翼楼待了下来，日复一日，手段越发血腥，心越发冷硬，但她心底最深处藏了一个少年的影子，眉眼如画，笑容清澈，像梦幻一般完美而遥远。

在逃跑事件两年之后，她听到了一个消息。三皇子随大将军出征讨伐南疆蛮夷，频繁出入敌军阵营，私自调动大军，有勾结敌国、篡权夺位之嫌。皇帝震怒，令皇长子亲自带兵平叛，大将军与三皇子冥顽抵抗未果，被就地处决。

听到这个消息后，青声心中最后一片温暖的角落亦凝结了冰。

6.

可是在叛逃事件的八年之后，疏林堡主林润城——她的暗杀目标，站在她的面前，眸含清光，轻声道出这样一句："阿问，可否再给我吹奏那首《踏雪问梅》？"

她震惊地抬头端详着他的面容，隐约地，在如墨眉眼间看到了当年那个少年的模样。

她的脚步踉跄了一下："你……三皇子……你不是已经……"

他伸手扶住了她的手臂，叹道："当年那场'平叛之役'，根本没有抓到我，我大哥假报军情，只是为了让父皇和支持我的朝臣死心罢了。父皇驾崩后大哥即位，却从未放弃追杀我。而那时的造反之说纯属阴谋陷害。东宫之争罢了，宫中的那些事，一言难尽。你见到的庄主，便是当年与我一同逃脱的大将军。这一次，我们是真心想要谋反了。不，我只是想夺回原本属于我的一切，洗清冤屈，慰藉我那心碎而亡的母妃的在天之灵。还有……要救出阿问。把阿问从青翼楼那个魔窟中救出来。阿问，我从没有忘记过你。"

他将她拥入怀中。

青声早已如失了魂一般，一时间悲喜交加，理不清思绪。

三皇子没有死。

当年那个少年还在。

而她险些杀了他……

她后怕得一阵颤抖。

十日之期满。疏林山庄外，隐隐传来一阵琴声。青声站在窗前，目光投向远方，神情淡然。林润城站在她的身后，问道："那是什么声音？"

"是楼中人的信号。"她说，"是在问我是否完成任务。"

他微笑："那阿问要作何回答？"

她回身，环住他的腰身，将脸埋在他的胸口，呼出一口气，道："我不回应，便是最好的回答。"

传信之人将信息带给青翼楼主后，楼主若知道林润城的真实身份，忆起八年前青声与三皇子的渊源，自然会明白——青声，再次叛逃了。从此之后，世上不再有青声，唯有阿问。

两日之内，流落南疆民间的三皇子和昔日的大将军现世，打着"洗冤屈，除奸佞"的旗号，策反十万边疆将士公然造反。

战火从南疆燃起，一路蔓延。林润城确是文韬武略，义军攻城略地，直指京城。

朝廷毕竟早得了消息，也不乏将才，设下重重圈套，将义军兵力分散，各个击破。自此义军节节败退，伤亡惨重，最终林润城及残存的三千将士被围困在一处城池中，抵死抗争。

大雪飘扬。

林润城身披战袍，立于城墙之上，望着城下黑压压的敌军，怅然叹道："终是……输了。"

身后走来紫衣女子，握住他的手，轻声道："无论怎样，阿问总与你在一起。"

他低头微笑："亲人负我，天下负我，只要阿问在我身边，此生便是无憾。"笑意含了悲伤，"阿问，对不起，许诺的一切给不了你了。"

她的手指抚过他的眉眼："我只要此刻的相守，给我什么也不换。"

7.

压城大军之中，忽然响起悠扬琴音。琴声清越，却压过了嘈杂的战火声，飘至城墙上来。阿问诧异地转头看去，望见了一个熟悉的身影，黑袍如墨，面具青灰，正是青翼楼主。

琴语听在耳中，她的面上渐渐浮上怒意。

林润城顺着她的目光望去，顿时了然，忽然将手中的长剑塞进了阿问的手中。

她惊道："你做什么？"

他平静地看着她道："我虽听不懂琴语，却也猜得出来。青翼楼主是给你一次将功赎罪的机会，你手刃了我，便可以免罪，是吗？"

"我自然不会听他的！"她恼火地道。

他一把将她的手与剑柄一起握住，柔声道："听话。"手上忽然用力，拉着她的手，猛地将剑锋横向颈间，血如红莲盛放。

"我生生世世……永远不会忘记阿问。"

这是他留在她耳边的最后一句话。

守城首领倒下，攻城的士兵们士气大涨，很快攻入了城内。城墙下，只留下黑袍的青翼楼主、遥遥望着城墙上抱着林润城的尸身、一动不动的紫衣女子。

青声，终还是要回到他青翼楼主的身边的。面具下的嘴角弯起一抹凉薄的笑。

忽然，一阵凄婉的笛声响起。面具下的笑意忽然消失了，抿出冷厉的弧度。

《五步伤》——

五步伤，五段音。一伤咽，二伤肺，三伤经，四伤脉，五伤心。五段音奏完，奏曲者心脉断绝而亡。

这首曲子是他亲自教给她的，原本是用于在落入敌手时自绝性命的。

她真的用它来自绝性命，也用它来与青翼楼彻底地决裂。

他急运起轻功，向着城墙掠去。

一切却都已晚了。短短数十丈，是生死的距离。

《五步伤》吹奏出了最后一个音调，他眼睁睁地看着青声抱着林润城从高高的城墙跌落，若天宫飘落的一片花瓣，一地残红。

红摇短篇——碧环破

1.

忘川谷底，草木葱郁，浓绿浅翠，草地上盛开着丛丛花朵，许多黑色大蝴蝶翩翩飞舞，有如微风的悠然琴声在谷中飘荡。

一名十六七岁的少女正在舞剑。绯衣似火，青锋翻飞，一柄凝语剑舞出令人眼花缭乱的光华，招式繁复，美轮美奂。

收招调息之后，已是香汗薄衫透。不远处一块大石上，一个白衣人静静地坐着，碧色簪子挽起松松发髻，其余的长发落在身后，山谷上空落下的阳光，在青缎般的发上轻柔跳跃。修长的手指抚在身前的琴弦上，刚刚奏完一曲。

少女扬起一张明丽的脸儿，对着不远处大石上抚琴的男子高声道："师父，我这一遍舞得怎样？"

"颇有进步。"被称作师父的男子微笑颔首，眼神中是宽容的宠爱。此人二十四五的模样，是这忘川谷的谷主，名叫忘弦。舞剑的少女是他的徒弟，名叫叶染。

叶染足尖轻点，纵身跃上大石，坐在忘弦身边，探头就着他的手将手中的残茶一饮而尽。忘弦像是习惯了这种没大没小的师徒关系，也不介意。

叶染凑得更近了些，扑扇着睫毛期待地望着他："师父觉得我的招式可有不足之处？"

"甚好，甚好。"忘弦应道。顺手抬袖替她揩去额上薄汗。侧身的间隙，露出颈侧的文身，艳丽的朱砂色，艳丽的纹路，从衣领中蔓延出来，消失在耳后，如寄生在他身上的花蔓，勾魂摄魄。

听到师父这含糊的夸赞，叶染不满地嘟起了嘴巴："可是，我觉得这套剑法纯是花架子，不宜实战。"

"有师父在，不会让你冒那实战的危险。危险的事情，让你的师弟们去做就好了。"这个做师父的极度偏心真是昭然若揭。

叶染却并不领情："可是，您多少得教我些有用的东西，我将来要去寻仇的……"

"听话。"他话中是温和的，却不容忤逆的语气。

叶染不满地闭了嘴巴。她身为师父的开门徒弟，从八岁起就跟着师父，知道他身怀绝学，却只肯教给她一套"风伴流云剑"。她每日刻苦练习，练了数年，突然悟到这套剑法是套花招子，师父似乎是在糊弄她。

质疑到师父面前去，他却只冒出轻飘飘一句："染儿舞得甚是美妙，师父喜欢看。"

她被噎得险些翻白眼。师父收她这个徒弟，就是为了养眼吗……

在她之后拜入师门的六名师弟，却是个个得师父真传，身怀绝学。这让她这个做师姐的相当郁闷。

2.

"此招叫作千雨破，剑势连环而出，层层递进，若潮水之汹涌，既出则不可收，繁复剑花中心，藏有致命一击，此招一出，必将对手赶尽杀绝。"

随着朗声解析，四师弟手执青锋，使出一招"千雨破"，剑光裹身，密不透风，带着呼啸之势袭向对面的一棵大树。片刻之后，大树枝折叶落，一片狼藉。树干中间处，竟被刺了一个通透窟窿。

站在旁边的叶染跳着脚鼓掌叫好："四师弟你好厉害！我要学这一招，教教我啊。"

收起剑势便恢复秀气模样的四师弟，将青锋收于身后，为难地道："师父不准我们教你呢。"

叶染恼火地一跺脚："师父偏心，你也不向着我吗？师姐白疼你了！若你不肯教，看我怎么收拾你……"她一边恶狠狠地说着，指头一下下戳到他的脑门上，戳得他眼泪汪汪。

"我悄悄教你，千万不要让师父知道了哦……"

两日后，后山中，叶染在四师弟的指教下，兴致勃勃地练习"千雨破"时，忽然觉得脊背上莫名掠过一道寒意。她顿住身形，转身望去。不远处，忘弦阴沉着脸色，负手而立。

四师弟的脸顿时变得煞白，跑到忘弦身前，扑地跪下："徒儿有违师命，请师父责罚。"

忘弦俯视着他，眼中有风暴掠过。他慢慢地抬起了手，就欲挥下。不远处的叶染正在思量着怎么撒娇讨好以蒙混过关，猛然瞧见师父的手势凶狠，这一招下去，四师弟不死也得残！

惊恐之下，她尖叫了一声："不要！"飞身扑过去，死死地抱住了忘弦的手臂。忘弦转而凶狠地看着她，手臂猛然用力，将她推得踉跄跌倒在地，然后转身拂袖而去。

四师弟已是吓得魂飞魄散，跪在原地半天不能动弹。叶染跌坐在地上，委屈的泪水夺眶而出。她不过是偷学本门的功夫，师父犯得着这般震怒吗？！

她不明白。

3.

夜深，月霜薄笼。一泓碧潭边的大石上，绯衣的少女生着闷气不肯回去。

月华忽然在身边映下一个身影。只瞥一眼那影子，她就知道是谁来了。她偏把脸扭到一边，不愿理他。

月白袍角一掀一落，忘弦在她身边坐下，伸手将她的左手拉过去，在他的手里摊开，柔声问道："手可擦破了？"

她赌气地用力往回抽手，却被他紧紧握住。手心随即有凉意抚过，他已在细细地为她的伤处涂药了。她也不再挣扎，却还是拧着身子，心中愈发委屈，眼泪又止不住扑簌簌落下。

"是师父不好，莫哭了。"

他叹息着将她的肩揽住，她再也绷不住，索性伏在他胸前呜咽出声，一如她这些年来每每思念父亲时，伏在他怀中哭泣的模样。

"我不懂。"她抽噎着道，"师父平时很疼我，为什么不肯教我真本事？我不知道师父到底是喜欢我还是讨厌我！"

"自然是喜欢你。"

轻轻的话音，若拨动了心底的一根弦，出场铮然的琴音。她忽地抬起满是泪痕的脸，怔怔地望着他。月色渲染得他的眉眼如画、容颜俏丽。半晌，她讷讷地冒出一句："如果徒弟喜欢师父，会不会被世人唾骂啊？"

"不必在意旁人眼光。"他淡然地道。

"我的意思不是敬爱那般喜欢，是……是说……"她涨红了脸，吞吞吐吐，终在他含笑的目光下鼓足勇气，冲口而出，"是爱慕的那种喜欢！"

"我知道。"他从容地道，"我也爱慕染儿。"

师徒相恋，在世俗眼中就是乱了伦理纲常、污了门派清白，说不定祖师爷都会被气得从棺材里跳出来将她就地正法。因此，她这份心思一直藏在心底。不料今日说破，师父竟如此坦然地接受，实在让她意外惊喜。

被暗恋自家师父的"不伦之爱"折磨了许久的叶染，仿佛瞬间跌入了蜜罐中，幸福得回不过神来。欣喜之际，她听到忘弦的低声自语："我不会再错过第三次。"

"师父说什么？"

"没什么。"他宠溺地抚着她的头顶，"染儿，不要学那些杀招，好吗？"

她顿了一下，语气中恢复了执拗："我是有血仇在身的。"

他叹一口气，没有再说什么。与命数抗争，何其不易。

4.

叶染在后山偷偷练了半日"千雨破"，赶回来吃午饭，跑得气喘吁吁。奔到饭堂门口时，遇到了忘弦。她心虚地放慢脚步，绕了半个圈，打算从他身边蹭过去，却被他拉住了手。

"跑得这样急，要歇一下再吃饭，否则肚子要疼了。"他立在她的面前，低头看着她，目光柔软似水。

她心虚地扫了一眼门内已入座的师弟们。师弟们因为等着他们二位入座好开饭，所以齐刷刷地望过来——师父正拉着叶染师姐的手温声软语。嗯，很好很正常，师父一向疼师姐。

可是接下来的事，似乎不太正常了。

师姐是在悄悄地往回夺她的玉手吗？师父是在执意拉着玉手不肯松开，墨眉还挑衅地挑了一挑吗？师弟们左看右看，心中不由充满狐疑。

这厢，抽不回手的叶染背过脸，避开师弟们如刀的视线，咬牙悄声道："松手啦师父，不要这么高调啦……"

忘弦却将她往跟前一拉，两人几乎是贴身而立。叶染倒吸一口凉气，不知所措地仰面看着他。却见他抬袖替她揩去额上薄汗，柔声道："看跑得这一头汗。"然后，然后师父他，无比自然地，旁若无人地，低头吻了一下她的额头。

饭堂里本来一片安静，不知哪位师弟把一只碗掉在了地上，咔嚓一声巨响。

忘弦置若罔闻，拉着僵直的叶染从容入座，夹菜喂粥，气定神闲，硬生生地将一干眼珠子掉一桌子的徒弟当成了透明人。

师父与师姐的高调禁忌之恋，将徒弟们震得个个内伤，数日不能复原。

5.

两个月后。忘弦的屋子里传出琴声，曲调低沉而旷远，似有忧思沉沉，随琴音淡入夜幕。六徒弟匆匆地跑到门前，尚未敲门，就听"嘭"的一声，弦断曲止。

他可从未见过师父弹琴断弦，不由一愣，唤道："师父……"

"是染儿擅自离谷了吗？"

合着的门内，传来忘弦沉沉的一句问话。

六徒弟心下诧异。师姐刚刚打倒守卫谷口的师弟闯出谷去，他是第一个跑来报信的，师父竟然已知道了，果然是料事如神！他答道："是。守谷的师弟怕伤到师姐，不敢硬拦……"

"我知道了。"忘弦打断了他的话，音调沉郁，"让她去吧。"

六徒弟不安道："可是，师姐此去定是寻仇去了，她一个人会有危险，我们是不是应该……"

"不必管。"忘弦道，"她不会有事。"

六徒弟尽管心中千般担忧，却也不敢违逆师命，只能退下。

门内，忘弦低头看着那根断弦，轻声道："仍是今日，此时。三生三世，还不肯放过吗？"

他猛地伸手将古琴打翻在地，发出轰然巨响。他的眼中燃着愤怒的火焰："我不信命。"他誓要拧过这命运的轮盘！

七日后。

忘川谷口，夕阳斜照。一头小毛驴慢慢行来，背上坐了个绯衣少女。

她低着头，颈子弯出沮丧的弧度。

远处，传来一声呼唤："染儿。"

她抬起头来，看到站在谷口的师父。他的笑容染上了夕阳的金色，发际闪着余晖的碎光，身周世界都绽放了光彩。

"师父……"她扑入他的怀中放声大哭，"我恨错了人。我一直认定的仇人，其实没有杀我父亲。"

他安抚地拍着她的后脑："我知道。"

她猛地抬起头来："您知道？"

他点点头。

她死死地攥住了他的袖子，眼睛充满发疯般的企盼："既然您无所不知，那么告诉我，到底是谁杀了我父亲啊？"

他静静地看着她，沉默良久，道："染儿，师父的确知道许多事，有些天机，却不能泄漏露。我只告诉你，逝者已逝，你放弃寻仇，好好生活下去吧。那才是让你的父亲安息的最好方式。你便信我，好吗？"

一直以来，她就察觉师父有预知未来的能力。可是他从来不肯告诉她太多，任她跌跌撞撞地在黑暗中摸索。

就像这一次，他明明知道她认错了仇人，还是放任她去寻仇。因为他早就料到了结局。

她一直认为，卢肆是她的杀父仇人。卢肆是父亲的结拜兄弟，合伙一起做生意，情谊颇深。生意做得风生水起时，父亲却撞破了母亲与卢肆的奸情。

九年前的那个夜晚，父亲的刀锋逼在卢肆的咽喉，母亲跪倒一旁。

父亲最终一刀砍在卢肆的右臂，然后当晚带着小女儿叶染，抛下偌大家业，愤然离家而去。两个月后，一名白衣人闯入父女俩下榻的客栈，刺死了父亲。

那一年叶染年仅八岁，缩在墙角目睹了父亲被杀害的全过程。她受了过度的惊吓，那个血腥的夜晚发生的事，叶染记不太清了，可她清楚地意识到，刺客目的明确，下手狠辣，一招致命。

这是有目的的刺杀。

除了霸占母亲、夺走家业的卢肆，她想不出第二个可疑之人。

这些年来，仇恨的火焰始终在身体里蔓延，不曾灭绝。记忆中，卢肆精于武学。报仇，正是她执意要学杀招"千雨破"的目的。

可是她终于去到卢肆面前，将剑锋指着他的咽喉的时候，他却只冒出讶异的一句："是染儿吗？你父亲现在可好？"

叶染的目光落在他右边的空空袖管上，心下顿时一片茫然。

卢肆将她领到一个灵位前，那是她母亲的灵位。卢肆说，她的父亲带着她离开的当晚，她的母亲便自缢身亡。而他的右臂被父亲砍了一刀，因伤口没有及时处理而恶化，最终截肢。

"全是我的错。"卢肆叹息着道，"是我害得你们家破人亡。这些年，我一直在寻你父女两人的下落，却杳无音信。今日你能回来，甚好，我也能心安一些了。"

他将一个檀木盒放在叶染的面前："这是你家的地契、房契，还有万两银票，是这些年我尽力经营你家的生意赚来的。今日，全还与你吧，也多少抵些我那背信弃义的罪过。染儿，带个话给你父亲，告诉他，这些年我日日夜夜生活在悔恨之中，是我对不住他。"

叶染没有去碰那个木盒，而是怔怔地抬起了头："我父亲？"

"他现下身体可还好？"

她茫然站了起来，转身离去，对身后卢肆的呼唤声充耳不闻。

卢肆失去了右臂，而父亲被杀的那晚，她看到凶手的轮廓是四肢健全的。从今日卢肆的表现来推测，也并非是他要赶尽杀绝而派人杀害父亲。

凶手另有其人。她却毫无线索。

6.

自从回到忘川谷，叶染一直失魂落魄。对于师父让她放弃寻仇的建议，她不是没有考虑过。可是含了那么多年的恨，哪能说放下便放下，任那凶手逍遥法外？

这一日的午后，她坐在潭水边的大石上发呆时，困倦上头，索性就卧在大石上沉沉睡去。

梦里，她回到了那个可怖的夜晚。

似乎有人闯进了客栈，一袭白衣，手执凶器，四下搜寻。

客栈的木楼梯上，传来轻微的咯吱咯吱的踩踏声。父亲抄起长刀，避在门边。那人推门而入时，父亲的刀斜里劈去。白刃如花，血雾迷蒙，父亲倒在了那人的剑下。

每一次做这个噩梦，她都会在这个当口惊醒。可是这一次她没有醒来。

一个人站在了她的面前，挡住了血腥的场面。她那被吓得失神的目光缓缓抬起，落在来人的脸上。

他朝着她伸出了手，说道："来，跟我走吧。"

叶染蓦然睁开了眼睛。视线中出现一张脸，正是梦中那人的面容。有那么一瞬间，她分不清这是梦境还是现实。然而身下大石冰冷，寒气侵骨，提醒她噩梦已醒。可是现实，可能比噩梦还要残酷。

她的嘴唇微启，低声念道："师父……"

忘弦低头看着她，眸中满是疼惜："怎么在这里睡着了？当心着凉。"脱下外袍，罩在她的身上。

她脸色木然，盯着他看了一会儿，忽然冒出一句："那一晚，您怎么会出现在客栈？"

忘弦的动作顿了一下，看向她的眼睛。她眼中的怀疑，刺得他眉头一跳。

他道："我若不出现在客栈，又怎么能与染儿相遇？"

她久久沉默，审视的目光让他颇为烦躁。他开口道："染儿……"

她打断了他的话："师父，您知道真凶是谁，是吗？"

他没有否认，只说："我说过了，不要再沉溺于仇恨之中了。"

她却不依不饶，猜忌在心中迅速疯长："我爹的死……与你有关，是吗？"

他的脸色变得苍白，张了张口，似是要辩解，却终于只说出一句："不要纠结于过去了，好吗？"语气几近哀求。

她猛地推开了他，狂奔而去，冰凉的泪水在空气中闪着微光。

那一夜，在父亲被杀害的现场，她只看到了一个人，那就是师父忘弦。凶手身着的白袍，也与师父平日衣着的样式颇为相似。

他明明知道真相，却一直不肯告诉她。

这背后的一切，她没有勇气面对。

7.

次日。

忘弦一夜未眠，独自站在窗前，眉眼间是黯淡的落寞。忽有门徒奔来禀报："师父，有客人前来拜访，自称七禽岛主。"

"七禽岛主？"忘弦眉头一蹙，"他来做什么？"

这七禽岛主，居于西海孤岛之上，据说脾气怪异，武功深不可测。早年间与忘弦的师父颇有交情，忘弦年幼时见过一次，尊称一声伯父，却是不太相熟。今日怎么会突然登门？

却见徒弟眉梢挂喜，兴奋地道："这位七禽岛主说，捡得了我门遗失的宝物，特地上门归还……"

忘弦面色骤变，厉声道："什么宝物？我门不曾丢失东西！给我打出去，绝不允他进来！"

徒弟一愣："我门的镇教之宝'叠碧环'，九年前不是丢失了吗？"

"闭嘴！"忘弦脸色阴沉得可怕，"休得废话，还不快去将那什么七禽岛主赶走！"

看到师父发怒，徒弟不敢再说什么，带着一头雾水，领命而去。

这厢，忘弦隐在袖中的手微微颤抖。他心里想着：终还是回来了。如何躲，也躲不过去。

他却是不肯认命，提剑奔向谷口。

尚未走近，他就看到胡须花白的七禽岛主对着数名阻拦的忘川谷门徒暴跳如雷，怒吼连连。

忘弦走上前去，面笼寒霜，冷声道："七禽岛主，我门不曾丢失什么宝物，您老还是请回吧。"

七禽岛主盯着他的脸看了一会儿，认了出来："忘弦！是你小子！好啊，你师父死了，你便翻脸不认人了啊，门都不让我进！我可是你师父的拜把子兄弟！亏得我是来送还东西的，不是来借钱的！"

说着，他从怀中掏出一个巴掌大绿油油的玉盘，托在手上，质问道："这难道不是你忘川谷的叠碧环吗？前些日子我海上垂钓，钓得一条大鱼，从鱼腹中剖出此物，竟是故去好友门中遗失的圣物，还道是千古奇缘，巴巴儿地给你送回，你个黄口小儿竟然这般无礼！"

忘弦看都不看那东西一眼，冷着脸道："那不是我门的东西，速速带走吧！"

"你个浑小子！"七禽岛主气得险些炸了，挥手将那玉盘劈面向忘弦砸来。

忘弦挥手将它击了回去，正中七禽岛主脑门，砸得他捂额暴跳。

忘弦也压抑不住暴躁，狠声道："若再不走，休怪我不客气了！"

七禽岛主已被气得双目猩红，暴喝道："小子，你竟如此糟践师传宝物，今日我便替你师父清理门户！"话音未落，飞身而起，掌含黑风，袭向忘弦。

忘弦急忙提剑招架，转眼间两人打作一团，剑光翻飞，沙尘四起，好一场恶战。

打斗中，只听七禽岛主一声怪笑："小子，你的剑法颇得你师父真传，当年我便与他打个平手，今日你若能取我性命，便算他老小子赢我！"

这一战足足持续了一个时辰，直打得天昏地暗、草木皆伤，谷中弟子们闻讯赶来，却被掌风剑气逼得不得靠前，只能远远围观。他们原本就知道师父武功厉害，却从未见他与人实战，此一役，果真让他们大开眼界。

叶染也赶来了，慌张地扯着师弟们的袖子问："怎么了，师父是在跟谁打架？"

被问及的小师弟尚未来得及回答，就听到一声闷响，伴随着骨骼碎裂的声音。白袍的身影从沙尘中横飞了出去，血色喷洒，重重跌落尘埃。

叶染只觉得天地都失了颜色，万物都失了声音。

忘弦挣扎了一下，似是想站起来，却失败了。七禽岛主喘息着踱近俯视着他，道："小子，剑法不错啊。方才你原有机会杀老夫，看得出你手下留情了。算你还有良心。今日这一掌，是给你这个轻狂后辈的一个教训，你好自为之。"说罢，将叠碧环丢在他的身边，转身离去。

8.

叶染跌跌撞撞奔到师父跟前，跪倒在地，惊慌的目光滑过他苍白的面庞，沁血的嘴角。她眼中含泪，颤声唤道："师父……"想扶起他，又不知道他伤在哪里，手兀自发着抖，不敢去碰他。

"师父没事……"他的眼睛微睁着，对着她努力做出安抚的笑容，目光转向身边不远处的叠碧杯，手微微抬起，"那个……"

她的目光跟着转过去："是要那个吗？"

"不要……"他想说什么，胸口突然泛起一阵闷痛，腥甜涌到嘴边，眼前一黑，昏了过去。

叶染大声哭叫着，手忙脚乱地用袖子去擦他嘴角冒出的血，却擦也擦不及。师弟们奔了上来，找担架的找担架，抬人的抬人，将忘弦抬去医治。忙乱过后，只留下叶染跌坐在原地，腿软得站不起来。

她忽然瞥见不远处的碧玉盘，拾起来，踉踉跄跄地向谷中奔去。

卧房内，精通医术的二师弟看过师父的伤势之后，道："肋骨断了三根，内伤颇重，不过不会伤及性命，估计明天就可醒来。大家不必担心了……师姐，你也不要哭了，师父他没事的。"

站在床边的叶染听如是说，心安了不少，抹去眼泪，压下抽噎，点了点头。她的目光粘在床上躺着的人的脸上，转移不开。师父的长睫寂寂覆着，安静得让她害怕。

师弟们散去了，只余下她和二师弟守在床边。她的身体还是微微发抖，不知是因为冷还是因为吓到了。二师弟劝道："师姐都冷得打哆嗦了，还是回去睡吧，这里有我守着。"

"不，我要留在这里。"她执拗地摇了摇头。

二师弟知道劝也无用，叹一口气，从床头拿过一件师父的白色外袍替她披在身上，目光落在她手中的碧玉盘上，道："啊，叠碧环。今日师父就是因为这个跟七禽岛主打起来的。"

她低头端详着手中玉盘。细细看来，这玉盘原是由四个玉环拼成，大环套小环，乍一看去像个玉盘。四层玉环上都刻着小字，尽是些"子丑寅卯"。最中心的部分，有一处圆圆的凸起。

她好奇地问道："这到底是个什么东西？"

二师弟道："这叫作叠碧环，是我们忘川谷的圣物，由历任谷主保管。

传说此物是来自仙界的神物，能让时光倒流，可将人带到他有生之年的某个时刻，送去当年他所在的场所，在过去的世界里停留半个时辰之久。"

叶染惊道："当真？"

二师弟笑了："想来只是唬人的传说罢了，怎么可能？不过，数年前此物就遗失了。竟然是遗落海中被大鱼吞食，又恰巧被师父的熟人钓到那鱼，将它送回……也未免太巧合了。怎么看，都觉得此物是有灵性，假借他人之手得以回家。"他顿了一下，眼中浮上迷惑，"不过，师父为什么执意不肯收呢？"

这奇异的分析，听得叶染身上起了一层鸡皮疙瘩，感兴趣地把玩着叠碧环。

二师弟对叶染道："我去煎药，劳烦师姐守着师父。"

"你去吧。"叶染点头应道。

二师弟走后，她俯身察看了一下师父的情况。他在睡梦中微蹙着眉头，呼吸不稳，似是沉陷在噩梦中不能醒来。她的手轻轻覆上他的额头，热得烫手的温度。

"染儿……不要……"他在睡梦中低声呢喃了一句。

她急忙应着，他却没了下文，沉入更深的昏睡。她的眼中不禁浮起一层薄泪，想到两人之前产生的罅隙、猜忌，更加难受得心若刀绞。

她低声道："师父，你就清楚地告诉我，你并非杀害我爹的凶手，好吗？我不信你会做出那种事。我不信。"

她口口声声一再地告诫自己不要猜疑师父，心中的疑云却不能散去，压得她喘不过气来。

师父是如何知道卢肆并非真凶的？

他为何阻止她寻仇？

他又为何出现在凶案的现场？

他究竟为何不告诉她真相……

若是能回到过去，亲眼看看真凶是谁，那该有多好。

脑子里冒出这个念头时，她忽然记起了手中捏着的叠碧环。

"能让时光倒流，可将人带到过去的某个时刻，在过去的世界里停留半个时辰。"二师弟的话音响起在耳边。她仔细琢磨着手中的玉盘，四环相套，每一环上刻的时辰字样，中心的凸起的边缘处还有一道红线。她尝试着用手指拨了一下，四个环竟是能以正中的凸起为轴心转动的。

研究了半天，她心中忽然一动。若这四个环代表的是"年、月、时、刻"，是否意味着将四环转动，拨到过去时光的某个时辰，使其对准中心红线，就可以回到那个时刻？

9.

想到这一点时，她心中狂跳不已。她慢慢拨动玉环，凑出了那个刻骨铭心的时刻。

九年前，父亲被杀害的那个夜晚。

随着玉盘转动发出的"咔咔"轻响，她的心中似魔怔了一般，渐渐被一个疯狂的念头充斥。

如果传说是真的，如果能回到那个夜晚，查出凶手是谁已不是唯一目的。

她要先下手为强，杀掉凶手，让他不能夺取父亲的性命。

将四个玉环拨出那个时刻后，她毫不犹豫地按下了中心的凸起，手法纯熟，就像是用过数次一般。叠碧环瞬间放射出夺目的翠绿光芒。光芒淡去后，叠碧环从半空中跌落在地上，叶染已不见了踪影。

天色瞬间暗下，由白天转为深夜。叶染惊怔四顾，发现四周的环境已然变了。她像是身处一个客栈的院落里，房屋格局有几分眼熟。她的目光扫过二楼的一扇扇窗户，落在西侧第二扇窗上。

那个房间，应该就是当年她与父亲下榻的房间。

叠碧环，果真将她送回九年前的此时、此地。客栈内一片寂静，凶案尚未发生。片刻之后，杀害父亲的凶手就应该出现了。

时值严冬，寒风刺骨。她裹了裹身上披着的白袍——这衣服本是师父的，还是之前二师弟看她发抖，替她披上的。她原本所在的世界正是初夏，身上的衣衫很是单薄，幸好披了这件衣服过来。师父的衣袍对她来说有些宽大，她多裹了半圈才勉强穿得利落。

她将盘在腰间的凝语软剑抽出，发出"锵"的一声轻响。

楼上突然传出一点动静，像是有人匆忙关了窗子。

是刺客来了吗？她的眸中寒星一闪，飞身掠入虚掩的门里。一楼大堂内，空无一人，没有刺客的影子。她沿着楼梯疾奔向记忆中的那个房间。

幼年的自己和父亲应该都在里面。

临近门口时，她刻意放慢了脚步。房间里似有一点动静，接着又变得静悄悄的。

这不对劲。

依照她的记忆，此时刺客应该已经出现了。

她紧张到了极点，额上渗出了一层冷汗。

一个念头突然冒出来：难道凶手已经进到了房间里？一念至此，她心急如焚，猛地上前推开房门，一步冲了进去。

一柄沉重的青色大刀，挟着雷霆之势迎面劈来！叶染见大刀来势凶猛，不能硬格，勉强侧身避过，脑子里闪着一个念头：刺客果然在房间里，不能容他有半分反抗的机会！

未等对方第二招出手，凝语剑光芒闪动，一招"千雨破"已使了出来，如骤雨之锋，挟凶煞之气滚滚袭去，势不可当。

房间狭小，在这种绝顶杀招之下，对手躲无可躲，必会命丧剑雨之下。

叶染凌厉的目光随着剑锋，锁定了对方的脸。屋内燃了一盏灯，借着微光，她终于看清了对方的面目。

这一刻，叶染惊恐得肝胆俱裂。

这张脸，不陌生，太熟悉。

不是别人，也不是师父。

是一个她即使死去也接受不了的事实——

那是父亲的脸。

然而千雨破一旦使出，就无法收回。

隐在剑花中间的致命一击刺上父亲心口的前一刻，叶染的脑际闪过一片白光，一些蒙尘的记忆顷刻间仿佛被大风刮过，露出狰狞的脸。

杀死父亲的凶手，不是别人，正是她叶染本人。从九年后的时光里穿越回来的，十七岁的叶染。

10.

"爹，我恨你，我要杀了你。我一定会杀了你。"恶毒又稚嫩的童音，从时光深处响起。

这是八岁的她蜷在这间客栈的墙角，仰着一张泪脸，对着不远处站着的父亲恶狠狠地嚷出的话。之所以这样仇恨，是因为父亲强行拉着她离开家之前，亲手勒死了母亲，又将尸身悬于梁上，伪造成自缢身亡的现场。

父亲听到这句话时，沉默不语，面无表情。

客栈楼下忽然传来异样的动静。身负命案、一直处于警惕中的父亲将窗户打开一道小缝观望一下，似乎看到了什么人，异常紧张起来。她举起青锋大刀，避在门边，准备迎敌。

片刻之后，一个白袍人执剑闯了进来，父亲随即倒在了此人的剑下。血雾弥漫，迷蒙了墙角女孩的双眼，巨大的惊吓之下，潜意识出于自我保护，将一段可怖的记忆自行封闭……

此时此刻，面对父亲，叶染手中的长剑收不回来。

这个瞬间如此漫长，漫长的一段无法面对的记忆浮出了水面。这个瞬间又如此短暂，让她无法想清楚这个悲剧究竟有多可怕。

眼睛的余光，瞥见墙角缩着的一脸惊怖的女孩——八岁的叶染。

在当年的自己眼中，看到的是一个白袍执剑的凶手。

八岁的她许愿要杀死父亲——十七岁的她穿越时间来兑现这个愿望，杀死父亲——八岁的她失去记忆，想为父报仇——长到十七岁又回到过去杀死父亲——八岁的她想为父报仇——长到十七岁回到过去杀死父亲……

这是一个解不开的死循环。

她不知道，自己已在这个可怕的诅咒中穿梭了多少次，亲手杀死了父亲多少次……

绝望充斥了胸口。如果可以，她愿意掉转剑锋刺向自己的胸口，那样就能拯救自己，也拯救父亲。可是剑收不回来，她绝望地闭上眼睛，再度被冷笑着的命运摆布。

剑尖刺入对面人的身体，温热的血液喷溅在她的脸上，泪水涌出，与血相融。

半晌，传来身体闷闷倒地的声音。

她站在原地，不愿睁眼，不想看到父亲被自己杀死的场面。

忽听对面传来一声质问："你们究竟是什么人？！"

这声音如此熟悉——竟是父亲的声音！怎么回事？父亲不是应该被她杀死了吗？她惶惶然睁开眼睛，竟见父亲好端端地举着青锋大刀，戒备地盯着她。

她没有刺中父亲。那么，刚刚她刺中的是谁？

她的目光缓缓下移。地上躺了一人，他只穿了一身中衣，墨色的眉眼，眸中含了微微的笑意。他的胸口裂开一个大大的伤口，白色中衣已被血洇透。

她膝盖一软，跪倒在他的身边，怔怔地唤道："师父……"

"染儿，莫哭……"忘弦抬起手，替她抹去大颗涌出的泪珠。

她愈发哭得凶狠，慌忙替他掩住伤口，却止不住汹涌而出的鲜血："你怎么会在这里啊师父？为什么会这样？"

旁边，父亲匆匆抱起墙角的小叶染，逃离了这个是非之地。

忘弦吃力地道："九年前的今日，师父就住在隔壁房间。是我随身携带的叠碧环，感应到八岁的你发出的诅咒。叠碧环，实非神物，本是邪器。是它将你带入了这可怕的轮回之中。这是第三次……你猜疑是师父害死了你的父亲，其实也没有猜错。若不是我的叠碧环，就不会发生这种事了。不过，幸好，是最后一次了……"

天机被戳破，三次轮回的记忆突然翻涌着冒了出来，无数光影和声音迅速掠过了叶染的脑际。

第一次，凶案发生后，住在隔壁的十六岁的少年忘弦不知道发生了什么，只是踏过血泊，执了墙角哭泣的孤女的手，说："来，跟我走吧。"女孩抬起头来，仰脸看着少年清俊的眉眼。她将手交到他的手中，随他去到忘川谷，成为他的开门徒弟。叶染十七岁时，得知师父有"叠碧环"，好奇把玩时，回到了过去，亲手杀死了父亲。

第二次，悲剧重演后，十六岁的忘弦作为叠碧环的拥有者，发觉了叠碧环设下的圈套。他还是领走了孤女，却早早防备，将惹祸的叠碧环装入石匣，藏到谷中水潭深处。叶染却偏偏在十七岁时潜水玩耍，"意外"将它捞了出来，悲剧再次上演。

第三次，忘弦干脆想把叠碧环毁去，却发现它刀枪不入，水火不侵。他无奈乘船出海，将其丢弃到茫茫大海中，心想这下它可回不来了。谁知它却离奇地被熟人七禽岛主从鱼腹中剖出，送还上门，再度落入叶染手中……

这是无论如何也躲不过的，被诅咒的命运。

被七禽岛主重伤的忘弦在昏迷中揪心难安，挣扎着醒来时，发现床边遗落的叠碧环，知道叶染又落入了圈套，难以挽回。他能想出的唯一办法，便是跟了来，打破这个死循环的诅咒。

11.

"染儿终于可以……解脱了。"忘弦断断续续地说出这句话，沁血的嘴角弯出微笑，手无力地跌落。

半个时辰的时限耗尽。叶染回到九年后的时空时，还维持着跪地大哭的姿势，而怀中已空空如也，师父消失不见了。

悔恨噬骨，几欲晕去。

如果她能听师父的话，如果她不去学"千雨破"，如果她放弃仇恨，如果她能早早地遗忘过去……她就能握着师父的手，每日里看他潋滟晴光的笑颜，慢慢享用无尽的时光。

可惜不可能有那么多如果。

泪眼模糊的视线中，三次轮回的一些零星片断跳跃出来。

——师父，我喜欢你！

——休得胡言！你我是师徒，快快断了这不堪的念头。

此是第一世。

——师父，我喜欢你！

师父没有说话，眸中却闪着犹豫的光。

此是第二世。

——如果徒弟喜欢师父，会不会被世人唾骂啊？

——我也爱慕染儿。

不必在意旁人眼光。

我不会再错过第三次。

此是第三世。

这一次，师父没有错过她，她却错过了师父。永远失去了师父。

叶染跪在地上，哭得神智渐渐不清。有惊呼声由远及近："师姐！师姐！不好了……"

她茫然抬头，望着跑近的人。是六师弟。

她的头脑一片混乱，一时理不清楚。

九年前错乱的时空里，师父挡下了她刺出的一剑，父亲没有被穿越时光的她杀死，于是她也就没有跟着十六岁的忘弦走，而是由父亲抱着，从"两个陌生人互相残杀"的客栈里逃走。

她与忘弦，应该在那个时光里错失了。她就不会去到忘川谷，拜忘弦为师。那么，九年后的今天，她不是应该在别的什么地方，跟父亲在一起吗？

可是这个跑过来的六师弟是怎么回事？

她发呆的间隙，六师弟已跑到跟前，看到她满脸泪痕，吃了一惊，问道："师姐已经知道了？"

"知道什么？"她茫然问道。

"师父受伤了，也不知是被谁刺了一剑，伤势很重，你快去看看吧！"说罢，拉起她就跑。

奔跑的过程中，她终于看清自己的确是身处忘川谷中。额角突然一阵刺痛。九年前的历史因为忘弦的突然出现而改写了，片片记忆碎片闪着金色光芒，迅速重新组合。

父亲带着八岁的她离开客栈后不久，便不堪内心重负，投河自尽。

　　一名白衣少年走到跪在父亲尸首前痛哭的女孩面前，伸出了手，轻声道："来，跟我走吧。"

　　命里该相遇的，终不会错过。

　　然而，从九年前返回的师父，也带回了那个时空里被她刺中的重伤。

　　她跟着六师弟一路狂奔。她心中发疯一般祈求着上苍，不要再戏弄他们了，高抬贵手，放他们一条生路。

　　忘弦的屋子里，徒弟们七手八脚抢救师父，已是乱成一团。

　　床边的角落里，静静地躺着那枚叠碧环。突然"啪"的一声轻响，无人碰它，它就自行裂成了碎片。一阵风吹过，化作一团轻尘，消失不见。

谁的青春
伴我同行
youth

马瓶 作品

《花火》
超人气作者
——马瓶——
长　篇
处女作

整个青春都在路上的奇妙旅程／仿佛置身于《疯狂动物城》一样
不断遇见令人着迷的可爱生灵

短暂的陪伴，长久的分离
唯有他，一直在路上

在苏然看来，每一个姑娘都是一座城，不管是纸醉金迷的城，还是萧瑟空虚的城，都只是城而已。
没有哪座城他不能进去，没有哪座城不能容纳他。但无论何种良辰美景，都只是一时的，他只
属于路上，不属于城也。